白井智之

お前の彼女は二階で茹で死に

実業之日本社

実業之日本社文庫

目次

●本書の主な登場人物

ノエル……………ミミズの青年
大耳《おおみみ》蝸牛《かぎゅう》……………ミミズの小説家

ヒコボシ………豆々警察署の刑事
オリヒメ………豆々警察署の刑事。ヒコボシの後輩
オシボリ………豆々警察署の刑事。ヒコボシの後輩
ぶよぶよ………豆々警察署の署長

マホマホ………ミミズの少女
ミホミホ………マホマホの妹

リチウム………ヒコボシの妹。ミミズ

楢山《ならやま》デン………旧華族の実業家

ミミズ人間はタンクで共食い

●本編の主な登場人物

美々津《みみつ》サクラ……整形外科医

美々津ユリ……長女

美々津ヒメ……次女

美々津ヤマト……長男

ブブカ……美々津クリニックの元職員

0

ミミズのノエルは苛立《いらだ》っていた。

街を行き交う有象無象の人間たちは、ノエルが目を向けると気まずそうに顔を逸《そ》らす。幼少のころからそうだった。この感覚には慣れ切っているはずなのに、今でも全身から生温い汗が噴き出す。肌の色が白くなっても、ミミズとして三十四年生きてきた自分の捻《ね》じ曲がった性根《しょうね》は変わらないらしい。

「弱気になっちゃダメ。あんたはあんたらしく生きればいいんだから」

小学生のころ、同級生にいじめられおしっこまみれで帰宅したノエルが「川に落ちた」と母親に嘘《うそ》を吐《つ》くと、彼女はそう言ってノエルの頰を撫《な》でた。ノエルの肌の色が周りと違うのも、手の指が四本しかないのも、もとをただせば母親のせいなのに、身勝手な物言いだと腹が立った。母親が交通事故で脊髄を損傷し、腐ったハムみたいな臭いを漂わせて死んでからも、その思いは変わらない。

現在、ミミズの家系は全国に五万世帯と言われている。ミミズといっても、もちろん人間から環形《かんけい》動物が生まれるわけではない。ミミズの家系では、四人に一人ほどの割合で、赤紫色の赤ん坊が生まれるのだ。年を重ねるにつれて肌に横縞《よこじま》ができ、ミミズと人間のハーフみたいな風貌ができあがる。その不気味さゆえ古くは狐憑《きつねつ》きの家系と見なされ、現在に至るまで有形無形の差別が続いていた。

ノエルの母親はミミズの両親から生まれた生粋のミミズで、泥の塊に手足が生えたような禍々《まがまが》しい見てくれをしていた。そのくせ行動的な性格で、大学進学とともに山間《やまあい》の集落から上京し、ミミズと縁のない家系の男と結婚した。今でもミミズへの結婚差別は根強く、とくに旧華族では禁忌《きんき》とされている。結婚相手の男は決して名家の出ではなかったが、両親からの反対は苛烈《かれつ》で、結婚を機にこじれた親子関係が修復することは生涯なかった。

二人が大学を卒業した翌年、ノエルが生まれた。案の定、ノエルは母親そっくりのミミズだった。おまけに指がちょん切られたみたいに一本ずつ欠けており、助産師も気味悪そうに眉を顰《ひそ》めていたという。両親はどんな困難があっても息子を育て上げる覚悟を決めていたようだが、十八年後、二人揃《そろ》って酔っ払いが運転するワンボックスカーに轢《ひ》かれぺしゃんこになって死んだ。こうして、都会の真ん中に、両親のいないミミズがぽつんと取り残されたというわけだ。

それから現在に至るまで、ノエルは土木工事のアルバイトで糊口《ここう》を凌《しの》いできた。ミミズは手から粘液を出して壁に張りつくことができるのだが、この特技が工事現場では存外に重宝された。十キロ近い資材を担いで壁をよじ登るノエルの姿に、渋《しぶ》っ面《つら》の棟梁《とうりょう》も魂を抜かれたような顔をしていた。仕事は思いのほか楽しかったが、それでも、ふとした拍子に社員や同僚から向けられる物珍しげな視線への苛立ちが消えることはなかった。

三十路《みそじ》を過ぎたころから、ノエルは自殺を考えるようになった。建設中のビルの屋上から飛び降りれば、ノエルの死は転落事故として片づけられるだろう。棟梁は報告書を書かされるかもしれないが、ほかに困る人間はいない。天国の両親が悲しむ顔を思い浮かべると、ノエルは小気味良い気分になった。

そんな折り、ノエルは大耳蝸牛《おおみみかぎゅう》の小説に出会った。きっかけは週刊誌で紹介されていた『文学ミミズの耳食いサーカス』という作品を読んだことだ。大耳蝸牛はミミズの小説家で、自身の体験をもとにした私小説を数多く発表していた。『耳食いサーカス』は蝸牛の青年時代を描いた作品で、サーカス団に所属した蝸牛が壁に張りつく芸で人気を集めるものの、曲芸用の牡馬《おうま》を犯したことがばれて孤立し、団長の耳を食い千切ってサーカスをクビになるまでの顛末《てんまつ》がねちっこい筆致で描かれていた。現実の蝸牛は七十過ぎのジジイだったが、ノエルはその豪快な生き方に感銘を受け、憧れを抱くようになった。

その年の春、ノエルはアルバイトで稼いだ貯金をはたいて、白斑《はくはん》整形の治療を受けた。白斑整形とはメラニンを生成するメラノサイトの働きを薬物注射により阻害し、赤紫色の肌から色素を抜き取る整形技術だ。平たく言えば、わざと皮膚病を起こして肌色を変える治療法である。フィリピンでは三十年近く前から行われており、この五年ほどで日本でも認知度を高めていた。

ノエルがこの治療法を知ったのも、『文学ミミズの整形すけべ枕』という蝸牛の短編を読んだことがきっかけだった。この作品は当時の最新作で、蝸牛が老体に鞭《むち》を打ってフィリピンへ向かい、白斑整形で念願の白い肌を手に入れるまでが緊迫感のある文章で描かれていた。蝸牛は自身の象徴ともいえる赤紫色の肌を捨てることを、「色眼鏡《いろめがね》で正当な評価を放棄した文壇への復讐《ふくしゅう》」と記していた。すっかり蝸牛に心酔していたノエルも、蝸牛の後を追うようにバイト代を整形外科に突っ込んだのだった。

半年に及ぶ治療で白い肌を手に入れたノエルは、卑屈に過ごしてきた日々に終止符を打ち、新しい生活を手に入れるはずだった。だがそんな矢先、テレビのワイドショーで驚きの事実を知ることになる。蝸牛が死んだのだ。

住宅街で少女を強姦して通報された挙句、留置場で首を縊《くく》るというあっけない死に方だった。数か月後に発表された遺稿では、白斑整形をしたところでどうにもならない人生への深い絶望が、散漫な文体で描き出されていた。

ノエルは自分の世界から希望が消えるのをはっきりと感じた。自分は蝸牛に傾倒するあまり現実を見失っていたのだ。落ち着いて考えてみれば、肌の色が変わったところで退屈な日々に変化が起こるはずがない。白斑整形で人生が変わるという希望は、何をしても人生は変わらないという絶望に変わった。

街が電飾で賑《にぎ》わい始めた十二月、ノエルはねぐらの部屋で自殺を図った。パチンコの上皿いっぱいくらいの睡眠導入薬をアルコールで喉へ流し込み、カーテンレールに吊《つ》るした電気ケーブルで首を縊った。喉と胸が万力で潰されるように痛み、天井のシミが霞《かす》んで見えた。そのとき、ノエルは二年ぶりに勃起した。

自分もミミズである以前に人間なのだ。どうせ死ぬなら、蝸牛と同じように女とセックスしてから死にたい。ケツの青い中学生みたいでバカげているが、中身のない自分はこれくらいの動機で生きるのが丁度良いような気がした。

ノエルは掌《てのひら》から粘液を出して壁に張りつくと、首から電気ケーブルを外して床に下りた。首凝りに似た痛みが残ったものの、失禁もしておらず、夜勤明けの重たい身体《からだ》とさして変わりなかった。

翌週、ノエルはアルバイト先で軽トラックを借り、ミズミズ台の住宅地へ向かった。目的はただ一つ。少女を襲うことだ。ミミズは風俗でも出入り禁止が当たり前だから、金を払って性欲を発散することもできない。少女の心を傷つけるのは胸が痛むが、死ぬ前に一度だけならそんな身勝手も許されるような気がした。

ミズミズ台は二十年ほど前に街開きをした水々《みずみず》市の高級住宅地で、排水管工事のアルバイトで何度か訪れたことがあった。自分の暮らす土地とは正反対の気品と静謐《せいひつ》さに満ちていて、小ぎれいな学校から自宅へ帰る小中学生たちの背中を見ていると、嫉妬と敗北感で息ができなくなりそうだった。

死ぬ前に身体を交わす相手を見つけるなら、この街しかない。未入居の住宅も多く人通りが少ないから、少女を拉致するのにも向いている。ノエルは路肩にトラックを停《と》めると、集会所の壁をよじ登って屋上に身を潜めた。

携帯電話のカメラを起動し、レンズごしに中学生たちを観察する。撮影した写真は、ことが済んだ後、死ぬときの最期のオカズにするつもりだった。

少女たちはみな美しかった。冷たい風になびく黒髪も、絹のように透き通る肌も、みな作り物のように輝いている。育ちが違うと、身なりや振る舞いにこれほど差が出るのか。無邪気に笑い合いながら下校する少女たちを、ノエルは一心不乱に写真に収めた。

「――――」

ふと校舎の向こう側に目を向けて、裏手の門から一人で帰宅する小柄な少女に気づいた。一人きりならトラックへ連れ込みやすい。体力のなさそうな線の細い少女ならなおさらだ。自分の卑しさに嫌悪感を覚えたが、真剣に自分を省みる気力はなかった。

ノエルは壁づたいに地面へ下りると、トラックで校舎の裏へ回り込んだ。屋上で目にした少女の背中を探す。目的の少女はすぐに見つかった。栗色《くりいろ》の髪をマフラーで包み、スカートの下に紺色のタイツを穿《は》いている。アダルトビデオのジャケット裏の写真みたいで可愛《かわい》らしい。ノエルは激しく勃起した。

周囲に人気《ひとけ》がないのを確認して、運転席を降りる。

「きみ、ちょっと――」

ノエルは少女の右腕を摑《つか》んだ。少女が足を止めて振り返る。

こちらを睨《にら》む少女の風貌に、ノエルは言葉を失った。少女の肌は赤紫色で、地割れのような筋が無数に浮かんでいた。少女はミミズだった。

「ごめん」

ノエルが声を絞り出すと、少女は黙って踵《きびす》を返し、住宅地へ足早に姿を消した。

ふと、数か月前に読んだ週刊誌の記事を思い出した。水々市は十年ほど前からミミズの生活支援に力を注いでおり、全国的にも珍しくミミズの人口比率が増加しているという。ミミズ支援団体から称賛される一方、市の政策に反対する住人も多く、役所では小競り合いも起きているらしい。

こんなにきれいな街にミミズが暮らしていることに驚いたが、それ以上に、ミミズの少女を逃した自分に嫌気がさした。いくら世間を呪ったところで、結局、ミミズを本当に嫌っているのは自分自身なのだ。やはり早く死んだほうがいい。

トラックに戻ってしばらく携帯電話の写真を眺めていると、裏手の門から少年と少女が出てきた。見たくもない青春映画を見させられたような気分になる。二人は横断歩道で手を振って別れると、少女だけがこちらへ向かってきた。

サイドミラーごしに顔を確認すると、今度はミミズではなかった。グレーのパーカーにブレザーを羽織った、快活そうな美少女だ。股間がふたたび疼《うず》き始める。

ノエルは携帯電話をポケットにしまうと、深呼吸をして運転席を降りた。

少女は十メートルほど路地を歩くと、平屋の玄関口へ向かい、スクールバッグから取り出した鍵でドアを開けた。手入れされた植え込みが印象的な、ログハウス風の一軒家だ。屋内からはテレビの音が洩《も》れている。ノエルは足音を殺して背後に駆け寄り、ドアが閉まる寸前に中へ飛び込んだ。

「わ！」

少女が悲鳴を上げる。

ノエルは素早くドアを閉め、少女に抱きついた。靴箱と向かい合わせに置かれた水槽の中を群れ泳ぐミミズミミズと目が合う。少女は身体を捩《よじ》ってノエルの腕を擦り抜けると、土足のまま廊下を駆けた。ノエルの四本指が空を切る。すぐに後を追いかけた。

「助けて、お母さん！」

廊下の向こうで悲鳴が重なった。居間に駆け込むと、母親らしい女と幼女が食卓を挟んで座っている。卓上のミートパスタから白い湯気が上がっていた。

「だ、誰よ。出て行きなさい」

母親が椅子から腰を上げて言う。フォークが音を立てて床に落ちた。

ここで引き下がったらどうなるか。警察に住居侵入犯として捕らえられるか、少女を犯せなかった惨めさを引き摺《ず》って死ぬだけだ。生きても地獄、死んでも地獄。どうせなら少女を犯して死んでやる。

「出て行くわけないだろ」

「娘はやめて」母親の声はかすかに震えていた。「子供には手を出さないで」

だったらお前を犯してやろうか――洩れかけたそんな言葉を呑み込んだ。

冗談ではなく、母親の顔立ちは人妻モノのＡＶ女優みたいに整っていた。年齢は三十代後半だろうか。表情や身振りにも色気が漂っていて、ただのＯＬや専業主婦とは思えない。テレビか雑誌で見たことがあるような気もする。

一方で娘のほうも、母親に引けを取らない魅力を湛《たた》えていた。親譲りの端整な顔立ちに、少女らしいつやとあどけなさが同居している。膨らみかけの乳房から想起される未成熟な身体つきに、ノエルが思春期のころ手に入れられなかったすべてが詰まっていた。

そしてもう一人。いけないと分かっていても、椅子の上でぽかんと口を開けている幼女に目を向けてしまう。年齢は四、五歳ほど。悪意にさらされたことのない無垢《むく》な身体と心をめちゃくちゃにしてやりたい。自分の命と引き換えなのだから、それくらいの不道徳も許されるはずだ。

「出て行かないと、警察を呼ぶわよ」

母親の言葉は耳に入らなかった。

目の前に三人の女がいる。一人を犯せば、残りの誰かが警察を呼ぶだろう。到着まではせいぜい十分。二人を犯す時間はない。

母か姉か妹。

膨らんだキンタマに溜《た》まった精液をぶちまけられるのは、三人のうち一人だけ。

はたして誰を選ぶべきか?

悩ましすぎる問いに苛立ち、ノエルは舌を打った。

1

携帯電話の鳴る音でヒコボシは目を覚ました。

机の上の置時計は午後八時を指している。布団へ潜り込んだのが五時前だから、まだ三時間しか眠っていない。ヒコボシは欠伸《あくび》を嚙《か》み殺し、震える携帯電話を手に取った。

ディスプレイを見ると、実家の母親からメールが届いていた。

「新しいタトゥーだよ」

添付されていたのは、五十半ばの女のヌード写真だった。右手で携帯電話を鏡に向け、左手でたるんだ腹を指している。ヘソの下には人間の顔をかたどった刺青《いれずみ》が彫られていた。鼻の潰れた赤ん坊が眩《まぶ》しそうに目を細めている。陰毛のせいで髭《ひげ》が生えているみたいだ。

赤ん坊の顔には見覚えがあった。先週末、福々《ふくふく》市の工業団地で、野良犬が赤ん坊を食い殺す事件が起きた。女の腹に彫られたイラストは、ニュースに流れた赤ん坊の写真と瓜二《うりふた》つだった。

ヒコボシの妹が死んだのが二十二年前のこと。それからというもの、幼い子供が命を落とす事件が起きるたび、母は死んだ子供の顔を全身に彫り続けていた。刺青を入れると一緒に生きているような気持ちになるらしい。母の手足はフジツボみたいに子供の顔で埋め尽くされていた。

ふたたび携帯電話が鳴り、新しいメールが届いた。

「練習中。ヒコくんもやってみる？」

また母親だ。添付された写真を開くと、はんだごてみたいな器具とカラフルな顔料がキッチンテーブルに並んでいた。

付き合い切れない。どうして電源を切っておかなかったのだろう。携帯電話をポケットに放り込むと、うんざりした気分で毛布から這《は》い出した。

二日間、食事を摂《と》っていないのを思い出し、キッチンラックからカップ焼きそばを取り出す。電気ケトルに水を入れ、コンセントにコードをつないだ。

湯が沸くまでの暇つぶしに、テレビの電源を入れる。

「――市民団体の調査により、豆々《ずず》刑務所で一年間に心不全で死亡した受刑者が二百四十四人に上ることが分かりました。この中には、福々市の女児連続殺人事件で無期懲役の判決を受けた狸小路《たぬきこうじ》ポンポコ受刑者や、吉々《よしよし》銀行強盗殺人事件の主犯格とされる狐辻《きつねつじ》コンタ受刑者なども含まれています」

堅物そうなキャスターがしかつめらしい顔でニュースを読み上げている。今さら驚くような話題ではない。十五年前に刑務所が民営化され、日本懲罰機構に運営が委託されてから、受刑者の不審死は増え続けていた。

刑務所がコストを切り詰めるには、受刑者の頭数を減らすしかない。そこで日本懲罰機構は、衛生管理のノウハウのない企業に豆々刑務所の管理を再委託することで、意図的に不衛生な環境を作り出した。刑期の長い受刑者をそこに収容し、体調を悪化させることで、戦略的に死亡率を高めているのである。

一部の市民団体は日本懲罰機構への抗議を続けていたが、彼らに向けられる視線は冷ややかだった。大半の日本人は、刑務所について思い悩むほど暇ではないのだ。

「――これに対し、豆々刑務所を運営する日本懲罰機構の菊池《きくち》チキオ理事は会見を行い、『さまざまな意見があることは承知しているが、我々は法律に則《のっと》って刑罰を執行しており――」

ヒコボシはテレビの電源を切った。

リモコンをソファに放り投げ、代わりにノートパソコンの電源を入れる。羽根の折れた扇風機みたいな音が鳴って、ディスプレイに明かりが灯《とも》った。カニパンを頬張りながら、監視カメラの映像を再生する。目の前に少女の裸体が現れた。

刑務所のニュースは他人事ではない。少女を監禁していることがばれたら、自分もでたらめな裁判にかけられ、早々に豆々刑務所へ送られるだろう。感染症が蔓延《まんえん》する雑居房で自分が生き延びられるとは思えない。少女が逃げ出さないように暴力を振るい続けることが、自分の身を守る唯一の方法だった。

ディスプレイごしに少女を眺める。窓を段ボールで覆った薄暗い小部屋に、マホマホが丸くなって倒れていた。食事は与えているのでやつれてはいないが、頬に便器の黒カビみたいな汚れがこびりついている。

「あれ？」

思わずディスプレイを覗き込んだ。マホマホの顔立ちが昨日までと違って見える。瞼《まぶた》が赤く腫れているのと、頬に涙の跡が残っているせいだ。一年も監禁されて、今さら何を悲しむことがあるのだろう。

ヒコボシは食べかけのカニパンを片手に、わざとらしく足音を立てて二階へ上がった。扉の外側につけたシリンダー錠を開け、暗い部屋に入る。雨の日の公衆便所みたいな臭いが鼻を突いた。

マホマホはダンゴムシみたいに丸まって眠っていた。赤紫色の肌は何度見ても気味が悪い。両足が不自然に曲がっているのは、部屋から逃げられないように膝蓋骨《しつがいこつ》を砕いてあるからだ。カレーパンマンが描かれたカビ臭い毛布が部屋の隅でくしゃくしゃになっていた。

ヒコボシはカニパンを千切ると、鼻クソみたいに丸めてマホマホの口へ押し込んだ。マホマホが苦しそうに咳《せ》き込む。

「ん？」

毛布の下で、小さなミミズが死んでいた。いったいどこから紛れ込んだのか。ヒコボシが廊下へ蹴り出そうとすると、マホマホは素早く手を伸ばして死体を守った。

「やめてください」

大真面目《おおまじめ》な顔で言うので、ヒコボシはカニパンを噴き出しそうになった。家族や友人と離れて一年も経《た》つと、環形動物にも情が芽生えるらしい。

「バカだなあ、お前」

ヒコボシはマホマホの鳩尾《みぞおち》を蹴り飛ばすと、蹲《うずくま》った隙にミミズを踏み潰した。

「みーちゃん！」

マホマホが叫ぶ。果肉を踏んだような感触が足の裏に残った。

「どうした。一緒にぺしゃんこになりたかったか？――」

ポケットから携帯電話の着信音が響いた。

慌ててマホマホに毛布を被《かぶ》せると、両足で顔の辺りを踏みつけ、右手で通話ボタンを押した。

「はい、ヒコボシです」

足元から呻《うめ》き声が聞こえ、踵に力を込める。

「休みのところ悪いな。ミズミズ台で殺しだ。現場へ向かってほしい」

スピーカーから野太い声が響いた。署長の憎らしい顔が浮かぶ。ババアの三段腹みたいに肉がぶよぶよしていた。

「ミズミズ台なら水々署の管轄でしょう。なんで豆々署のおれたちが」

「被害者がタレント医師の子供なんだ。おまけに乳児ときてる。週刊誌やワイドショーが好きそうなネタだろ」

「乳児というと、またムーミーマンにやられたんですか」

ヒコボシは声を落として尋ねた。

高級住宅地のミズミズ台では、二年前から「絶頂ムーミーマン」を名乗る怪人物によるミミズの乳児を狙った誘拐事件が続発していた。切断した赤ん坊の指を送りつけ、家族を脅迫する残忍な手口で、ミズミズ台に暮らすミミズの住人たちを震え上がらせている。水々市のミミズ優遇政策に反発する地元住人の犯行とみられるが、犯人はいまだ不明。県警は三件の事件でことごとく犯人を取り逃がす失態を演じており、四十人以上をミズミズ台に配備して警戒を続けていた。

「あいにく、ムーミーマンとは無関係だ。手口がまったく違う。だが水々署はムーミーマンの捜査で人手が足りない。マスコミの犬どもが騒ぎ出す前に解決しないと面倒なことになる。不祥事続きで県警が針の筵《むしろ》なのは知ってるだろ。お前の力が必要なんだ」

「そのタレント医師ってのは？」

「美々津《みみつ》サクラとかいう整形外科医だ。二か月前、旧華族の実業家がバイアグラの飲みすぎで死んだ事件を覚えてるか？　サクラはそいつの元交際相手らしい」

心臓が強く胸を叩《たた》いた。

美々津サクラ。タレント医師として名を成す前から、ヒコボシは彼女をよく知っていた。

「バイアグラ事件の時点でもう関係は破綻していたみたいだがな。二つの事件に関連があるとは考えづらいが――」

「すみません、ほかのやつに頼んでください」

「何？」

「その、体調が悪くて」

「アバズレと性犯罪者の息子が、一人前に刑事をやっていられるのは誰のおかげだ？」

ヒコボシは小さく舌を打った。自分の脛《すね》だって傷だらけのくせに、この男はどうしてこうも身勝手なのか。いつか家族ごと皮を剝いで殺してやる。

「……現場の住所を教えてください」

ヒコボシは憂さ晴らしにマホマホの顔を強く踏んだ。

2

定規で角を揃えたような住宅地の街並みに、不似合いな喧騒《けんそう》が広がっていた。

十字路でタクシーを降り、美々津サクラの邸宅へ向かう。平屋を囲むように住人が集まり、好奇心を抑え切れない様子で何やら囁《ささや》き合っていた。

美々津邸は周囲と一風変わった木造の平屋で、リゾート地のログハウスのような雰囲気を醸していた。防音対策は今一つのようで、屋内から甲高い女の喋《しゃべ》り声が洩れている。庭には山小屋風の離れがあり、屋根から四角い煙突が生えていた。

「ヒコボシさん、こちらへ」

規制テープの向こうで、見覚えのある女が手を挙げた。刑事課の後輩のオリヒメ警部補だ。テープをくぐって敷地に入ると、二人はぐるりと平屋を一周して玄関口へ向かった。

「きみも非番だろ。ぶよぶよに呼び出されたのか」

「まあ、仕事ですから」

オリヒメが微笑する。後輩刑事はネコ娘みたいに気の強そうな顔立ちで、見た目どおりに負けん気の強い性格をしていた。死体を見ると貧血で引っくり返るポンコツな一面もあるが、豆々署の刑事課では優秀な部類に入る。過去にヒコボシがいくつかの未解決事件の犯人を突き止めたとき、彼女とペアで捜査に当たっていたことから、署長は自分たちをコンビのように考えている節があった。

「現場はこちらです」

観音開きの扉を開けると、鑑識係の捜査員がアルミケースに道具をしまっていた。室内も変わらずログハウス風のつくりで、天井にはわざとらしく丸太の横木が走っている。玄関の右手に靴箱、左手には大きな水槽が置かれていた。

水槽は縦横の幅が二メートル、高さが一・五メートルほど。彩り豊かな珊瑚《さんご》や水草がバランスよく配置されていて、水槽というより小さな池のようだ。ただし水はすべて抜き取られ、底面の白い砂が剝《む》き出しになっていた。

「美々津サクラさんからの通報を受け、パトロール中の巡査がこの家を訪問。水槽に沈んだ乳児の死体を確認したのが十八時過ぎのことです。亡くなったのは長男のヤマトくん、生後六か月。死因は溺死でした」

オリヒメが手帳に目を落として言う。

「自宅で溺死か。アクロバットなガキだな。酔って水槽の水をラッパ飲みしたのか」

「何者かにこの水槽へ落とされ、肺に水が浸入したことで窒息死に至ったとみられます。ただし――」

オリヒメは眉を顰め、二枚の写真を裏のまま差し出した。死体が写っているのだろう。

「この水槽ではベニイロミズミミズという観賞用の環形動物が飼育されていました。死体発見までの間、四十四匹のミズミミズがヤマトくんの全身を齧《かじ》っていたようです」

写真を表にして、思わず息を呑《の》んだ。縁《ふち》から十センチほどの位置まで水が入った水槽に、巨大なマリモみたいなミズミミズの塊が沈んでいる。環形動物が大量に群がるさまは怪物の赤黒い体毛のようだ。水が血で濁っていなければ人間の死体とも気づけないだろう。

「よほど腹が減ってたんだな」

「二枚目は、ミズミミズを毟《むし》り取った後の写真です」

言われるままに写真を捲《めく》る。綿布に横たえられた死体は、頭から爪先まで皮膚を食い破られ、赤黒い皮下組織が剝き出しになっていた。眼球と前歯が残っているので辛うじて顔と分かるが、仔犬《こいぬ》の死体と言われても信じてしまいそうだ。とくに両手は損傷が激しく、手首から先は骨まで齧られてめちゃくちゃになっていた。

「検視が行われた十九時の時点で、死後四時間から六時間が経過していました。逆算すると、ヤマトくんは十三時から十五時の間に死亡したことになります」

「解剖はいつだ」

「明朝です。オシボリくんが立ち会う予定です」

「オタクか」

　思わず唇を曲げる。オシボリは刑事課でもっとも若いゆとり野郎だった。

「こんなに人間を食い散らかすバケモノが自宅で飼えるもんなのか」

「ミミズ愛護管理法の特定種なので、自治体の許可は必要ですね。でも厳しい審査はないみたいですよ。紅色の皮膚の鮮やかさに惹《ひ》かれる愛好家が多いらしいです」

「正気かよ。脳にも寄生虫を飼ってんじゃねえのか」

「日本でも四年前、資産家の男性がミズミミズを飼っていた水槽に落ちて軽傷を負う事故が起きています。死亡事例はありません。一般人にはまったく手が出ない額で取引きされてますから、飼育している好事家《こうずか》が少ないんだと思います。この家では美々津サクラさんと長女のユリさんが交代で世話をしていたようですね」

　写真をオリヒメに返し、水の抜かれた水槽に目を向けた。高さ一・五メートルほどの水槽が一メートルほどの台座に置かれているため、縁までは二・五メートルくらいの高さがある。乳児が自分でよじ登ったとは思えないから、やはり何者かが持ち上げて水槽へ落としたのだろう。

とはいえ赤ん坊を二・五メートルの高さへ持ち上げるのは大人でも容易ではない。水槽の台座は大理石でできており、上の面がシャンプーハットみたいに手前へせり出している。犯人はこの台座に上って、赤ん坊を水槽へ放り込んだようだ。

腰を屈《かが》めて台座を観察する。水槽の底と台座の間に、五センチほどの隙間があった。四隅が金具で固定されているだけで、水槽そのものは宙に浮いている。顔を近づけると、隙間に埃《ほこり》が溜まっているのが見えた。

「地震の揺れで水がこぼれないように、わざと浮かせてるみたいですよ」

横から隙間を覗いて、オリヒメが言う。水槽の底面には排水用の蛇口がついており、足元の排水口までホースが固定されていた。どのバルブを捻《ひね》れば水が抜けるのか、素人《しろうと》には想像もつかない。

「設備にも金がかかんだろうな」

「容《い》れ物は高いでしょうけど、ほかはそれほどじゃないですよ。父が生前、趣味でメダカを飼ってたんですが、ここの機材も似たようなものだと思います」

オリヒメは蛍光灯、ヒーター、濾過《ろか》装置、水温計などを順に眺めて言った。

「エサはどうすんだ。毎日赤ん坊を食ってるわけじゃねえだろ」

「分かりません。父もミズミミズを飼ってたわけじゃないので」

「あれだよ」

鑑識係の捜査員が、廊下の向かい側の棚を指した。下の段に十センチ四方の小箱が積み上げられている。ボール紙の蓋に、釣竿《つりざお》を引っ張る頭の悪そうな男のイラストが描かれていた。

「釣り餌のミミズですね。釣具店で買える廉価品です」

「ミミズにミミズを食わせてんのか？　共食いじゃねえか」

「エサのために昆虫や小動物を捕まえるのは大変なんでしょう。あ、これも実家にありました」

オリヒメは黄色いプラスチック容器を手に取り、蓋を開けて中を覗いた。洗剤のボトルに似ているが、ラベルが剝がれていて何だか分からない。

「何だそりゃ」

「カルキ抜きです。水槽へ水を入れる前に、これを水道水に混ぜて塩素を抜くんです」

「面倒くさそうだな」

「趣味ってそういうものですよ。ミズミミズは魚以上に塩素に敏感で、マレーシアの水族館では間違って水道水を入れたせいで希少種が全滅する事件も起きています」

「おれの母親が男に捨てられてザリガニを飼い出したときは、そんなのやってなかったけどな」

「あまり話を逸らさないでください」オリヒメが尖った声を出す。「犯人は家の正面のポーチをくぐって庭を南へ回り込んでから、寝室の窓を割って邸宅へ侵入したものとみられます。寝室から廊下を抜けてこの玄関口へ至るまで、床にぽつぽつと水滴が落ちていました。午前中から降っていた小雨が犯人の衣類についていたんだと思います」

「外部犯で決まりか。庭を通ったんなら足跡はなかったのか？」

「見つかってませんね。足跡が消えるほどの雨は降っていないので、犯人は土を踏まないように気をつけていたんだと思います。まだらに芝が植えてあるので、足跡を付けずに寝室の裏手まで行くのは難しくありません」

「離れの周りは土が剝き出しだったぞ」

「ええ。でも足跡はありませんでした。ちなみに離れの煙突はただの飾りで、中に暖炉はないそうです。犯人が証拠隠滅のために物を燃やした可能性もありません」

「水槽に指紋は？」

「家族のもの以外はまったく。犯人は慎重に行動していますね」

「長いヤマになると面倒だな」ヒコボシは肩をすくめて、居間へ足を向けた。「悪趣味な金持ちどもに話を聞くか」

アジアンリゾート風の間接照明に照らされた瀟洒《しょうしゃ》な廊下を進む。壁ぎわに積まれた乳児用の紙おむつが雰囲気を台無しにしていた。水滴のついたビニールのパッケージにはカレーパンマンのイラストが描かれている。

ふと、自宅の二階で飼育しているマホマホのことを思い出した。膨大な手間をかけて不気味な生物を飼っているという意味では、自分も同じ穴のムジナかもしれない。

「人のことは言えねえな」

ヒコボシは苦笑しながらドアノブを捻った。

3

「犯人はまだ捕まらないの？」

オリヒメが自己紹介をするなり、美々津サクラは叫ぶように言った。

「現在、総力を挙げて捜査を進めています」

オリヒメが丁寧な口調で答えると、サクラは舌打ちをして木製のソファに腰を埋《うず》めた。となりには二人の娘が並んでいる。姉のユリが十六歳、妹のヒメはまだ六歳らしい。ユリは悄然《しょうぜん》と俯《うつむ》いていたが、ヒメは状況が分からない様子で、おもちゃのマジックハンドを片手に辺りを物珍しげに見回していた。

サクラはテレビでもよく見かけるタレント整形外科医だ。三十代も後半のはずだが、シミもたるみもない肌は二十歳過ぎのように見える。零《こぼ》れ落ちそうな眼球に厚い涙袋、鋭角的な鼻筋に顎のシャープなラインと、整い過ぎた顔面からはむしろ不気味な印象を受けた。外国製のダッチワイフによく似ている。

七年前、サクラが六々木《ろくろくぎ》に開業した美々津クリニックは、美容整形の先進的な技法を積極的に取り入れ、たちまちその名を日本中に知らしめた。中でもミミズの肌を白くする白斑整形は、院長が自らフィリピンで学んだという専門技能が大きく宣伝され、全国から施術希望者が殺到した。意図的に白斑症を引き起こすこの治療法は、現在では日本中の美容外科クリニックに広まっている。

だが多くの日本人がサクラを知ったのは、二年前、旧華族の楢山《ならやま》デンとの交際が発覚したときだった。デンは二枚目の実業家として知られており、モデルやアイドルや女子アナをホテルに連れ込んではたびたびワイドショーを賑わせていた。私生活は奔放そのもので、深夜に母校の校庭でグループセックスをして現行犯逮捕されたこともあった。

サクラとの交際が週刊誌にスクープされてから、デンはめっきりスキャンダルを起こさなくなった。死後の報道によると、デンはこのころから勃起障害に悩んでいたという。デンは筋金入りのパイパン好きで、これまでの交際相手には必ず剃毛《ていもう》を命じていた。だがサクラはかたくなに陰毛を剃《そ》らなかったため、デンは夜の営みができなくなってしまったらしい。デンがバイアグラの飲みすぎで死亡したのは、サクラとの関係が破局した直後のことだった。

「あらためて、ご遺体を見つけた経緯を伺えますか」

　相手を刺激しないよう、オリヒメが誠実そうな声色で言う。

「バカなの？　さっきも話したばかりでしょ。犯人は低学歴のチンピラかイカ臭いゲームオタクのどっちかよ。あたしたちに事情を聞く暇があったら、となりまちのドンキの駐車場で話を聞いてきなさい」

「調書を取るための形式的な質問です。ご理解ください」

「お役所仕事もいいとこね。そんなんだからムーミーマンも捕まえられないのよ」

「おっしゃる通りです」

「ヤマトを見つけた経緯？　ユリが高校から帰ってきて、玄関の水槽にヤマトが落ちてるのを見つけた。そんだけよ」

「ユリさん、そのときの時間を覚えていますか？」

　オリヒメが長女に水を向けると、

「夕方の五時……四十分くらいだと思います」ユリが芯のある声で答えた。「バス通学なので、ミズミズ台へ到着する時間はいつも同じなんです」

「家に着いたとき、何か気づいたことはありませんでしたか。ドアの錠が開いていたとか、物の位置が変わっていたとか」

「いえ、とくには。ドアの錠も閉まっていました」

「水槽はどうでしょう。ミズミミズの世話はユリさんとサクラさんが交代で行っていたと聞いています。普段と違っていたところはありませんでしたか」

「ないと思います」

「帰宅したとき、家にはほかに誰がいましたか」

「妹のヒメが自分の部屋にいました。あとは、ヤマトが……」

ユリは肩を大きく震わせ、顔に手を押しつけた。

「ありがとうございます。ヤマトくんを見つけたとき、家にいたのはユリさんとヒメちゃんの二人ということですね。ヒメちゃんはいつから家にいたのかな」

オリヒメが腰を屈めて尋ねる。次女のヒメはじっとオリヒメを見つめていたが、

「お姉さんも、ミミズ屋さん?」

首を傾《かし》げてけらけら笑い始めた。今年で小学校一年生になるはずだが、所作が赤ん坊みたいにあどけない。

「この子は無理だよ。ここが遅れてるから」

サクラは煙草《たばこ》ケースの角でヒメの蟀谷《こめかみ》をつついた。ヒメは目を細めて、愉快そうに手を叩いている。

「余計なお世話かもしれませんが、幼い子供のいる家でミズミミズを飼うのは危ないと思いませんでしたか」

「本当に余計なお世話だね。いくらガキでも、水槽に触れないよう躾《しつ》ければきちんと覚える。むしろミズミミズを一番気に入ってたのはこいつだよ。マジックハンドで水面にエサをぶら下げて、よく食事の様子を観察してたもんな」

「サクラさんは五時四十分ごろ、どちらに」

「六々木のクリニックだけど」

「普段から、お仕事中はヒメちゃんとヤマトくんを自宅で二人きりに?」

「違うよ。いつもは施設に預けてんの。今日は休みの予定だったのに、午前中に患者とトラブルがあって、仕方なく出勤したわけ。あんたら役人と違って、自分のケツは自分で拭くしかないからね。だから二人を預ける時間がなかったの」

「なるほど、それは失礼しました」オリヒメが小さく頭を下げる。「ちなみに、普段は二人をどういった施設に?」

「昔の友だちが運営してる福祉施設だよ。てか、それを知って何になるわけ?　あんたさ、責める相手が間違ってるでしょ。あたしたちは被害者なんだよ」

サクラが苛立たしげに声を荒らげる。

ふと視線を落として、ソファやテーブルなどの家具が金具で床に固定されているのに気づいた。幼児を自宅に残して出勤しても危険がないよう、それなりに気を遣っているのだろう。

「事件の後、家からなくなっていたものはありますか」

「ないよ。通帳もカードも盗《と》られてない」

「ヤマトくんを殺した犯人に心当たりは？」

「初めに言ったでしょ。チンピラかゲームオタクのしわざだって」

「おれから二ついいかな」

ヒコボシは手を挙げて言った。

「何」

「これは真面目な質問なんだが、お前と楢山デンも母校の校庭でヤったのか？」

「はああ？」サクラは狂犬病のチワワみたいな顔をした。「やるわけないでしょ」

「怪しいな。葛々《くずくず》市の学校でお前の元カレを現行犯逮捕したのは、おれの警察学校の同期なんだ。滑り台でやる逆さまプレイがデンのイチ押しだったって聞いたぜ。どうしてお前はヤってないんだ？　マン毛を剃らなかったからか？」

「事件と関係ないでしょ。名誉棄損で訴えるわよ」

「やってみろ。青姦《あおかん》は？　二人で青姦はしたのか？」

「あいつもあたしも露出趣味はないよ。公然猥褻《わいせつ》で逮捕されたとき、デンは脅迫されてたの。そんなことも知らないわけ？」

「それは失礼。警察は忙しいから、お前らの趣味まで調べる暇がないんだ」

ヒコボシは皮肉を込めて言うと、ジャケットから携帯電話を取り出した。

「二つ目。こっちが本題だ。ヤマトの顔を確かめてほしい」

「顔？　顔って何よ」

「いちいちかっかすんなって。ミズミミズに齧られたせいで死体の顔がすっかり分からなくなってたから、科捜にモンタージュを作らせたんだ。ヤマトはこんな顔だったか確認してほしい」

ヒコボシは携帯電話をサクラに向けた。生後半年ほどらしいごつごつした赤ん坊の画像が表示されている。

「あ——」

サクラは別人のように呆然《ぼうぜん》と写真を見つめていたが、やがて右手で口を覆い、肩を震わせながら床にくずおれた。

「……間違いないわよ」

4

家族からの聞き取りを済ませた二人は、続けて寝室を訪れた。

ログハウス風の内装は一貫していた。わざとらしい丸太の横木に加え、しゃもじを四つくっつけたようなシーリングファンが天井にぶら下がっている。ベッドと窓の間には水槽の台座とよく似た大理石が置かれていた。こちらは半分ほどの大きさで、鏡台として使われているらしい。

「よほど大理石が好きなんだな。ヤマトの墓もあれで作るんじゃねえか」

部屋の奥へ目を向けると、庭に面した窓が割られ、ガラスの破片が絨毯《じゅうたん》に散乱していた。

「遺留品は出ましたか」

オリヒメが若い捜査員に尋ねる。

「ダメですね。家族以外の指紋も見当たりません。ただ一つ、気になるものが」

捜査員はそう言って窓の上を指した。壁の高いところに、銀粉を振りかけた跡が残っている。

「引っ掻《か》いたような傷があったので、指紋を取ってみたんです。なぜかあんなところに、次女のヒメちゃんの指紋がぺたぺた残っていました」

　捜査員が指したところは二メートル三十センチほどの高さだった。六歳児ではどう跳ねても届かない。オリヒメが背伸びして壁を睨んだ。

「犯人の名前でも書いてありゃいいのにな」

「ヒコボシさん、冗談を言ってる場合じゃありません」

「冗談じゃない。皮肉だ」

「このままでは長期戦ですよ。遺留品も見つかってませんし、動機にも見当がつかない。それともヒコボシさん、何か考えがあるんですか」

　ヒコボシはかぶりを振るしかなかった。わざわざ他人の家へ侵入して、生まれての赤ん坊を殺す理由など思い付かない。かりに金銭目当ての空き巣だったとしても、赤ん坊と鉢合わせしたところで口を封じる必要はないはずだ。

「犯人の動機は分からない。ただ、あのクソ女が嘘つきだってことは分かった」

　ヒコボシが言うと、オリヒメは訝《いぶか》しげに目を細めた。

「とおっしゃると？」

「サクラは仕事の日だけヤマトを施設に預けてるって言っただろ。あれは嘘だ。ヤマトはそもそも、この家に同居していない」

「まさか。根拠は何ですか」

「玄関に棚があっただろ。一番下の段にエサ用のミミズが置いてあった。本当に赤ん坊がいるなら手の届く段に置くはずがない。ガキがミミズを食って腹を壊したらどうするんだ」

「それだけですか？　クローゼットや洗濯籠にはベビー服がありましたし、軒先にはベビーカーも置いてありました」

「捜査員が来るまでの間に急いで用意したんだよ。紙おむつのパッケージに水滴がついてただろ？　慌ててスーパーかコンビニで買ったのを、小雨の中で家に運んだんだ。服やベビーカーは次女のやつを引っ張り出したんだろうな」

「ヒコボシさん、さすがに強引ですよ」

「じゃあこの写真はどうだ？」ヒコボシはジャケットから携帯電話を取り出した。

「これは福々市の工業団地で野良犬に食い殺されたガキの写真だ。ヤマトとは縁もゆかりもない別人だぜ。それなのにサクラは、この写真を見て泣き崩れたようなふりをした」

水を打ったような沈黙。オリヒメは写真を見つめてから、短く息を吐いた。

「鎌をかけたんですね」

「そうだ。母親が一緒に暮らしている息子の顔を忘れるはずがねえ。ヤマトはこの家に住んでいなかった。これは客観的な事実だ」

「写真を見せる直前に楢山デンの話を持ち出したのは、彼女を興奮させるためですか」

「からかっただけだよ。文句あるか？」

「いえ。サクラはなぜ嘘を吐いたんでしょう」

「何か事情があるんだ」ヒコボシは携帯電話をしまいながら言った。「ヤマトに関する事実を洗ってくれ」

＊　＊　＊

「皆さんには、この教室に数え切れないほどの思い出があるはずです」

担任の教師の上擦った声が聞こえる。卒業式だから立派なことを言いたいのだろうが、パンダみたいな厚化粧のせいでまるで説得力がなかった。

「学校生活が楽しいことばかりでなかったという人もいるでしょう。でも卒業式は、人生の通過点に過ぎません」

教室を見回すと、買ったばかりの中学校の制服を着た同級生たちが、気まずそうに自分の顔色を窺《うかが》っているのが分かった。息苦しい気分で窓の外へ目を移す。厚く垂れ込めた雲の下に、色のない街が広がっていた。

ヒコボシは濁った川のほとりの団地に住んでいた。母と妹の三人暮らし。父は二年前に中学校の体育館で女子生徒の股間にベロを突っこんでいるのを警備員に見つかって、留置場へ送られたきり戻ってこない。母は毎晩のように飲み屋から知らない男を連れてきて、テレビをつけっぱなしにしながら居間でセックスをしていた。妹のリチウムはミミズだった。家族で一人だけ祖父の遺伝子を継いだらしい。学校ではひどいいじめを受けていて、給食にミミズを入れられたり、服に小便をかけられたりといったことは日常茶飯事だった。低学年のころは体育館の裏で泣いているのをよく見かけたが、この一年ほどは教室へ顔を出さず、同級生も知らない場所で時間を潰しているようだった。

ヒコボシは生まれ育った街が嫌いだったし、家族にも愛想が尽きていた。ここに自分の居場所はない。中学校を卒業したら、家を出て仕事を探すつもりだった。

卒業式を一週間後に控えた月曜日の夜、ヒコボシは洗剤を買うために商店街を訪れた。

「あいつ、インランのとこの息子だぜ」

スーパーの駐輪場でレジ袋を荷台に括りつけていると、パチンコ屋の軒先からそんな声が聞こえた。母を知っているのだろう。ヒコボシは何も聞かなかったふりをして自転車に跨《また》がった。

「あいつんち、ミミズの娘がいるだろ。そいつもインランらしいぜ」

続けてそんな言葉が聞こえた。思わず後ろを振り返る。太鼓腹のおっさんが二人、慌てて顔を逸らした。母の尻の軽さは以前から街に知れ渡っていたが、妹までインランとはどういうことか。

家に帰ってドアを開けると、硫黄の匂いが鼻を突いた。リチウムが居間で退屈そうにマンガを読んでいる。母の姿はない。妹の後ろ姿を見ていると、ヒコボシは無性に腹が立った。

「お前、学校は来ねえのに銭湯には行くんだな」

靴を脱ぎ捨てながら言う。リチウムは声にならない生返事をした。

リチウムがとなりまちの銭湯へ行った日は、家の中が硫黄臭くなる。ミミズの肌は垢《あか》が溜まりやすく、家の風呂では落とし切れないため、リチウムは数日おきに銭湯へ通っていた。

「お前、インランなのかよ」

リチウムの肩が小さく波打った。

「どういう意味?」

「どうもクソもあるか。お前が母ちゃんと同じだって噂《うわさ》になってるぜ」

自分の口調が父親にそっくりなことに気づいて、ヒコボシはますます気分が悪くなった。

「そうなんだ」

リチウムは素っ気なくつぶやくと、読みかけのマンガを残して居間を出て行った。


翌日は卒業式の予行演習があった。ヒコボシの席はジェットヒーターの正面で、式辞が終わるころには土砂降りを浴びたみたいにびっしょりと汗をかいていた。

家に帰ると、ヒコボシは居間のパネルのスイッチを押し、風呂の湯張りをした。シャツを脱ぎ捨て、あずきバーに食らいつく。棒の根元までアイスを舐《な》め尽くしてから、パンツを脱いで浴室へ向かった。

「――え?」

ドアを開けた瞬間、血の気が引いた。

浴槽の湯が赤く染まっていた。カッターナイフが水流に乗ってくるくる回っている。リチウムは膝を抱えるような姿勢で半分ほど湯の溜まった浴槽に沈んでいた。

ヒコボシはタオルを投げ捨て、リチウムを抱き起こした。股間にケムシみたいな陰毛が生えている。右手首にはぱっくりと傷が開いていた。

「バカ、しっかりしろ」

頰を叩くと、水滴が浴室に散った。ちんちんが浴槽にぶつかってバチンと能天気な音を立てる。

どれだけ叫んでも、リチウムが息を吹き返すことはなかった。


「皆さんが人生に迷ったときは、どうかこの場所で学んだ仲間たちを思い出してください」

担任の教師は演説を続けている。ヒコボシは俯いたまま下唇を嚙んだ。目を閉じると、リチウムの小さな背中が瞼に浮かんだ。

臨時の全校集会が開かれたのは、リチウムが死んだ二日後のことだった。「持病を患っていた女子児童が病気を苦に自殺した」という校長先生の発表に、体育館がどよめいた。同級生たちは根も葉もない噂話で盛り上がったが、死んだのがヒコボシの妹だと分かると、腫れ物を避けるように誰もその話題を口にしなくなった。

「わたしたちも、たくましく成長した皆さんと再会する日を楽しみにしています」

教師は目尻に涙を浮かべている。ヒコボシは両手で耳を塞いだ。

妹を殺したのは自分だ。そんなことは分かっている。

リチウムの死後、ヒコボシはインターネットで自殺志願者の日記を読み漁《あさ》った。彼らの実体験によれば、手首を切って失血死するのは容易ではないらしい。死に至る前に血が凝固して、傷が塞がってしまうからだ。だが全身を湯につけ、血の巡りを良くしておけば、自殺に成功する可能性は格段に高まるという。

ヒコボシの指先には、湯張りのスイッチを押したときの感触がはっきり残っていた。あのとき風呂場で汗を流そうとしなければ、リチウムは死ななかった。ヒコボシは文字通り、妹を殺したのだ。

とはいえ自分だけが悪いのかと言えば、決してそうではない。同級生がリチウムをいじめなければ、あるいは担任の教師がリチウムを守っていれば、彼女が手首を切ることはなかったはずだ。それなのに教師たちは反省もせず、表面的に悲しげな態度を見せるばかりだった。

「また会いましょう。皆さん、卒業おめでとう」

教師の声が遠くから聞こえた。

もううんざりだ。ヒコボシは潰れたバッグを摑んで教室を後にした。


「あの」

昇降口を出ようとしたところで呼び止められた。振り返ると、見覚えのない小柄な少女が辺りを見回しながら立っていた。

「何」

「り、りっちゃんのことなんですけど」

少女の声は震えていた。

「りっちゃん？」

「リチウムちゃんのことです。自殺した理由、病気じゃないんです」

「知ってるよ」

「あ、そうですよね」

少女は苦しそうに俯いて、ポケットから封筒を取り出した。

「こ、これだけ」

ヒコボシにそれを握らせると、少女は逃げるように去っていった。

校舎から誰もいなくなったように、一切の音が耳に入らなかった。おそるおそる封筒を開ける。一枚の写真が入っていた。

「――――」

リチウムが泣いていた。三人の女子に身体を押さえられ、口にミミズを詰め込まれている。焼きそばみたいに絡まったミミズの塊が唇の端から溢《あふ》れていた。ワンピースには黄色いゲロが染みている。

「何だよ、これ」

リチウムの手前には、仲間を仕切っているらしい少女の後ろ姿が写っていた。顔は見えないが、寝坊したキャバクラ嬢みたいな乱れた金髪に見覚えがある。となりまちの病院に勤める外科医の一人娘だ。数年前にフィリピンから引っ越してきた帰国子女で、名前は確か――。

「美々津サクラ」

校舎に冷たい風が吹いていた。

5

「おしっこ?」

乳児殺害事件の発覚から一夜明けた、午前十一時過ぎ。

豆々警察署を訪れたヒコボシは、後輩のオシボリ警部補から妙な報告を受けていた。

「てめえ、舐めてんのか」

「舐めてません。舐めたいとも思いません」

解剖の立ち会いから戻ったばかりのオシボリが、起伏のない声で言う。

「殺された乳児の肺胞《はいほう》から、水槽の水の成分に加え、尿素が検出されました。乳児は水槽に落とされる前、尿を経口摂取《けいこうせっしゅ》していたと思われます」

「サービス精神旺盛な死体だな。おしっこを飲んで溺死した挙句、身体をミズミミズに食い千切られたわけか。アホらしい。やってられるか」

「そうですね」

オシボリ警部補はぽりぽりと鼻梁《びりょう》を掻いている。ヒコボシは眉間を強く押さえ、腹から溢れそうな罵声を堪えた。

オシボリは塩茹《しおゆ》でパスタみたいに味気のない二十代半ばのゆとりクソ野郎だが、刑事事件にまつわる学術研究に精通しており、その点だけはヒコボシも信頼を寄せていた。最近は自白強要にハマっていて、容疑者への嫌がらせ、脅迫、暴言、詭弁《きべん》、かつ丼、セクハラなどあらゆる手段で老若男女を自白させるテクニックを磨き、署長からも一目置かれる存在になっていた。

「そういや、ミミズにおしっこをかけるとちんちんが腫れるって聞いたぞ」

「腫れません」

「あ?」

「科学的根拠のない俗説ですし、この事件とは無関係です」

「分かった。ヤマトは水槽に落とされた直後に、おしっこを洩らしたんだ。そのおしっこが水槽の水に混ざって、肺まで流れ込んだんだろ」

「それは所見と異なります。肺胞から検出された尿素の濃度を考えると、水で薄まった後で肺へ流れ込んだとは思えません」

「オーケー、閃《ひらめ》いた。犯行現場は玄関じゃなく便所だったんだ。犯人はヤマトを便器に突っ込んで窒息死させた後、水槽に放り込んで現場を誤認させた。これでどうだ？」

「それも所見と嚙み合いません。肺胞から見つかった水は、カルキ抜きを済ませた後のものでした。乳児が水槽で死亡したのは間違いありません」

ヒコボシは椅子にもたれて舌打ちした。犯人はヤマトに一定量のおしっこを飲ませた上で、水槽に落としたというのか。狙いがさっぱり分からない。

「半径十キロ圏内に住んでる性犯罪の前科持ちどもに、飲尿プレイが好きか聞いてこい」

ヒコボシが投げやりに言うと、オシボリは顔色を変えずに部屋を出て行った。

頰杖《ほおづえ》をついて煙草をふかしていると、携帯電話にオリヒメから着信が入った。彼女は今朝から美々津サクラを尾行している。ヒコボシはすぐに通話ボタンを押した。

「サクラさんが車でどこかへ向かっています」

「現在地は？」

「県道十八号線を頭耳《ずみみ》市の方面へ進んでいます。行き先はおそらく、母校のズミミ女子医科大学かと」

ヒコボシは唾を飲んだ。水々市から頭耳市までは四十キロ以上ある。気晴らしのドライブとは思えない。

「分かった。すぐ行く」

トレンチコートを羽織って、足早に警察署を後にした。

「あそこの部屋です」

覆面パトカーの運転席から、オリヒメは二階建てアパートの右端を指した。

「あれが職員寮？　ボロアパートじゃねえか」

「大学も経営が苦しいんですよ」

「へえ。名門なのにな」

ヒコボシは助手席のシートを倒してその建物を見上げた。十五分前、ストローハットを被った美々津サクラが二階の角部屋へ入ったという。息子が殺された直後だというのに、母校の職員寮に何の用があるのか。

「肺からおしっこですか。理解に苦しみますね」

オシボリの報告を聞いたオリヒメが唸ったところで、スチールドアが開いてサクラが姿を見せた。部屋の住人らしい小柄な女が後に続く。見たところ三十過ぎだが、肌という肌に使用済みのオムツみたいなシミができていた。顔にも世界地図みたいな形のシミが浮いている。

「後をつけましょうか」

「おれが行く」

ヒコボシはニット帽を目深に被って助手席を降りた。土埃で顔がチクチクと痛む。

二人はぽつぽつと言葉を交わしながら、河原《かわら》へ向かう石段を下りていった。ヒコボシも十メートルほど空けて後に続く。生きているのか分からない老人が草むらに寝そべっているのを除けば、河川敷に人影はなかった。

二人は数分の間、黙って川面《かわも》を眺めていたが、やがて朽ちかけのベンチに腰を下ろした。通行人を装って背後へ近づき、すぐ後ろの公衆便所に身を潜ませる。

「──本当はブブカがやったんじゃないの」

仲睦《なかむつ》まじげな印象のわりに、サクラの声は冷たかった。

「わたしは院長の家にヤマトくんを届けただけです。傷つけるような真似《まね》はしちゃいません」

「なんでヤマトを連れてきたのよ。あんたに懐いていたんだから、あんたが親代わりになれば済んだことじゃない」

「それは話が違います。わたしが誰にも言わずにヤマトくんを預かると約束したのは、半年の間だけです」

「頭が固いのね。だからってきっかり半年で連れてくることはないでしょ」

ヒコボシは思わずほくそ笑んだ。勝手に事情を説明してもらえるとは、今日の自分は運が良い。よほど日々の行いが良かったのだろう。たとえばそう、飼育している少女にきちんとエサをやっていたりとか。

「院長、わたしにも仕事があるんです。ヤマトくんが生まれたときだって、院長がタイにいた半年間、ユリちゃんたちの面倒を見たせいで、二つも仕事をクビになったんですよ」

「そんなのは分かってる。だからって事前に連絡もせず、留守番してる子供に錠を開けさせて家に入るやつがいる？」

「……それは、非常識だったとは思いますけど」

ブブカと呼ばれた女の声が小さくなった。どうやら美々津クリニックの元職員で、以前からサクラに子守りを押しつけられていたらしい。

「あんたが犯人だと考えれば辻褄《つじつま》が合うのよ。あんたは昔の職場でぞんざいに扱われた腹いせに、あの子を殺してあたしの家に置いていった。そうでしょ？」

「院長、八つ当たりはやめてくだせえ。犯人は分かっとるじゃねえですか。強姦事件の犯人――あの変態シロチン野郎に決まってますよ」

ヒコボシは思わず息を呑んだ。強姦事件の犯人？　何だそいつは。

「あいつは自分の子供がミミズなのが気に入らなかったんでしょうな。それで首根っこを摑んで水槽へ――」

「それこそあんたの妄想でしょ。いくら頭のおかしい変態でも、自分の息子をミミズのエサにはしないわよ」

「そんなことはねえです。ワイドショーを眺めてれば、父親が息子を殺した事件なんていくらでも見つかりますよ」

「ああ、もう勘弁して!」サクラが唐突に声を荒らげた。「どうして恩を仇《あだ》で返すような真似をするの? あんたが助産師学校でこさえたクソみたいな借金を肩代わりしてやったのは誰? あんたが藪《やぶ》から棒にヤマトを連れてこなければ、あの子が殺されることもなかった。それは事実なのに、どうしてそんなに大きな態度がとれんのよ。反省しなさい!」

「……す、すいませんです」

ブブカはがっくりと頭を下げた。陰毛みたいな縮れ毛が風に揺れる。

ぼんやりと事件の経緯が見えてきた。かつて美々津サクラは「変態シロチン野郎」に強姦されたのだ。サクラは子供を身籠り、やがてミミズの息子が生まれた。

タレント医師のサクラが、強姦魔の血を引くヤマトの存在を隠そうとしたことは想像に難くない。サクラは出産のためタイに逗留《とうりゅう》し、帰国後も赤ん坊をブブカに育てさせようとした。ブブカは気が進まなかったが、元上司の頼みを断り切れず、半年の期限つきでヤマトを預かることになった。

やがて半年が過ぎる。ブブカは約束通り、ミズミズ台の美々津邸へヤマトを連れて行った。だがその日、美々津クリニックでトラブルが起きたため、サクラは自宅を離れていた。ブブカは仕方なく、次女のヒメに扉を開けさせ、ヤマトを置いて帰った。そして数時間後、長女のユリがヤマトの変わり果てた姿を発見したのだ。

「――――」

ヒコボシはじっと二人の背中を見つめた。

ヤマトを預かっていることを、ブブカは誰にも明かしていなかったという。すると昨日、美々津邸にヤマトを届けたことを知っていたのも、彼女だけだったことになる。

犯人は窓ガラスを割って侵入しておきながら、通帳やカードには手をつけていなかった。犯人がヤマトを殺すために家へ押し入ったのは間違いない。動機はどうあれ、犯人は家にヤマトがいることを知っていたのだ。

「この程度か」

条件を満たす人物は一人しかいない。犯人はブブカだ。任意でしょっ引いてオシボリに取り調べをさせれば、すぐに自白するだろう。事件は解決し、県警の威信は保たれる。

だが、本当にそれでよいのか――。

瞼を閉じると、ミミズを口に詰め込まれたリチウムが嘔吐《えず》きを堪《こら》える姿が浮かんだ。


覆面パトカーの助手席に戻ると、ヒコボシはニット帽を脱いで髪をかきあげた。

「事件当日までのヤマトの居場所が分かった。サクラはそこの社員寮に住んでる元部下の女に赤ん坊を預けていたんだ」

「やはりそうですか。でもヤマトくんを預けた理由は何でしょう」

「ヤマトはシロチン野郎の子供だったんだ」

「……は?」

「美々津サクラは娘二人の前で変態に襲われたんだろう。きっとそうだ」

「何言ってるんですか」オリヒメが怪訝《けげん》そうにヒコボシを睨む。

「水々署の連中は認知症のチェックテストを受けたほうがいい。ヤマトが生後半年だったってことは、サクラが襲われたのは一年三か月前ってところか。そのころミズミズ台で起きた強姦事件を調べるよう、オシボリに頼んでくれ」

6

一日ぶりに自宅へ帰ると、食いかけのカニパンと作りかけのカップ焼きそばが机に並んでいた。キッチンでは電気ケトルの赤いランプが点滅している。署長に無理やり呼び出されたのを思い出し、ヒコボシは胸糞《むなくそ》の悪い気分になった。

「おい、天才女子高生。出番だぞ」

ぼやきながら階段を上ると、シリンダー錠を開けて薄暗い小部屋に入った。赤紫色の少女が壁にもたれて寝息を立てている。ヒコボシは乾麺を砕くと、陰毛みたいな形の破片をマホマホの口に押し込み、電気ケトルの熱湯を喉へ流し込んだ。

「ほれ、みーちゃんのおしっこだよ」

マホマホはバネ仕掛けみたいに上半身を起こし、カーペットに熱湯を吐いた。ゲホゲホと咽《む》せながら肩を震わせる。ヒコボシが電気ケトルで脳天を殴ると、マホマホは蹲《うずくま》って毛布に顔を押しつけた。

「バカ。泣いてる場合じゃねえぞ。ミズミズ台で赤ん坊が殺された。犯人は誰か考えろ」

マホマホはわずかに顔を上げたが、ヒコボシと目が合うなり毛布をかぶった。

「返事をしろ。お前の耳は飾りか？」

「……もう殺してください」

マホマホの声は歯抜けの小学生みたいにぎこちなかった。火傷で舌が回らないのだろう。ヒコボシは床に腰を下ろし、毛布ごしにマホマホの頭を叩いた。

「前から言ってるだろ。おれには命に代えても刑務所にぶち込みたいやつがいる。そいつらをしょっ引ければ、あとはお前に用はない。ここから逃げたいなら、おれに協力するのが一番の近道だ」

ヒコボシの手を振り払って、マホマホは毛布から顔を出した。爛《ただ》れた下唇から黄土色の液体が流れる。

「……殴るのはやめてください。痛いです」

「分かったよ。この事件が解決したら、二度と乱暴しない」

ヒコボシは安請け合いした。

「信じられないです」

「本当だよ。約束する」

ヒコボシが柔らかい声を出すと、マホマホは気の進まない顔で息を吐いた。

「……事件の経緯を教えてください」

7

県警本部の大会議室で毛の抜けたニホンタヌキみたいな参事官の講話を聞いていると、携帯電話の着信音が鳴った。廊下へ飛び出し、通話ボタンを押す。

「ノエルの潜伏先が分かりました。ズズ団地です」

オリヒメの弾んだ声が聞こえた。ズズ団地といえば豆々署の目と鼻の先だ。オリヒメは強姦事件の犯人とみられる男の行方を探るため、今朝から男の本籍地である尾立《おだち》区の住宅街を訪れていた。

「よく分かったな」

「ノエルの同級生だった男が、半月前に偶然会ったそうです。顔色が変わっていたので驚いたそうですが、声をかけてみたら確かに旧友だったと。複数の写真から選ばせて確認したので間違いありません」

「顔色が変わっていた、か」

「ええ。やはりノエルはミミズだったようです。地元を離れた後、白斑整形で肌の色を変えたみたいですね」

オシボリに取り寄せさせた通院歴の資料でも、ノエルがミミズであることは確認できていた。水々署に問い合わせると、サクラが強姦された事件の資料はきちんと保管されていた。

「白斑整形でバカ儲《もう》けした女が、金蔓《かねづる》だったミミズの男に襲われたわけか」

もっともノエルが治療を受けたのは美々津クリニックではなかったから、彼がサクラの生業を知っていたかは分からないが。

「ノエルの身体にはもう一つ特徴がありました。彼は手の指が四本ずつしかなかったそうです」

「へえ」今度は初耳だった。「原因は何だ。事故か？」

「欠指症という遺伝子疾患のようですね。親戚にも指が足りない人がいた可能性が高いです」

「ズズ団地から先の住所は？」

「判明しました。挙動不審な振る舞いを訝しんだ同級生の男が、無理を言って部屋まで押しかけていたので」

「素晴らしい。水々署のボケ警官どもに爪の垢を煎じて飲ませてやれ」

「水々署はムーミーマンの捜査で手が回らなかったんでしょう。こっちの事件は被害者がことを荒立てる心配もないですし」

「だからって強姦魔を野放しにすんなよ。今からズズ団地へ行く。住所を教えてくれ」

「はい。わたしも向かいます」

ヒコボシはノエルの住所を手帳に書き込み、階段を駆け下りた。

ここからは時間の勝負だ。ズズ団地は豆々署の管轄区域の中では人口の多いエリアだが、管理売春の捜査で訪れたことがあり、おおよその地理は頭に入っている。同僚たちが間抜け顔で参事官の無駄話を聞いている間に、自分はまた一つ、重大事件を解決に導くのだ。おまけに今回は、リチウムの復讐という特大のご褒美もついてくる。周囲に人気がないのを確かめ、ヒコボシは小さくガッツポーズをした。

覆面パトカーを飛ばすと、ズズ団地へは十五分もかからなかった。

雑草に覆われた植え込みやくすんだコンクリートが窓の外を流れる。高級住宅地のミズミズ台から十五キロほどしか離れていないのに、目に入るすべてがくたびれ、気力を失っているように見えた。

車を降り、県道と団地をつなぐ道を小走りに進む。サクラの木がアスファルトを突き破って道の真ん中に生えていた。しょぼくれた景色の中で、その木だけが揚々と枝を広げている。

ゴミ置き場からは金属を引っ掻くような音が響いていた。ネットの中を覗くと、タオルを巻かれた仔猫がトチ狂ったように鳴いている。親猫の飼い主に捨てられたのだろう。親と離れると頭のネジが壊れたみたいに泣き喚《わめ》くのは、哺乳類に共通の本能らしい。

団地の敷地へ入ると、メモ帳を片手に目当ての棟へ向かった。ベランダを見る限り、入居率は七割ほどか。壁のあちこちに落書きがあり、集会所の窓ガラスは割れたまま放置されている。階段を上り、二階の部屋のインターホンを鳴らした。

「警察だ。ドアを開けろ」

しばらく待ったが応答はなかった。錠を壊してでも押し入るべきか。迷いながらドアノブを捻ると、アルミドアがあっさり手前に開いた。心臓が胸を打つ音が聞こえる。

「――――」

言葉にできない瘴気《しょうき》がじわりと溢れ出た。

五畳半の部屋に入ると、アルコールの臭いが鼻腔《びこう》をくすぐった。カーテンの隙間から陽光が差し込み、床に散らばった写真を照らしている。写真に目を落とし、肝を潰した。どれもミズミズ台で撮影したらしい女子中学生の写真で、あどけない表情がいくつも切り取られていた。

部屋の奥には背の低い書棚があり、大耳蝸牛なる作家の本が並んでいる。その書棚に見下ろされるようにして、見覚えのある青白い男が畳に倒れていた。手の指が一つずつ足りない。捜査資料で目にした、強姦事件の容疑者――「変態シロチン野郎」ことノエルだ。

「遅かったか」

ヒコボシは舌打ちして、卓袱台《ちゃぶだい》を蹴り飛ばした。日焼けしたノートが落ち、小さな瓶がカーペットを転がる。瓶のラベルには睡眠導入剤の名が書いてあった。

ノエルは大量に薬を飲んで自殺したのだろう。このタイミングで死を選んだ理由は一つしかない。報道でヤマトが殺された事件を知ったのだ。強姦事件が引き金となり、幼い命が奪われたことを知って、罪の重さに耐えきれなくなったのだろう。

「――ん？」

ノエルの顔に落ちたノートを見て、息を呑んだ。

どうやら勘違いをしていたらしい。ノートを手に取り、ヒコボシは思わずほくそ笑んだ。

8

「し、死んでるんですか」

目を細めて部屋を覗くオリヒメの頰を、夕陽《ゆうひ》が橙色《だいだいいろ》に染めている。オリヒメが息を切らしてズズ団地に現れたのは、ヒコボシが到着した二十分後のことだった。

「ああ。引っくり返りたくなければ見ないほうがいい」

「救急車は？」

「手遅れだよ。これを見ろ」

ヒコボシは日焼けしたノートを開いた。ボールペンで書かれた弱々しい文字が並んでいる。

「遺書ですか」

オリヒメは眉を寄せてノートに目を落とした。


おれは自分の欲望のために中学生をレイプした最低なやつです。死んであやまるしかありません。ごめんなさい。


「なるほど。ノエルが犯したのは、サクラさんじゃなく長女のユリさんだったんですね」

オリヒメは頰を歪《ゆが》め、吐き捨てるように言った。男に襲われる中学生の少女と、泣き崩れる母親、意味も分からずそれを眺める幼い妹——そんな光景が浮かんだのだろう。

「ヤマトの母親もサクラじゃなくユリだったたってことだ。警察の記録が間違っていたのは、サクラがユリを守るために嘘を吐いたからだろう。サクラが半年間タイに滞在したのは、妊娠を隠すためじゃなく、妊娠していないことを隠すためだった。本当は助産師のブブカに預けられていたユリが、ズミミ女子医科大の職員寮でヤマトを産んだんだ」

　オリヒメはノートを閉じ、小さくため息を吐いた。

「ヤマトが水槽に落とされたのは、ミズミミズに身体をくまなく齧らせて肌の色が分からないようにするためだろうな。河川敷でのブブカの発言からも、ヤマトがミミズだったのは間違いない。見知らぬ男に強姦されて、産んだガキがミミズなんだから、ユリの人生は踏んだり蹴ったりだ。だがそのことが、事件の真相を解き明かす最後のピースでもあった」

　ヒコボシが啖呵《たんか》を切ると、オリヒメは狐につままれたような顔をした。

「どういう意味ですか？」

「どうもクソもねえよ。ヤマトを殺した犯人が分かった」

　オリヒメは腑《ふ》に落ちない表情でヒコボシを見返した。

「えっと、ヤマトくんを殺した犯人は、美々津クリニックの元職員のブブカさんですよね」

「違う。あのシミ女は犯人じゃねえ」

「なぜですか。美々津邸にヤマトくんがいるのを知っていたのは彼女だけなんですよ」

「順を追って説明してやる。そもそもあの殺害現場には妙な点があった。犯人が台座に上って、赤ん坊を水槽に落とすところを想像してみろ。大人がバスタブの外から赤ん坊に湯浴《ゆあ》みをさせるような恰好《かっこう》だ。赤ん坊が湯へ入る位置は、当然、大人の手が届くバスタブの縁の辺りになる。そこで大人が手を離して、赤ん坊を落としたら、バスタブの湯はどうなると思う？」

「それはまあ、ちゃぽんと跳ねるんじゃないですか」

「そんなもんじゃねえよ。赤ん坊だって漬物石じゃねえんだから、窒息するまで必死に暴れるはずだ。水槽には縁から十センチのところまでなみなみと水が入っていたから、赤ん坊が暴れれば水が外へこぼれなきゃおかしい。

　ところが水槽と台座の隙間には埃が積もったままだった。水槽から水がこぼれていたら、あのシャンプーハットみたいな台座の縁に落ちて、水槽と台座の隙間に流れ込んだはずだ。でも埃が流された形跡はなかった」

「なるほど。つまりヤマトくんは、水槽に落ちた時点ですでに死んでいたということですね」

「全然違《ちげ》えよ、アホ」ヒコボシは唾を飛ばした。「ちゃんとオシボリの報告を読んだか？　ヤマトの肺からはカルキ抜きを済ませた水が検出されてる。赤ん坊が水槽の水を飲んで窒息死したってことは、水槽に落ちた時点ではまだ息があったってことだ」

「それじゃ水がこぼれなかった理由は何でしょう」

「犯人が赤ん坊を落としたとき、水槽は水を減らしてあったんだ」

「何のためにですか？」オリヒメが首を傾げる。

「ミズミミズが水槽から逃げるのを防ぐためさ。赤ん坊を落として水が跳ねた拍子に、ミズミミズが飛び出したら大変だろ。肌を嚙まれて血痕でも残しちまったら致命的だ。だから犯人は、あらかじめ水を減らしてからヤマトを水槽に投げ込んだんだ。

　ところが長女のユリがヤマトの死体を発見したとき、水槽に普段と違ったところはなかったという。つまり水槽の水位はもとに戻っていたんだ。犯人は何のために、一度減らした水を注《つ》ぎ足したんだろうか」

　オリヒメは下唇をつまんで俯いたが、すぐに「ああ」と手を打った。

「水槽の水を抜く方法を知っていることを隠すため、ですね」

「そうだ。水槽の底面に固定された排水ホースは、とても素人に操作できる代物じゃなかった。水を抜いたことがばれれば、犯人は排水ホースの扱い方を知っている者に絞られる。犯人はそれを恐れて、水位をもとに戻したんだ」

「水面に直接バケツを突っ込んで、水を汲《く》み取ることもできますよ」

「犯人が水槽の水位を下げたのは、ヤマトを落とすときにミズミミズが飛び出さないようにするためだ。バケツで水を汲んだりしたら、かえってミズミミズに嚙まれかねない。それでは本末転倒だし、警察もそれくらい想像するはずと考えたんだろう」

「なるほど」

「ここからもう一つ分かることがある。水を抜くのと同じで、水を注ぎ足すのも容易なことじゃない。水道水をそのまま流し込んだら、どっかの水族館みたいにミズミミズが死んじまう。あいつらがピンピンしてたってことは、犯人は水道水にカルキ抜きを混ぜてから水槽に入れたことになる」

「一度抜いた水をバケツに溜めておいて、水槽に戻したのかもしれませんよ」

「排水用のホースは床の排水口に固定されていた。バケツに水は溜められない」

「ああ、そうでしたね」

「面白いのは、カルキ抜きが入った容器のラベルが剝がされていたことだ。あれじゃ事前に中身を知らなけりゃ、せいぜい洗剤かパイプクリーナーにしか見えない。以上のことから、犯人の条件をまとめるとこんなところになる。その一、犯人は水槽から安全に水を抜く方法を知っていた。その二、犯人はミミズが塩素に弱いことを知っていた。その三、犯人はカルキ抜きのやり方と、美々津邸のどこにその道具があるかを知っていた。さてオリヒメ刑事、きみはまだブブカが犯人だと思うか？」

「いえ」オリヒメは首を振った。「美々津クリニックの元職員で貧乏暮らしの彼女が、ミズミミズの飼育法に精通していたとは思えません。犯人は美々津家の中にいたんですね」

「そうだ。具体的に言えば、普段からミズミミズの世話をしていたサクラかユリのどちらかだろう。犯人が寝室の窓ガラスを割ったり廊下に雨粒を落としたりしたのは、外部犯の犯行に見せかけるチンケな偽装工作だったんだ。

ついでにもう一つ、犯人が内部犯としか思えない理由がある。詳しい事情はさておき、ヤマトがミミズであることを犯人が隠そうとしたのは間違いねえよな。そうでもなきゃ、あんなに残忍な方法で赤ん坊を殺す理由がない。

でも考えてみろ。肌の色が分からないようにするのが狙いなら、もっと簡単で確実なやり方がある。燃やせばいいんだよ。美々津邸の離れには、いやでも目に入るご立派な煙突があった」

「ヒコボシさん、それはダメです」オリヒメが手を左右に振る。「あの煙突はただの飾りです。離れに暖炉はありません」

「分かってるよ。問題は、犯人が離れに近づいてすらいねえってことだ。犯人が外部の人間なら、離れに入るか、せめて窓を覗かなきゃ、暖炉がないことは分からなかったはずだ。でも離れの周りに足跡はなかった。犯人は煙突が飾りだってことを知っていたんだ。要するにそいつは美々津家の中の人間だったってことだよ」

ヒコボシは窓の枠に腰掛けて言葉を継いだ。

「一方で、サクラかユリが犯人だとすると不可解な点もある。犯行の動機だ。犯人はなぜ家族を殺したんだろうか」

「やっぱりヤマトくんが邪魔だったんじゃないですか。とくにサクラは有名人ですから、娘が強姦されたことやミミズの子供が生まれたことをマスコミに嗅ぎつけられたくなかったんでしょう」

「それならバケモノを飼ってる水槽に赤ん坊を落とすなんてのは逆効果だろ。週刊誌の記者にエサを撒《ま》いているようなもんだ。おれなら誰にも言わずに山に埋めるぜ。サクラは自分から警察に通報してるし、決してヤマトの存在を消し去ろうとしたわけじゃない。

そもそも犯人はブブカの行動を事前に予期できなかったはずだ。サクラが『藪から棒』と言った通り、ヤマトが美々津邸に現れたのは犯人にとっても予想外の出来事だった。よってヤマト殺しも突発的な事件だったことになる。じゃあ犯人は、何のために赤ん坊を水槽に落としたのか。

手がかりになるのは、ヤマトの肺から検出されたおしっこだ。ヤマトは水槽の水を飲む前におしっこを飲んでいた。犯人が飲尿プレイを嗜《たしな》むド変態野郎でない限り、これは偶発的に起きた事故だったと想像できる」

「偶発的な事故？」オリヒメが怪訝そうに言う。「偶然おしっこを飲むなんて、そんなふざけたことありますか？」

「あったんだよ。犯人はヤマトを素っ裸にして大理石の台座に上り、太腿《ふともも》を摑んで頭のほうから水槽に入れたんだ。ドボンと投げ込んだんじゃなく、逆さ吊りの体勢でゆっくり水に入れたんだな。ヤマトはこのときおしっこをちびったんだろう。身体が逆さだから、ヤマトの小さなちんちんは腹のほうへ反り返ったかたちになる。ちょうど蛇口みてえな格好だ。この体勢でちんちんから溢れ出たおしっこは、腹から胸を伝って、ヤマトの顔に流れた。で、咽《むせ》び泣くヤマトの鼻や口から気管に入り込んだんだ。ヤマトは男に生まれたことをあの世で悔やんでるかもな」

「あまり笑えないですね」

「ここで分かるのは、犯人がヤマトを水槽に入れたとき、ヤマトの頭は水に浸《つ》からない高さでしばらく静止していたってことだ。首まで水に浸かっちまえば水槽の水を飲まざるをえないから、肺にそれほどおしっこは溜まらない。

じゃあ犯人はなぜそこで手を止めたのか。死体の両手首から先の損壊がとくに激しかったことを考えれば、答えは明白だ。犯人はまずヤマトの手首から先を水に入れ、ミズミミズに念入りに食わせたんだ。犯人にはヤマトの掌をめちゃくちゃにしなければならない理由があったんだよ。

そう考えると、寝室の壁の高いところにあったヒメの指紋にも説明がつく。あの部屋にも水槽が置いてあったのと似た大理石の台があっただろ。犯人はヒメの太腿を摑んだまま台に上って、ガキの身体をどれだけ摑んでいられるかテストしたんだ。そのときヒメが手を振り回して、壁にぺたぺた指紋が付いたんだろう」

「なぜヤマトくん本人ではなく、ヒメちゃんで予行演習をしたんでしょう」

「それは後回しだ。動機が分かればおのずと答えが出る。先にそっちを片づけよう」

「犯人の動機ですね」オリヒメは首を縦に振った。「犯人はなぜヤマトくんの掌を念入りに食べさせたのか。掌に秘密があって、犯人はそれを隠そうとした――そういうことでしょうか」

「だろうな。じゃあその秘密は何か。もちろん、指の数だよ。ノエルの欠指症は遺伝によるものだった。ノエルの息子である以上、ヤマトも指が欠けていた可能性は十分ある。犯人はヤマトの欠指症を隠すため、掌を念入りに食い千切らせたんだ」

「犯人はヤマトくんの身体の特徴を徹底的に消そうとしたんですね。やはり父親が強姦魔だと発覚するのを恐れていたんでしょう」

「違う。そうじゃない」ヒコボシは語気を強めた。「その勘違いが事件をややこしくしているんだ。サクラはヤマトが強姦魔の子供であることを積極的に隠そうとはしていない。水々署のアホ警官どもが勝手に失念しただけなんだ。犯人がヤマトの欠指症を隠そうとしたのには、別の理由がなければ辻褄が合わない」

「別の理由」オリヒメがオウム返しに尋ねる。「何ですか、それ」

「想像してみろ。帰宅してみたら、自宅に見覚えのない赤ん坊が転がっていた。その赤ん坊は肌が赤紫色で、指が欠けていた。おれならこう思うね。――誘拐された赤ん坊が、どうしてここにいるんだ？」

「ああ」

オリヒメは短く声を上げ、口を薄く開いたまま凍りついた。

「ミズミズ台の住人たちは絶頂ムーミーマンに怯《おび》えながら日々を過ごしていた。ミミズの赤ん坊を連れ去り、指を切断して送りつける残酷な手口にもかかわらず、警察は失態ばかりで手がかりすら摑めていない。こんな状況で落ち着いていられるほうがおかしいさ。

そんな折り、突然、指の欠けたミミズの赤ん坊が自宅に現れた。犯人は戸惑いながらも、状況を理解しようと頭を働かせた。見覚えのない赤ん坊が自宅にいるということは、誰かが余所《よそ》から連れてきたのだろう。肌が赤紫色であること、指が欠けていることから、その誰かとは誘拐事件の犯人――ムーミーマンに違いない。そいつは美々津邸に出入りできる人物、すなわち自分たちの家族だ。そんな思考をたどった結果、自分の家族が誘拐犯だったと信じ込んでもおかしくない」

「悪夢を見ている気分になりますね」

「とびきり最悪のやつをな。おまけに親代わりだったブブカに置き去りにされたヤマトは、喉を嗄《か》らして泣いただろう。親を見失った哺乳類のガキは狂ったように泣き喚く。この泣き声がさらに犯人を追いつめた。

ミズミズ台では四十人以上の警察官がパトロールを行っている。美々津邸はログハウス風の洒落《しゃれ》たつくりのせいか、音が屋外に洩れやすい。赤ん坊のクレイジーな泣き声を聞かれたら、パトロール中の警察官にムーミーマンだと疑われかねない。不安にかられた犯人は、とっさに赤ん坊の口を封じなければと考えた。それも万一、警察官に見つかっても、誘拐された乳児とは無関係だと言い張れる方法でだ」

「な、なるほど」オリヒメは二度頷《うなず》いた。「身内に誘拐犯がいると誤解して、家族を守るには赤ん坊を殺すしかないと考えたんですね」

「そうだ。予行演習に赤ん坊でなくヒメの身体を使ったのも、赤ん坊を余計に泣かせたら本末転倒だからだよ。

ここからもう一つ、犯人の条件を導き出すことができる。犯人はヤマトがミミズであり、欠指症を患っているという事実を知らなかったんだ。いくら混乱していても、犯人がヤマトの身体的特徴を知っていれば、誘拐された赤ん坊と誤解することはないはずだからな。強姦事件を起こしたとき、ノエルはすでに白斑整形治療を受けていたから、サクラたちがミミズだと気づかなかったとしても不思議はない。

ここまでくれば犯人は明らかだ。くりかえすが、犯人はサクラかユリのどちらかだ。このうちユリは犯人の条件を満たさない。彼女はヤマトを産んだ張本人だ。自分で産んだ赤ん坊を見ない母親はいないだろう」

ヒコボシはそこで言葉を切り、にやりと笑った。

「残りは一人だけ。ユリがヤマトを産んだときタイに逗留していたクソ親――美々津サクラが赤ん坊を殺した犯人だ」

9

「――美々津サクラさんが赤ん坊を殺した犯人です」

段ボールに覆われた窓の隅から月明かりが差している。

マホマホは言葉を切ると、電気ケトルに残っていた白湯《さゆ》を飲み干し、短く息を吐いた。

天才女子高生の異名は伊達《だて》ではない。マホマホは事件の説明を受けたわずか三十分後に犯人を言い当ててしまったのだ。やはり監禁しておいて正解だった。

「なるほどな。でもサクラはなんで警察を呼んだんだ？　死体なんか山奥に捨てちまえばよかったのに」

「警察が厳戒態勢を敷いている中、死体を運び出す勇気がなかったんでしょう。ご近所さんにヤマトくんの泣き声を聞かれている可能性もありますしね。窓を割って外部犯に見せかけた上で警察を呼んだのは、賢い判断だったと思います」

「そんなもんか。あのクソ女がヤマトを殺した犯人だったとはな」

ヒコボシが煙草を咥《くわ》えて言うと、マホマホは目を丸くしてかぶりを振った。

「違いますよ。サクラさんがヤマトくんを殺した犯人だとは言っていません」

「は？」

「その可能性もあるというだけです。今のはあくまで、一年と三か月前に強姦されたのが長女のユリさんだった場合の推理です」

「違えのか？」ヒコボシは首を傾げた。

「分かりません。ノエルが美々津邸で誰を襲ったのか、確かめる方法はありませんから。今の推理はあくまで一例です」

「じゃあ、襲われたのがサクラだったらどうなるんだ」

「もちろん、ヤマトくんを殺した犯人はサクラさんではなくなります。

先ほどの説明を思い出してください。犯人の条件は二つありました。一つ目は、犯人が美々津家でミズミミズの世話をしていた人物であること。この条件から、犯人はサクラさんとユリさんの二人に絞られました。

問題は二つ目の条件、犯人がヤマトくんの身体的特徴を知らなかったということです。河川敷でのブブカさんとサクラさんの会話から、ヤマトくんの父親は『シロチン野郎』ことノエルだと考えられます。ノエルに犯されたのがサクラさんだったとすれば、ヤマトくんの母親もサクラさんということになります。この場合、サクラさんは出産時にヤマトくんを目にしたはずですから、犯人の条件を満たしません」

「じゃあ犯人は――」

「二つの条件を満たすのは長女のユリさんだけです」

マホマホが淀《よど》みなく答える。

ヒコボシは煙草を咥えたまま、火をつけずに壁にもたれた。犯人を特定する最後のピースが、よりによってノエルの性的嗜好《しこう》だとは。真面目に考えていた自分がバカらしくなる。

「ノエルを捕まえて、出会い系サイトの初期登録ページみたいな質問をすりゃいいんだな。十代と三十代、あなたのタイプはどちらですか？」

「それだけでは足りません」マホマホは小さく首を振った。「ノエルが次女のヒメちゃんを犯した可能性もあります」

「ヒメ？　六歳のガキのことか？」

思わず調子はずれな声が出た。

「事件の時点では五歳です。ノエルがヒメちゃんを襲った可能性も否定できません」

「いや、できるよ。ヒメは自分でケツも拭けねえガキだ。オリモノが出るまで十年はかかる。かりにノエルがヒメを犯したとしても、妊娠するはずがない」

「その通りですね。この場合、ヤマトくんの父親はノエルではなく別にいることになります。サクラさんはブブカさんに嘘を吐いていたんでしょう。強姦事件がそう頻発するとは思えませんから、ヤマトくんの父親はサクラさんのかつての交際相手――実業家の楢山デンということになります」

「バカな」ヒコボシはごくりと唾を飲んだ。「そんなわけあるか」

「なぜですか？」

「楢山デンは旧華族だぞ。あいつらは血筋と家柄にこだわる。デンがどこの馬の骨とも知れぬタレント医師の女を孕《はら》ませたとなりゃ、年寄りどもが黙ってるはずがねえよ」

「だからヤマトくんの存在は隠蔽されたんです。サクラさんがブブカさんに、赤ん坊の父親は強姦魔だとでたらめな説明をしたのもそのためでしょう。楢山デンが勃起障害だったという週刊誌の記事も、彼が意図的に報じさせたものかもしれませんね」

全身をミズミミズに食い千切られた死体の写真が脳裏に浮かんだ。あの赤ん坊が旧華族の隠し子だった――、そんなことがありうるのか。

「違う。お前の憶測は的外れだ。河川敷でのブブカの発言からして、ヤマトがミミズだったのは間違いない。でもミミズの子はミミズの家系にしか生まれない。ヤマトが楢山デンの子供なら、楢山の一族にミミズの血が流れていたことになるぜ。旧華族がミミズを忌避してるのは有名な話だ。あの家系に限ってそんなことはありえない」

「もちろんそうでしょう。当然、サクラさんにミミズの血が流れていたことになります」

マホマホは当然のように言った。

「……あのクソ女が、ミミズの家系？」

「ええ。サクラさんもミミズかもしれませんね。幼少時代にフィリピンに滞在していたとき、白斑整形治療を受けたのかもしれません。

この場合、ヤマトくんを殺した犯人の条件も変わってきます。一つ目の条件はさておき、二つ目――犯人がヤマトくんの身体的特徴を知らなかったという条件は成立しません。ノエルと血のつながりがなければ欠指症が遺伝することはありませんし、自分たちがミミズの血筋なら赤紫色の赤ん坊を見てムーミーマンの被害者と誤解することもないでしょう。サクラ犯人説とユリ犯人説は、どちらも誤りということになります」

「……混乱してきた。犯人はヤマトを誘拐された赤ん坊と勘違いしたわけじゃねえんだな。それじゃ何のためにヤマトを殺したんだ」

「この場合も理屈は変わりません。犯人がヤマトくんの正体をきちんと理解していれば、彼を殺すことはなかったはずです。犯人は美々津邸に赤ん坊が現れた理由を勘違いしたために赤ん坊を殺してしまったんです」

「堂々巡りじゃねえか。自分たちがミミズの家系ってことを知ってるんなら、サクラもユリも、ヤマトの正体を誤解するはずがない。そうだろ」

「はい。ですから二人は犯人ではありません。犯人がヤマトくんの正体を勘違いした理由はもう一つ考えられます。犯人が幼い子供だったため、自分たちがミミズの家系であることを理解できていなかった場合です」

ヒコボシは思わずマホマホの肩を突いた。

「むちゃくちゃだな。でたらめなこと言ってんじゃねえ」

「でたらめじゃありません。水槽に触れないよう躾けられていたとはいえ、ヒメちゃんは母親と姉がミズミミズの世話をするのをいつも見ていたはずです。

『ユリ、まだ朝からエサをあげてなかった』

『分かった。代わりにあげとくね』

『お母さん、もうすぐエサがなくなりそう』

『本当？　またミミズを買いに行かなきゃ』

ヒメちゃんはこんな会話を日常的に耳にしていたはずです。

ある日、母親が急遽仕事に出かけ、ヒメちゃんは家に一人取り残されてしまいました。ユリお姉ちゃんもなかなか学校から帰ってきません。ヒメちゃんは水槽を見上げて考えます。この子たちもきっと、お腹を空《す》かしているんじゃないかと。どうしたら良いか分からず、ヒメちゃんは途方に暮れました。そこへ赤ん坊を抱いた見知らぬ女性が現れたんです」

マホマホが淡々と言葉を紡ぐ。言おうとしていることが分かり、うなじの辺りがぞくりと粟立《あわだ》った。

「ヒメちゃんは尋ねたでしょう。

『おばさん。この子、誰？』

『ヒメちゃんの弟のヤマトくんですよ』

『どうして肌の色が違うの？』

『それは、この子がミミズだからよ』

そう聞いてヒメちゃんは早合点したんです。この人は水槽にあげるエサを持ってきてくれたんだと。美々津邸を出ていくブブカさんを見送ると、ヒメちゃんは赤ん坊を担いで玄関へ向かい、水槽に放り込んだんです」

——お姉さんも、ミミズ屋さん？

オリヒメが話を聞こうとした際、ヒメが口走った言葉が耳によみがえった。

「くだらねえ」ヒコボシはわざとらしく舌打ちした。「そんなのは不可能だよ」

「なぜですか？」

「自分で言った一つ目の条件を忘れたのか。犯人は水槽の水を抜いたり足したりしてるんだ。あの間抜け面《づら》のガキにそんな真似ができるとは思えない」

「いえ、水槽の水は――」

「そもそも水槽の縁は二・五メートルの高さにあるんだ。六歳児じゃどう足掻《あが》いても届かない。もう少し成長すれば台座に上れただろうが、ヒメにはそれも難しい。美々津邸の家具はすべて床に固定されていたから、椅子を運んで踏み台にするわけにもいかねえしな」

「落ち着いてください」マホマホは赤紫色の人差し指を立てた。「あたしが初めに説明したことを忘れていませんか」

「何のことだ」

「このパターンでは、サクラさんの家系にミミズの血が流れているということです。当然、娘であるヒメちゃんもミミズの遺伝子を受け継いでいることになります。

ミミズであれば、掌から粘液を出して壁をよじ登り、赤ん坊を水槽に落とすのも難しくありません。ヒメちゃんは天井の横木にしがみついて、水槽の真ん中あたりにゆっくり赤ん坊を落としたんです。水槽の奥行きは二メートルほどですから、赤ん坊がもがいても飛沫《しぶき》が水槽の外へこぼれることはないでしょう。この場合、排水ホースを操作して水位を下げる必要もありません」

「妄想もいいところだ」

「妄想ではありません。ヒメちゃんは白斑整形治療を受けたミミズだったんです。寝室の壁の手が届かないところに指紋が残っていたのが何よりの証拠です。

ヤマトくんがおしっこを飲んでいたのは、やはり落下前にしばらく宙吊りにされていたからでしょう。ヒメちゃんは赤ん坊の手首から先を水に浸けて、ミズミミズが食らいつく様子を観察したんです。彼女はエサをぶら下げて食事を観察するのが好きだったそうですからね。

ヤマトくんが水槽の真ん中あたりに落とされたのも同じ理由です。池の鯉《こい》にエサをやるのに、わざわざ鯉が気づきにくい池の隅にエサを投げる子供はいません。

もちろん、何もかも六歳児のしわざと言うつもりはありません。寝室の窓を割って外部犯に見せかけたり、天井の横木に付いたヒメちゃんの指紋を拭き取ったりしたのはサクラさんとユリさんでしょう。それでも、ヤマトくんを殺した犯人がヒメちゃんであることは間違いありません」

マホマホは長広舌《ちょうこうぜつ》を終えると、長く息を吐いて、カレーパンマンが描かれた毛布をかぶった。老人の肛門《こうもん》みたいな悪臭が広がる。ヒコボシは鼻を押さえて、ポケットから食べかけのカニパンを取り出した。

「ほれ、やるよ」

　マホマホは訝しげにこちらを見ていたが、ゆっくりと細い腕を伸ばし、カニパンを摑んだ。

「……合格ですか？」

「ぎりぎり及第点だな。本当は犯人を一人に絞れなきゃダメだが、解決の糸口が見えたから許してやる」

「ありがとうございます。あたし、パン大好きなんです」

　マホマホは小さく頭を下げると、頰を緩めてカニパンを齧った。


　ヒコボシは監禁部屋を出ると、シリンダー錠を閉め、思わずほくそ笑んだ。やはり自分はついている。カニパン一つで事件が解決するなら安いものだ。

　オリヒメは数日のうちにノエルの行方を摑むだろう。ノエルが強姦した相手が分かれば、おのずとヤマト殺しの犯人も明らかになる。適当な理由でノエルをしょっ引いて、オシボリに真相を吐かせれば事件は解決だ。

　だが、本当にそれでよいのか――？

　ヒコボシはかぶりを振った。この機を逃す手はない。美々津サクラを刑務所にブチ込み、生まれてきたことを後悔させてやる。

余所の赤ん坊と思い込んでいたとはいえ、息子をミズミミズのエサにしたとなれば、執行猶予が認められる余地はない。サクラの行きつく先は、この世の地獄——豆々刑務所だ。ヒコボシの代わりに、日本懲罰機構がサクラを無残な死へ追いやってくれるだろう。

自分のすべきことは分かっていた。ノエルの居場所が分かったら、誰よりも先にそこへ乗り込む。暖を取るための練炭か、強めのアルコールと睡眠薬があれば丁度良い。念のため、頑丈な紐《ひも》を持っていこう。運もついていることだし、きっとうまくいくはずだ。

耳の奥で、妹の嘔吐《えず》く音が響いていた。

アブラ人間は樹海で生け捕り

●本編の主な登場人物

ヒヨモンベ……ベロリリンガの教祖
尻瓦《しりがわら》タロウ……ベロリリンガの尻子村支部長。ヒヨモンベの従弟《いとこ》
沢尻《さわじり》アスカ……ベロリリンガの尻子村支部職員
高畑《たかはた》サマンサ……ベロリリンガの広報委員長

油壺《あぶらつぼ》モンゼン……辺戸辺戸村の自治会長
阿部良《あぶら》サダオ……辺戸辺戸飯店の店長
阿部良ツバキ……サダオの妻
井尻《いじり》ノブ子……辺戸辺戸飯店のアルバイト
セイ子……ノブ子の友人
松本《まつもと》ガリ……べとべと病の男

ダミアン……尻子村駐在所の巡査

0

ミミズのノエルは彷徨《さまよ》っていた。

中々《なかなか》自動車道を下ること一時間半。百穴ヶ原《ひゃくあながはら》の樹海へ足を踏み入れたときには、雲の間から柔らかな陽が差し、ツグミやムクドリが能天気なメロディを奏でていた。足元にはカエデやヒノキの枝が賑やかな影を落としている。ミミズを咥《くわ》えて飛び上がったのはシジュウカラだ。すれちがう若者たちも楽しそうにはしゃいでいて、本当にここが自殺の名所なのかと心配になった。

だが日が傾き始めると、樹海はすぐに本当の姿を現した。頭上を覆うように伸びた枝に遮られ、月明かりはほとんど届かない。ときおり小動物の走る音が聞こえるのを除けば、辺りは墓場のような静寂に包まれていた。冷たい山風が吹くたびに肌が裂けそうになる。

まるで水の涸《か》れた暗渠《あんきょ》を歩いているような気分だった。ぼんやりしていると倒木や石につまずいて転びそうになる。足元に死体が転がっていても気づかないだろう。

ステレオタイプなゾンビみたいに両手を前に伸ばして歩いていると、指先がぬらりとした苔《こけ》に触れた。ゆっくりとそれを撫《な》でる。人間の子供ほどの大きさの溶岩だった。

岩に寄りかかって、ペットボトルの水を飲んだ。指が震え、うまく口をつけられない。風が体温を奪っているのが分かる。

ノエルは思わずほくそ笑んだ。はるばる樹海まで来た甲斐《かい》があった。これで本当に死ねる。

ミズミズ台で女を犯してから半年間、ノエルは何度も自殺を試みたが、いまだに最後の一歩が踏み出せずにいた。強姦《ごうかん》事件の直後に自殺した大耳《おおみみ》蝸牛《かぎゅう》があの世から見ていたら、さぞかし軽蔑しているに違いない。意味もなく生き続けてきたが、いよいよ年貢の納めどきだ。

ノエルは息を吐いて、ゆっくりと瞼《まぶた》を閉じた。


ふと、少女の声が聞こえた。

目を開けると、背の高い木々が自分を見下ろしていた。枝葉の隙間から月明かりが差している。手に持っていたはずのペットボトルが足元に転がっていた。

いつの間にか眠っていたらしい。このまま死ねたかもしれないのに惜しいことをした。あいかわらず自分は運がない。そう肩を落としたとき、ふたたび少女の声が聞こえた。

辺りを見回すと、二十メートルほど離れたところにブレザーを着た背中が二つ見えた。鹿の角みたいな形の倒木に、少女が並んで腰掛けている。いよいよ幻覚だろうか。制服の女の子がお迎えにきてくれるとは、天国もなかなか気が利いている。

「――すごく気持ち良いから。ノブ子も試してみて」

右の少女が囁《ささや》くと、

「やだよ。痛そうだもん」

左の少女が肩を強張《こわば》らせた。

ノエルは忍び足で少女に近寄った。右の少女が乾いたこんぶみたいにくねくねのロングヘアなのに対し、左の少女は犬のふぐりみたいに丸っこいショートヘアをしている。

「ツルツルしてるから大丈夫だよ。自分でも忘れちゃうくらい」

「気持ち悪いよ」

「そんなことないって。ほら、尻子玉《しりこだま》。尻子《しりこ》村の人なんてほとんど入れてるよ。せっかく聖地に住んでるんだからやったほうがいいって」

こんぶがまくしたてる。

尻子玉という言葉には聞き覚えがあった。半年ほど前、団地の近くのバス停で、大学生くらいの男女にビラを押しつけられたのを思い出す。彼らはベロリリンガという新興宗教の信者で、肛門《こうもん》にコバルト製のボールを入れることで幸福になれると訴えていた。あのボールの名前が尻子玉だったはずだ。チラシに載っていた教祖のジジイのすけべそうな顔が記憶に残っていた。

「尻子玉のせいで、おしりから腸が飛び出た子供もいるんだよ」

「あれは事故。どうせワイドショーで観《み》たんでしょ？　今は身体に合わない人向けにゴム製のソフトボールも開発されてるから。あたしもそっちを使ってるよ」

「素材の問題じゃないでしょ」

「自分の腸が、今どんな気持ちか分かる？」

「は」

「腸には一億個の神経細胞があるんだよ。脳と同じで腸もいろんなことを考えてる。尻子玉は中が空洞になってて、おしりに入れると腸の声が響いて大きくなるの。これがバウル・トランスレーション」

「ありえないよ」

「ソフトボールの中は空洞じゃないけど、ツボを刺激して腸の興奮を鎮める力がある。こっちはバウル・ヒーリング。勉強でストレスが溜《た》まったときにおすすめ」

「本気で言ってるの？　バカみたい」

「みんな初めはそう言うんだって。入れてみたらびっくりするから」

「もういいよ」ふぐりが腰を上げた。「あたし帰る。セイ子も辺戸《べと》辺戸《べと》村に戻りな」

「待って！」

　こんぶを無視してふぐりが歩き出す。こんぶも慌てて立ち上がったが、ふぐりが立ち去るのが早かった。

　ノエルは木陰に立ち尽くしていた。二人が天国からのお迎えでないことにはさすがに気づいている。話を聞くうちに、仕事の休憩時間に読んだ週刊誌の記事を思い出していた。

　百穴ヶ原樹海はほとんどが原生林だが、その中にもいくつかの集落があるらしい。記事には自殺未遂者が集まって大麻を育てているという尾鰭《おひれ》がついていたが、実際はただの農業集落だろう。二人はそこの住人に違いない。秘密の相談をするために森の奥へ分け入ったのだ。

「――――」

　ノエルは唾を飲んで、自分の下半身に目を落とした。ズボンの中のちんちんが隆々と勃起している。

　ミズミズ台で女を犯したときの快感が下半身によみがえっていた。山奥で少女に出くわすなんて、神様が犯せと言っているとしか思えない。どうせ死ぬのだから、あと一度くらいご褒美をもらってもかまわないはずだ。

ノエルはちんちんを掻《か》き回しながらこんぶの背中を見つめた。ガムを噛《か》んでいるらしく、黒髪が小刻みに揺れている。あんな胡散臭《うさんくさ》い新興宗教に引っかかるようなバカだから、人生をめちゃくちゃにしたところで誰も困らないだろう。むしろ良いお灸《きゅう》になるはずだ。

だがふぐりも捨てがたかった。ＯＬみたいな髪型のこんぶと違って、ふぐりには年齢相応の可愛らしさがある。男女の営みもまだ知らないのではないか。どうせ少女を襲うなら、こういうタイプも経験しておきたい。

ノエルが逡巡していると、こんぶがスカートの汚れを払って、ふぐりと反対の方向へ歩き出した。二人は別の集落に住んでいるのだろう。どちらかを追えばどちらかを諦めるしかない。

二人の足音が遠ざかっていく。こんぶとふぐり、どちらを追うべきか？

悩ましすぎる問いに苛立《いらだ》ち、ノエルはふたたび舌を打った。

1

体育館みたいな建物の入り口に、学ラン姿の少年が並んでいる。相撲《すもう》大会かと思いきや葬儀だった。チンピラがバイク事故でも起こして死んだのだろう。ぽくぽくと木魚を叩《たた》く音に合わせて、ヒョウタンみたいな形の池にさざなみが浮かんでいた。

ヒコボシは美々津《みみつ》ヤマトの死体を積んだ覆面パトカーで、葛々《くずくず》市の霊園を訪れていた。

解剖後に死体を引き渡す親族がいない場合、警察が火葬場へ運んで手続きをしなければならない。サクラが逮捕され、ユリとヒメを引き取ったブブカとも連絡が付かないため、ヒコボシが面倒な役どころを買って出たというわけだ。とはいえせっかく怨敵《おんてき》の家族の死体を手に入れたのに、ただ燃やすだけではもったいない。まずはリチウムに知らせておこうと、妹の眠る霊園へ足を運んだのだった。

柄杓《ひしゃく》で桶《おけ》の水をすくい、「リチウム之墓」と彫られた御影石に回しかける。警察学校を卒業したときに貯金をはたいて買った墓石も、今ではすっかりくたびれていた。苔をむしると、石に罅《ひび》が入っているのが見える。

花立てに菊を突っ込んだところで、携帯電話が鳴った。いやな予感がする。ディスプレイを見ると母からメールが届いていた。

「見て見て！　新しいタトゥー。ヒコくんもどう？」

田舎《いなか》のヤンキーみたいな文面に、母のヌード写真が添付されていた。右の乳房に見覚えのある赤ん坊の顔が彫られている。ブブカの部屋で見つかった写真に写っていた、生後三か月のヤマトの顔だった。

タレント医師だった美々津サクラの逮捕は、世間に大きな衝撃を与えた。あいかわらず捜査の進まない絶頂ムーミーマン事件や、サクラの逮捕直前にズズ団地で起きた大規模な火災も相まって、事件はさまざまな憶測を呼んでいた。

サクラは当初、裁判で無実を証明すれば仕事に復帰できると信じていたらしい。だが逮捕から数日のうちに診療報酬の不正請求やヤクザとの交際が報じられ、美々津クリニックは臨時休業へ追い込まれた。もはや裁判がどう転がっても、サクラの豆々《ずず》刑務所行きは揺るがないだろう。

サクラが本当にヤマトを殺したのかは知らない。リチウムを自殺に追い込んだというだけで、地獄へ叩き落とすには十分だった。

まだ復讐は終わっていない。標的はほかにもいる。倫理観の欠けた連中だから、放っておいても尻尾《しっぽ》を出すだろう。その尻尾を摑《つか》んで白日のもとに引き摺《ず》り出し、人生を破滅させてやる。

「覚えとけよ」

ヒコボシがひとりごちたそのとき、足元から赤茶色の環形《かんけい》動物が飛び出した。ゴム紐みたいな身をくねらせてステンレスの花立てに飛び込む。ミズミミズだ。ヤマトの死体に嚙みついていたのがどこかでヒコボシの服に紛れ込んだのだろう。

花立ての縁を摑んで墓石から引っこ抜き、池のほとりへ駆ける。水面に向けて花立てを引っくり返すと、ミズミミズがちゃぽんと池に落ちた。

「死ね！　ぼけ！」

ヒコボシの雄叫《おたけ》びもむなしく、ミズミミズは心地《ここち》よさそうに池の底へ姿を消した。せっかくの感傷が台無しだ。ヒコボシは池めがけて唾を吐いた。

そういえばこの数週間、何度か似たような思いをする出来事があった。マホマホの部屋にやたらとゴキブリが現れるのだ。原因は分かっている。ビニール袋にうんこをさせているせいだ。ミズミミズも迷惑だが、ゴキブリに病気を運んでこられるのも困る。

ヒコボシは霊園を出ると、葬儀場のとなりの「ニケア」なるホームセンターへ向かった。園芸コーナーを訪れ、ゴキブリ駆除用のホ素団子を籠に入れる。

ついでに食品コーナーへ立ち寄り、高級そうなレモンジュースを二つ選んだ。マホマホには昨日も食事をやっていない。事件解決の功労者へのねぎらいが必要だ。

会計を済ませてニケアを出ると、ポケットから着信音が響いた。

最低な予感がする。携帯電話を取り出すと、案の定、豆々警察署からだった。

「ヒコボシですが」

「お疲れさまです」

オリヒメ警部補の声だった。機嫌が悪いのか、いつもより声が固い。生理だろうか。

「非番だぞ」

「すみません。お電話しようか迷ったんですけど。先ほど、豆々市の消防団から連絡がありまして」

「消火器なら足りてるだろ」

「ズズ団地の焼け跡から、ノエルの小説が見つかったんです」

妙な胸騒ぎがした。

「小説？」

「はい。『すけべミミズは団地で首吊《つ》り』という題名です。大耳蝸牛の『文学ミミズ』シリーズに触発されたんでしょう。偶然焼け残っていた衣装棚の抽斗《ひきだし》に隠してあったノートを、消防団員が発見したそうです。内容が気になったので、コピーを送ってもらいました」

「おれは犯罪者の同人を読んでやるほど暇じゃねえ」

「内容が興味深いんです。本家と同じで、実体験をもとにしてるんですよ。私小説って言うんですかね」

さらに不安が膨らんだ。過去の悪事についても書かれているとしたら困ったことになる。

「アホらしい。どうせガキの作文みたいな代物だろ？」

「かなりしっかりとした文章です。ミズミズ台の強姦事件についても記述がありました」

どんぴしゃだ。ヒコボシは目の前が暗くなった。

ノエルが犯したのが美々津ユリでなかったとすると、ヤマト殺しの真相はすべて引っくり返る。ことが検察に知れたらサクラは不起訴になりかねない。

「そのノート、本物なのか」

「遺書と字は似ていますね。筆跡鑑定に回します」

「待て」ヒコボシは声にドスを利かせた。「早まるな」

「なぜですか？　わたしも内容を鵜呑《うの》みにする気はありませんよ」

「焼け跡は現場検証を済ませたはずだろ。そのノートは偽物だ」

「偽物？」オリヒメも声を尖《とが》らせる。「そうでしょうか。偽証の狙いが分かりません」

「偽の証拠をでっちあげて、得意顔で持ってくる警察オタクがいるんだ。法螺《ほら》吹《ふ》きに乗せられたとなりゃお前の査定に響くぞ」

オリヒメが息を呑む音が聞こえた。

「ヒコボシさん、わたしは別に――」

「その事件を解決したのはおれだ。野暮用を済ませたらそっちへ行く。便器でも拭いて待ってろ」

ヒコボシは強引に電話を切ると、霊園の駐車場へ急いだ。

刑事は親の死に目に会えないと聞いていたが、妹の墓にゆっくり手を合わせてやることもできないらしい。マホマホにレモンジュースをやるのも後回しだ。

覆面パトカーに乗り込み、葬儀場の前を通り過ぎる。木魚の音はもうやんでいた。

2

少女からちんちんを抜くと、膣《ちつ》から精液が溢《あふ》れて鼻ちょうちんみたいになった。

「今夜のことは忘れろ」

ベルトを締めながら吐き捨てる。土と苔にまみれた少女は、頬を湿らせたまま虚空を見つめていた。挿入中はずっと泣き喚《わめ》いていたくせに、抜いてからはぴくりとも動かない。生きているか不安になってくる。まばたきを見て思わず胸を撫で下ろした。

ノエルは迷いに迷った挙句、一方の少女の後を追い、犯した。決め手はもう片方の少女の耳が倍くらいに腫れていたことだ。金属アレルギーの同僚が酔ってイヤリングを嵌《は》めたときも、同じように耳が膨れていた。あの体質では身体のあちこちが腫れ上がっていてもおかしくない。死ぬ前の最後のセックスは、肌のキレイな女とやりたかった。

「あんまり落ち込むなよ。大人はみんなやってんだから」

集落の住人に少女の悲鳴を聞かれたら、肛門から頭まで串刺しにされかねない。ノエルは少女にパンツを投げつけ、そそくさとその場を後にした。

息を切らして、木々の間を駆けぬける。気づけば稜線《りょうせん》が白み始めていた。鳥の鳴き声がちらほら聞こえる。

ふと足を止めた。自分はどこへ向かっているのだろう？　帰り道はもちろん、来た方向もよく分からない。走り続けた先にも樹海が広がっているだけだ。いい加減、蔦《つた》でも見つけて首を吊ろう。

辺りを見回して、鹿の角みたいな倒木を見つけた。二人が話していた場所へ戻ってきたらしい。土の上にガムの包み紙が落ちている。

ぐぴゅ、と腹が鳴った。思えば昨日の朝から何も食べていない。そう気づいた瞬間、猛烈な空腹感に襲われた。一昨日まで汗を流して働いたのに、腹を空《す》かして死ぬのはあんまりだ。

寄り道ばかりしているが、朝食くらい食べても罰《ばち》は当たらないだろう。倒木の反対側にはもう一つの集落があるはずだ。

ノエルは腹を決めると、ふたたび木々を縫って歩き出した。


十五分ほどで視界が開け、山間《やまあい》の集落にたどりついた。

そこには三十軒ほどの民家が寄り集まっていた。どれもトタン屋根の平屋ばかりで、これが集落のすべてなのか、もっと広い村の一部なのかも分からない。アスファルトで舗装された目抜き通りには腐った卵のような臭いのゴミ袋が並んでいる。民家の黒ずんだ壁をよく見ると無数のコバエがひしめきあっていた。

ノエルは目抜き通りを進みながら、忍び込みやすそうな家を探した。人に見つからないうちに食べ物を盗んで早く退散したい。

ふと背後から足音が聞こえた。慌てて民家の陰に身を隠す。二つとなりの家から、梅干しみたいな顔の女が出てきた。ガタンとドアを閉める音。女はゆっくりと石段を下り、風呂敷を背負って通りの向こうへ歩いて行った。

女が家を出るとき、誰かに見送られている様子はなかった。十中八九、家はもぬけの殻だろう。

足音を殺して玄関口に駆け寄ると、錆《さ》びたドアノブを捻《ひね》った。鍵はかかっていない。ドアを開けて中に入った。

家の中は薄暗かった。トタンの隙間から差した陽が宙を舞う埃《ほこり》を光らせている。安っぽい芳香剤の臭いが鼻を突いた。

「失礼」

スニーカーを履いたまま框《かまち》を上がり、広間の先の炊事場へ向かう。電気釜を開けると、半合くらいの米がカチカチになっていた。口に入れる気にはなれない。冷蔵庫を開けると、瓶に入れた漬物が並んでいた。下の段には皿ごとラップにくるんだコロッケがある。ご近所からのお裾分けだろうか。

ノエルはラップを剝がすと、冷えたコロッケに齧《かじ》りついた。苦くて硬い。無理やり咀嚼《そしゃく》して呑み込むと、腹の底が重くなった。

このコロッケが最後の食事では、三蔵法師《さんぞうほうし》でも成仏できそうにない。ノエルは冷蔵庫の横の戸棚に手を伸ばした。

「だあれ？」

心臓が止まりそうになった。

振り返ると、痩せた男が広間からこちらを見ていた。年齢は二十歳くらいか。全身が赤いぶつぶつに覆われ、あちこちから黄色い膿《うみ》が垂れている。鎧《よろい》みたいな奇妙なパンツを穿《は》いていた。

「だあれ？」

男がくりかえす。

「うるさい」

とっさに手元の電気釜を投げつけた。男が甲高い悲鳴を上げる。

ノエルは土間へ駆け下り、転がるように玄関を飛び出した。後ろから男の唸《うな》り声が聞こえてくる。

目抜き通りに先ほどの女の姿はなかった。足をもつれさせながら森へ駆け込む。

腹を満たしたかっただけなのに、どうしてこんな目に遭うのだろう。

――べべべべべべ。

風に乗って、男の奇妙な喘《あえ》ぎ声が聞こえた。

3

「どう思いますか?」

A3判に拡大したノートのコピーを捲《めく》りながら、オリヒメが尋ねる。ヒコボシは取り調べを受けているような気分になった。ここが取調室ではなく資料室なのは不幸中の幸いか。

「たとえばこの、ミズミズ台で家に押し入る直前の場面。ノエルは『最期のオカズ』にするために、中学生たちの写真を撮ったと書いています。わたしたちは実際に、ノエルの部屋に少女の写真が散らばっているのを目にしました。このノートの信憑性《しんぴょうせい》は高いと考えます」

「現実と妄想が混在していた可能性もある。証拠能力は低い」

「おっしゃる通りです。しかし書かれていることが本当なら、ノエルはほかにも強姦致傷の余罪があったことになります」

「被害届は出てない。警察の出る幕はねえよ」

ぶっきら棒に言って、ヒコボシはコピーの束を机に放り投げた。

ヒコボシの知る限り、ノートに書かれていたことはすべて事実だった。ノエルの生い立ちから美々津邸の水槽の位置まで、どれも現実に即している。ただし幸いなことに、ノエルが誰を襲ったのか、という問いの答えだけは最後まで明かされていなかった。

「これを見てください」

オリヒメがファイルから別の資料を取り出す。ノエルの遺書のコピーだった。ナメクジののたくったような字で「おれは自分の欲望のために中学生をレイプした最低なやつです。死んであやまるしかありません。ごめんなさい」と書かれている。

「この遺書では中学生を強姦したことが自殺の動機とされていました。でも『すけベミミズは団地で首吊り』では、ほかにも複数の女性を襲っていたことが明かされています。なぜノエルはこの事件のことだけを遺書に記したのでしょうか」

ヒコボシがサクラに罪を着せるために脅してそう書かせたからだが、そんなことは口が裂けても言えない。

「ノエルは悪党じゃない。表沙汰になってない事件のことを書いて、その事件の被害者をさらに傷つけるのが嫌だったんだろ」

「それならなぜ、自殺する前にこのノートも処分しなかったんでしょう」

オリヒメが机に身を乗りだす。

「そりゃ、お前――」

続く言葉が出てこなかった。

「自殺後に部屋が調べられることは予想できたはずです。ノエルが強姦事件を隠そうとしていたのなら、こんな私小説を残すはずがありません」

「実際に残してたんだから仕方ねえだろ」ヒコボシは声を絞り出した。「それとも何か考えがあんのか?」

「小説と遺書、どちらかが偽造されている可能性があります」

生ぬるい汗が首筋を流れた。

「この小説が偽物だってことか?」

「いえ。これだけの作品を書き上げるのは容易ではありません。警察が裏を取れそうな情報も多く含まれています。偽造された可能性が高いのは、遺書のほうだと思います」

オリヒメはそう言って、遺書のコピーに目を落とした。

見事な推理だった。焼け跡で見つかった一冊のノートから、オリヒメはヒコボシの偽装工作を見抜いてしまったのだ。優秀な後輩を持つとろくなことがない。

「ただ、狙いが分からないんです。誰が何のために、こんな遺書を作ったのか」

ヒコボシは資料室に誰もいないのを確かめて、大きく咳払《せきばら》いをした。

「ノエルは死んだ。サクラも犯行を認めてる。終わった事件に固執するな。与太話をしてる暇があったらムーミーマンを捕まえてこい」

ヒコボシがヤクザみたいな口調で言うと、

「……すみません」

オリヒメは肩を落として、コピーの束をファイルにしまった。

コートを羽織って豆々署を出る。バケツ一杯くらい酒を飲まないとやっていられない。外に出るなり、うんざりした気分で煙草を咥えた。

オリヒメの性格からして、素直に捜査から手を引くとは思えなかった。何かの拍子に疑いの目がこちらへ向いたらシャレにならない。しばらく余計な真似はせず、正義感溢れるまっとうな警察官としてやっていこう。

煙を吐き出したところで、携帯電話の着信音が響いた。まだ何かあるのか。ヒコボシはディスプレイを見ずに通話ボタンを押した。

「百穴ヶ原の山奥で男女が殺された。現場に向かってほしい」

ぶよぶよの声だった。バカ女といいクソ上司といい、ヒコボシの休日を台無しにするのが流行《はや》っているのか。

「休みを返上して乳児の死体とデートをしたばかりですよ」

「人殺しはこっちの都合を聞いてくれないからな。百穴ヶ原署から協力要請が来てる」

百穴ヶ原警察署といえば、そこの署長が警察庁長官の親友だと聞いたことがあった。ぶよぶよはお偉方に好かれるためなら手段を選ばない。憎たらしいでぶだった。

「現場は辺戸辺戸村。尻子村のとなりだ」

「どうしておれなんです」

「とぼけるな」ぶよぶよは声を低くした。「お前がベロリリンガを探ってるのは知ってる。尻子村はベロリリンガの教祖の出身地だ」

「ヒヨモンベが関与してるんですか？」

「分からない。だが被害者は二人ともベロリリンガの信者で、うち一人は幹部だ。やつが重要参考人になるのは間違いない」

ベロリリンガは四年前に設立された宗教法人だ。教祖のヒヨモンベ師によれば、すべての人間の肛門にコバルト製のボールを突っ込むことで、人類は宇宙とつながり、世界の平和が保たれるという。酔っぱらった肛門科医の寝言みたいな教義だが、どういうわけか若い女性の信者が多く、この数年でネズミ算式に信者を増やしていた。先ほど読んだノエルの私小説にも信者らしい少女が登場したばかりだ。

「辺戸辺戸村でベロリリンガの信者が殺されたんですか？　あそこに信者はいないはずですが」

辺戸辺戸村は尻子村と隣接していながらベロリリンガとは異なる土着信仰が根づいており、彼らが進出できずにいると聞いたことがあった。

「被害者は尻子村から話し合いのために辺戸辺戸村を訪れ、そこで毒を盛られたらしい。もともと村同士でトラブルが起きていたんだろうな。詳しいことは知らないが、すけベジジイの尻尾を摑んでブタ箱にぶち込むチャンスなのは確かだ」

教祖のヒヨモンベは役人嫌いで知られており、役場の正面に教祖の銅像を立てたり、説法を録音したビデオテープを送りつけたりとたびたび揉《も》め事を起こしていた。警察のお偉方が是が非でも刑務所に入れたがっている厄介者の筆頭格だ。

だがヒコボシがベロリリンガの周囲を嗅ぎまわっているのは、ヒヨモンベに縄をかけるためではなかった。標的はベロリリンガの名簿に記載された信者の一人——高畑《たかはた》サマンサだ。

リチウムの葬式で、ヒコボシはこの女の腑抜け面を見ていた。高畑はリチウムのクラスの担任でありながら、いじめに気づかないふりをしてリチウムを見殺しにしたクソ教師だ。二年前に学校を辞めてベロリリンガに入信し、現在は広報委員長を務めているという。

「とりあえず、犯人をとっ捕まえればいいんですね」

いかにも刑事というくたびれた声が出た。

「そうだ。おれも追って現場へ行くから、それまでに解決のめどを立てておけ。ああ、それから——」

ぶよぶよは言葉を切ると、受話器の向こうで何やら話し始めた。いやな予感がする。

「オリヒメ警部補がお前に同行するそうだ」

鉛を呑んだみたいに胃が重たくなった。

「そいつは百人力ですね」

4

宴会場には汚物が散乱していた。

十二畳ほどの広間に円卓が四つ、サイコロの目みたいに並んでいる。変死した二人が囲んでいた円卓にはもんじゃみたいなゲロが大量に飛び散っていた。皿が割れ、箸が散らばり、哺乳瓶みたいな容器が横倒しになっている。カウンターを挟んだ調理場にも黄色い液体が溜まっていた。

「きったねえ現場だな」

写真から顔を上げ、目の前の宴会場と見比べる。ゲロや尿は拭き取られていたが、二日酔いの朝のゲップみたいな臭いが充満したままだった。

自殺の名所として知られる百穴ヶ原樹海の南東。四方を森に覆われた人口五十人ほどの小集落が辺戸辺戸村だ。低山に覆われた窪地《くぼち》に位置しており、ほかの集落の住人もこの村を知らないことがほとんどだという。

ヒコボシとオリヒメはとなりの尻子村まで車で移動した後、樹海を四十分歩いてようやく辺戸辺戸村へたどりついたところだった。尻子村の土産屋《みやげ》で食べたバームクーヘンのせいで、喉がカラカラに渇いていた。

事件の舞台となったのは、集落の外れに暖簾を掲げた料理屋、辺戸辺戸飯店だった。

「休日を返上してきたんだぜ。もう少し品の良い死に方をしてくれねえかな」

ヒコボシが軽口を叩くと、オリヒメは目を細くして現場写真を眺め、すぐにそれを引っくり返した。死体を直視すると貧血を起こす癖は治っていないらしい。

「わざわざ豆々署からお越しとは。どうもありがてえことです」

ダミアンが嬉《うれ》しそうに揉み手をする。ダミアンは尻子村の駐在所に勤める四十過ぎの巡査で、アル中患者の肝臓みたいな汚い顔をしていた。

「被害者について教えてください」

オリヒメが手袋を嵌めながら尋ねる。百穴ヶ原署の捜査員はすでに現場検証を済ませており、辺戸辺戸飯店に残っていたのはダミアンだけだった。

「被害者は二名。どちらも尻子村から来ていたベロリリンガの信者です。一人は尻《しり》瓦《がわら》タロウ。五十五歳。尻子村の出身で、ヒヨモンベ師の従弟《いとこ》にあたります。ベロリリンガの尻子村支部で支部長を務めておりました。もう一人は沢尻《さわじり》アスカ。三十二歳。出身は紀伊《きい》の勿々《もちもち》市で、若いころは東京で芸能活動をしています。こちらも現在は尻子村支部の職員でした。――ベロリリンガについてはご存じで?」

「ケツに金属のボールを突っ込む宗教だろ」

「へえ。肛門に尻子玉を入れることで人間と宇宙が一つになるというのが彼らの教義です。尻子玉というのはコバルト製のボールで、安くても十万くらいするんですわ。廉価版のソフトボールでも三万くらいですかな。あたしは信者じゃねえんで押し売りはしません。ご安心を」

ヒコボシの訝しげな目つきを誤解したらしく、ダミアンは慌てて両手を振った。

「尻子村はベロリリンガと縁が深いそうですね」オリヒメが質問を続ける。

「へえ。あっこはベロリリンガの教祖の出身地なんです。もともとは二百人くらいの農業集落だったんですが、ベロリリンガが流行り出してからすっかり様変わりしましてね。目抜き通りが舗装されて、アメリカみたいな教会もできました。民宿も土産屋もボロ儲《もう》けですから、みんなベロリリンガに頭が上がりません」

「すると被害者の尻瓦タロウが任されていた尻子村の支部長は、それなりに重要な役職だったわけですね」

「ご明察です。あれは幹部でも五本の指に入るでしょう」

「尻子村と辺戸辺戸村はどれくらい交流があったんですか」

「からっきしですわ。辺戸辺戸村は土着の信仰が強く、ほかの集落とほとんど交流を持たんことで知られてます。当然、尻子村との関係も水と油。郷土資料で歴史をたどってみても、二つの村が盛んに交流をもったという記録はありません。この辺りを聖地にしたがってる尻子村の連中からすりゃ、辺戸辺戸村は目の上のたんこぶだったんです」

ヒコボシは苦笑した。たとえ土着信仰がなくても、生まれ育った土地をベロリリンガの聖地にされるのは迷惑だろう。

「それなのに二人は、なぜ辺戸辺戸村の料理屋へ？」

「四日前、尻子村で騒ぎがありましてな。辺戸辺戸村に住んでいる松本《まつもと》ガリという男が、尻子村のベロリリンガの教会で盗みを働いたんです。こいつが少々いわくつきの男でしてね」

「いわくつき、ですか」

「この男は病気のせいで辺戸辺戸村の牢屋《ろうや》に閉じ込められてるんですが、実は以前にも尻子村へ逃げ込む事件を起こしているんです。奇天烈《きてれつ》な身なりをしておるもんですから、尻子村の連中もひどく肝を潰したようですな」

「奇天烈な身なりというと」

「それはまあ、追ってご説明します。通報を受けたあたしは、ガリを捕まえ、牢屋へ連れ戻しました。ところがベロリリンガの連中がすっかり腹を立ててしまいまして。このところ村同士の関係が悪くなっていたこともあって、辺戸辺戸村がわざとガリを送り込んだんじゃないかと言い出したんです」

「もとから交流がないなら、関係が悪くなることもなさそうですが」

「マスコミや観光客が尻子村へやってくるようになって、状況が変わったんです。人が増えると、中には変なのが交ざってくるもんでしょう。そのせいでこっちの辺戸辺戸村にも、ちらほら不審者が出没するようになったんです」

「と言いますと」

「オカルト好きの連中ですよ。樹海の奥の小集落というのは、やつらには垂涎《すいぜん》のネタなんです。家を覗かれるだけでも迷惑なのに、最近は食い物を取って行く不届き者もいるんだとか」

「その人たちとベロリリンガに関係はあるんですか?」

「直接はないですよ。でも尻子村が有名になったことが影響してるのは間違いありません。それで村の関係がぎくしゃくしていたところに、松本ガリが現れたもんですから、ベロリリンガの連中も嫌がらせだと早とちりしたわけです」

「するとベロリリンガの二人が辺戸辺戸村へやってきたのは――」

「この件について村の代表同士で話し合うためです。辺戸辺戸村からは自治会長の油壺《あぶらつぼ》モンゼンが参加しました。この村を取り仕切っている油壺家の長男で、尻瓦と同じ五十五歳です」

「その話し合いの席で、二人は毒を盛られた?」

「その通りです。会食は夜の七時から始まりました。雰囲気は和やかだったようです。次に松本ガリが逃げ出したときは、二つの村で協力して取り押さえ、尻子村の駐在員——つまりあたしに引き渡すってことで話がまとまりました。ところが八時半を過ぎたところで、沢尻アスカが痙攣《けいれん》を起こし、血とゲロを吐いて引っくり返ります。五分後には尻瓦タロウも同じ症状で倒れ、店内はパニックに陥りました。料理屋の店長が尻子村から医師を連れてきたときには、すでに二人とも冷たくなっておりました」

「それがこのテーブルですね」

写真に収められたゲロまみれの円卓を指して、オリヒメがつぶやく。ダミアンはぺこぺこ頷《うなず》いた。

「調理場に水溜まりのようなものが見えますが、これは？」

「おしっこです。店長の阿部良《あぶら》サダオが、二人が引っくり返ったのを見て洩らしたんだとか」

「すげえ量だな」

ヒコボシはふたたび苦笑した。

「二人の死因は？」

「先ほど判明しました。やはりホ素中毒です。ホ素の致死量は二十ミリグラムですが、大皿の油炒《あぶらいた》めから四百ミリグラムを超える量が検出されました。店の裏のゴミ置き場からはホ素の付着した小瓶も見つかっています。犯人はあらかじめ粉末を瓶に入れておき、周囲の目を盗んで油炒めにかけたんでしょう」

「入手経路から容疑者を絞り込めそうだな」

「それが厄介なんですわ。ここは尻子村と違って、日射量の少ない窪地です。植物が育ちづらいせいか、土壌にホ素化合物、いわゆる亜ホ酸がたくさん含まれてるんです。イタチやネズミを駆除するために、濾過《ろか》抽出したホ素の粉末を保管している者は少なくありません」

「村の住人なら誰でもホ素を手に入れられたということですね」

「へえ。ちなみに辺戸辺戸飯店に着いた後、すぐに全員の手荷物をチェックさせてもらいました。さすがにまだ瓶を持ち歩いているような間抜けはいませんでしたよ」

　ダミアンが得意そうに顎を撫でる。

「容疑者について教えてください」

「ホ素を入れることのできたやつは三人います。まずは店長の阿部良サダオ。油炒めを作った本人ですな。店の料理はすべてこの男がやっています。次が井尻《いじり》ノブ子。高校二年生のアルバイトです。この閉鎖的な土地じゃ珍しく、となりの尻子村から店に通っていました。宴会場の給仕が主な仕事で、円卓に油炒めを運んだのも彼女です。最後は油壺モンゼン。辺戸辺戸村の自治会長ですな。死んだ二人と同じテーブルについていながら、この男だけ生き残っています」

「油壺さんが気になりますね」オリヒメがこちらに目配《めくば》せする。「店員は二人だけですか」

「もう一人、サダオの妻のツバキもここで働いてます。二年前に腰を痛めてから、調理場に立つことはなかったみたいですが。昨日も表には出てません」

「なるほど」オリヒメは頷きながらカウンターの奥を覗き込んだ。「こちらが調理場ですね」

そこには冷蔵庫、電子レンジ、コンロ、食洗器、食器棚などが雑然と並んでいた。調理台は大人のヘソくらいの高さで、自宅のキッチンと大して変わらない。料理屋らしいのは、調味料が白い陶器に移し替えてあるところぐらいか。

「これは何でしょう」

オリヒメが冷蔵庫とコンロの隙間に手を入れる。出てきたのは、テカテカした銀色のボタンだった。「尻」の文字が桜の花弁に囲まれている。

「尻子学園の制服のボタンですな。バイトの井尻ノブ子が落としたんでしょう」

「料理はサダオしかやらねえんだろ？　なんでノブ子のボタンが調理場に落ちてん

だ」

「さあ。分からんです」

ダミアンが腕組みして唸る。オリヒメはボタンをビニール袋にしまうと、

「何か気になるところはありますか」

そう言ってヒコボシに水を向けた。

「お前はどう思うんだ」

「やはり油壺モンゼン氏が引っかかりますね。たまたま油炒めを食べなかったというのは虫が良すぎます。実行犯かはさておき、犯行計画を知っていた可能性が高い。ただ現時点では、三人のうち誰が毒を盛ったのかは判断できません」

「模範解答だな。ただし正確に言えば、油炒めに毒をまぶした可能性のある人物はあと二人いる」

「誰ですか？」

「死んだ二人——尻瓦と沢尻だ。こいつらはベロリリンガの熱心な信者だった。ヒヨモンベの指示で自ら命を絶った可能性も否定できない」

「なるほど」オリヒメは曖昧に頷いた。「では関係者の話を聞きましょうか」

「へえへえ、呼んで参りますわ」

ダミアンが頭を下げて宴会場を出て行こうとする。

「あ、待ってください」そこでオリヒメが高い声を出した。「あの哺乳瓶みたいなのは何ですか?」

オリヒメが指したのは、流し台のとなりに積まれた段ボールだった。バイブみたいな形状の容器が整然と詰め込まれている。現場写真の円卓にも同じ瓶が写っていた。

「ニンゲンアブラですな。この地域の特産品みたいなもんです。べとべと病についてはご存じで?」

ダミアンが段ボールから瓶を抜いて言った。どろどろした黄色い液体に気泡が浮かんでいる。

「知りません。何ですか?」

「発汗異常の一種で、男のイチモツから油脂が出る病気です。原因はよく分かりやせんが、尿道からべとべとした液体が出るんですわ。辺戸辺戸村では数十年に一度、この症状を持った子供が生まれるんです」

「災難ですね」オリヒメが眉を顰《ひそ》める。

「反対ですよ」ダミアンは手を振った。「ここじゃとても縁起の良いこととされてます。なんでも奈良時代、村人たちが干ばつに苦しんでいたんですな。そこにベトベトという立派な坊さんが現れたんです。この人はべとべと病で、ちんぽこをぶらぷらさせて田畑に汁をぶっかけました。すると作物が豊かに実り、村人たちは飢饉《ききん》から救われました」

宴会場が静まり返った。

「お前、酔ってんのか？」

「まさか。一滴も飲んでおりません」

ダミアンが池に落ちた犬みたいに首を振った。

「人の体液で畑が実るわけねえだろ」

「伝承ってそういうもんですわ。この村の土着信仰は独特なんでごぜえやす」

ヒコボシは駐在員の鼻頭を殴らずにいるので精一杯だった。肛門に金属球を突っ込む村のとなりに、変態坊主を崇《あが》める村があるとは。森の奥に住んでいると、性欲が奇天烈な信仰に転じやすいのかもしれない。

「まさかその瓶にも、人間から採った油が入ってんのか」

「正解です。本当はこの土地の秘密なんですが、仕方ありませんな。ここの裏の土蔵に、べとべと病の兄ちゃんがおります。この店はそいつから採れた油で商売をしておるんです」

「なるほど。そいつの名前が――」

「へえ。松本ガリでございます」

ダミアンが窓の外に目を向ける。風がガラスを揺らす音に交じって、青年の呻き声が聞こえたような気がした。

5

「おいらは犯人じゃないよ」

阿部良サダオの顔は茹で卵みたいにツルツルしていた。髪もツヤツヤで五十代とは思えない。料理屋より床屋が似合いそうな風貌だ。ただ服装には無頓着らしく、着古したシャツは黄色っぽく変色していた。

「あらためて、昨日の出来事を教えてください」

オリヒメが手帳から顔を上げて言う。サダオは悔しそうに息を吐いた。

「今朝も話した通りだよ。会食の料理を作ったのはおいらだ。前菜のトマトサラダ、トウモロコシのかき揚げ、味噌《みそ》鍋、油炒め、ほんでシメの雑炊。調理場へ仕込みにきて、豚肉と白菜に下味をつけたのが四時過ぎだ。会食は七時開始だったから、少し休んで調理場へ戻った。七時ちょうどにお客さんが見えたんで、一言だけ挨拶をしたかな。あとはずっと調理をしてたよ」

「油炒めを出したのは何時ごろでしょう」

「七時五十分くらいかな。あいつら、その後で代わりばんこに便所へ行ったんだ。油壺のオヤジだけ長かったからうんこ。後の二人はおしっこだ。三人とも席に戻ってしばらく雑談した後、女が血を吐いて倒れた。ありゃ仰天したね」

サダオは無造作にズボンの股間を撫でた。驚きのあまり洩らしたのを思い出したのだろう。

「調理場から宴会場の様子は見えましたか」

「ああ。カウンターを挟んだ向かいだからね」

「三人が席を外した順番を覚えていますか」

「覚えてるよ。初めがベロリリンガの女。次が油壺のオヤジ。最後がベロリリンガのお偉いさんだ」

「料理をしながらよく見ていましたね」

「実は昨日、思いつきで油炒めにポン酢を入れてみたんさ。それでつい客の反応が気になっちまってね」

「隠し味ですか？」

「うん。後で聞いたら、油壺のオヤジは気づいてたみたい。あの人はうちの常連だから」

「評判はどうでしたか」

「散々だね。オヤジのやつ、ポン酢の味を薄めるために、わざわざ油をかけ足しやがった。それもテーブルに置いてあった新品の封を開けて。料理人としちゃ悔しいよ」

ヒコボシは胃袋が重くなった。この村の人間は、青年のちんちんから出た油をためらいなく料理にぶっかけるらしい。

「調理にはニンゲンアブラを使ってるそうですね」

「なんだ、知っとるんか」サダオは目を丸くした。「でも昨日は在庫が捌《は》けちまって、普通のナタネアブラを使ったよ。ニンゲンアブラはオヤジがかけた分だけだ」

「調理場にあるものは使えないんですか」

「ありゃダメ。出荷用だから。辺戸辺戸村の住人はみんなうちの油を使ってるからね」

「なるほど」オリヒメは一つ空咳をして、「会食中、三人はどんな様子でしたか」

「和やかだったよ。油壺のオヤジは癇癪《かんしゃく》持ちだから、喧嘩《けんか》にならんでよかったと思ってたんだ」

「二人が倒れた後はどうしましたか」

「どうもこうもねえ。警察と医者を呼びに尻子村へ飛んで行ったよ。それからのことは駐在さんも知ってる通りさ」

「ではこれに見覚えは？」

　オリヒメはビニール袋に入った尻子学園のボタンを見せた。

「あるある。どこにあったんだ？」

「調理場の冷蔵庫の横です」

「昨日、どこかで見たんだよな」サダオはツルツルの頰を搔くと、「ああ、思い出した。食材と一緒に麻袋に入ってたんだ」

「麻袋？」

「うちは宴会のとき、尻子村の八百屋から食材を仕入れてんだわ。前の日に注文しておくと、あっちの若いやつが食材を届けてくれんだ。店の入り口に袋を出しておいて、そこに入れてもらってんだよ」

　二つの村には交流がないとはいっても、料理屋が食材を仕入れるくらいのことはあったようだ。

「昨日もその八百屋から食材を仕入れたんですね」

「そうさ。仕込みのときには届いてたから、調理場へ運んで台に置いておいた。でも休憩から戻って中身を取り出してみたら、なぜか一緒にボタンが入ってたんだ」

「見覚えはなかった？」

「ねえな。捨てようかと思ったけど、大事なやつだったらまずいだろ。だから冷蔵庫の上に置いといたんだけど、何かの拍子に落ちちまったんだな。八百屋の兄ちゃんに返しといてくれ」

サダオは真面目な顔で言った。

「ほかに昨日、普段と違ったことはありませんでしたか」

「いくつかあるよ。まず仕込みのとき、調理場からガスが洩れてたんだ」

サダオはいろんなものを洩らしていたらしい。

「給湯器が故障したみたいで、配管から洩れてたの。仕込みに来たら、宴会場が臭くてたまげたよ。慌てて換気して、ガス管をテープでぐるぐる巻きにしといたんだけど、ありゃ早めに取り替えないとダメだね」

「ほかには？」

「会食のとき、油壺のオヤジが柴漬《しばづ》けを持ってきてくれたんだ。あいつの女房のお手製で、おいらも好物なんだよ。でも袋を開けたらミミズが入ってたんだ」

「それはたまげますね」オリヒメが肩をすくめる。

「だろ。ほかにも入ってたらたまらねえから、料理に出すのはやめにしたんだ。会食の途中でオヤジに耳打ちしたら、目を白黒させてたよ。あんまり女房を叱らないように言ったけど、ありゃおかんむりだと思うね」

「柴漬けはどうしましたか」

「捨てたよ。裏のゴミ置き場にあるけど、取ってくるか？」

「けっこうです。ほかにはありませんか」

「こんなもんかな」

オリヒメは熱心にメモを読み返していたが、やがて小さく肩を落とした。ガスやミミズが事件に関係しているとは考えづらい。

「刑事さんたちも、腹が減ったらうちのメシを食ってけ。もうポン酢は入れねえから」

サダオが気さくに言う。

「遠慮しておきます」

オリヒメの頬はぴくぴく震えていた。

6

「あたしは犯人じゃありません」

井尻ノブ子は風邪《かぜ》を引いているらしく、左右の鼻の穴から交互に黄色い汁を垂らしていた。目も真っ赤に腫れていて、ものもらいのアイアイみたいな顔をしている。制服を着ていなければとても女子高生には見えないだろう。ショートカットの髪もガソリンに浸したみたいにべたべたしていた。

「ご自宅は尻子村だそうですね。今日はどちらに？」

オリヒメが柔らかい声で尋ねると、

「セイ子ちゃんの家です」

「セイ子ちゃん？」

「友だちです」

ノブ子は喉を押さえて答えた。声もガラガラに嗄《か》れている。

「二人ともベロリリンガの信者ですわ」

ダミアンが得意そうに耳打ちした。尻子玉は風邪には効かないらしい。

「辺戸辺戸村と尻子村は長く交流を絶っているそうですね。どうしてノブ子さんは辺戸辺戸村で働こうと思ったんですか？」

「そんなのあたしの勝手でしょ」

「尻子村の人たちから反対されませんでしたか」

「されたよ。でも気にしなかった。あたし、尻子村もベロリリンガも嫌いだったの。田舎者のくせに自分たちが一番偉いと思ってて、口を開けば陰口ばっかり。本当にうんざりする」

「なるほど。それで辺戸辺戸村へ働きに来たわけですね」オリヒメはそこでふと唇を止めた。「それなのに今はベロリリンガを信じているんですか?」

「うん。あたしも大人になったわけ」

ノブ子は気だるそうに目を伏せた。

「昨日の出来事を教えてください」

「三時までは学校にいました。バイトの日だったので、授業が終わってからこっちの村に来ました。宴会場にバッグを置いて、店が開くまでセイ子ちゃんちで勉強してました。七時前にお店に戻って、いつも通り働きました」

ノブ子の声には抑揚がなかった。

「お仕事はどんなことを?」

「調理以外は何でも。お客さんの案内とか注文とか配膳とか。お酒も注《つ》ぎます」

「会食が始まってからは、ずっと宴会場にいたんですね」

「はい」

「誰かが油炒めに粉末をかけるのを見ませんでしたか」

「いえ」ノブ子はズズと鼻をすすった。「見てません」

「二人が倒れた後はどうしましたか」

「店長が尻子村へ行ったので、油壺さんと二人で帰りを待ちました。一時間半くらい。待ちぼうけです」

「油壺さんに不審な様子は？」

「別に。ずっと椅子にもたれてましたよ」

「ではこのボタンに見覚えはありますか」

オリヒメは尻子学園のボタンを取り出した。

「え？」ノブ子の目が点になった。「あたしのです。どこにあったんですか」

「調理場です。サダオさんは八百屋のお兄さんのものと思っていたようですが」

「違いますよ。ほら」

ノブ子はブレザーの袖をオリヒメに向けた。ボタンホールが二つあるのに、ボタンは一つしかない。

「本当ですね。いつ外れたのか覚えていますか」

「昨日の三時間目です。なくさないようにスカートのポケットに入れてたはずなんですけど」

「なるほど。念のためもう少し預からせていただきますね」

「え？　あたしのなのに？」

ノブ子は不満げに腰を浮かせると、そのまま足を滑らせて床に引っくり返った。スカートが捲れて紺色のハーフパンツが覗く。ダミアンが鼻の下を伸ばした。

「申し訳ありません。遺留品ですので」

「はあ。そうですか」

ノブ子は唇を尖らせたまま、スカートについた埃を払った。

7

「勘弁してくれ。わたしは犯人じゃない」

油壺モンゼンは使い古したモップみたいな顔をしていた。太い眉と髭《ひげ》で顔の大半が覆われている。黄色いどてらを着て椅子の上でふんぞり返るさまは、マンガに出てくる田舎の頑固オヤジのようだ。ヒコボシがウーロン茶の入ったコップを円卓に置くと、油壺は顰《しか》めっ面のままそれを飲んだ。

「ついさっきようやく家に帰ったところだというのに、いったい何度呼び出せば気が済むんだ。これじゃ風呂にも入れやしない」

「ご容赦ください。あらためて昨日の出来事を教えていただけますか」

オリヒメが腰を低くして言う。

「困ったものだね」油壺はわざとらしくため息を吐《つ》いた。「昨日は七時前に家を出た。ベロリリンガの連中がどうしても謝りたいと言うから、仕方なく会ってやることにしたんだ。会食は順調に進んだよ。伝統と信仰を守っていくために、二つの村が協力し合っていくことを約束した。

だが八時半ごろ、先方の沢尻と尻瓦が倒れた。明らかにホ素中毒だった。店の主人を尻子村に走らせたが手遅れだった」

「なぜホ素中毒と分かったんですか？」

「子供のころ、赤ん坊がホ素を舐《な》めて死ぬのを見たことがある。十五分で顔色が悪くなって、二十分で滝のようにゲロを吐いた。昨日の二人も同じ症状だった」

「誰かが料理に粉末をかけるのを見ませんでしたか」

「それならとっくに警察へ突き出してるよ。バカなことを聞かないでくれ」

「では会食の間、何か気になったことはありませんでしたか」

「ある。この店の娘、探偵気取りだか知らないが、皿を運びながら妙なことをつぶやいていた」

「井尻ノブ子さんですね。妙なことというと？」

「こう言ったんだ。──推理はハズレだな」

オリヒメが苦笑した。油壺は「酢入り」を「推理」と勘違いしたのだろう。

「ところで八時過ぎにトイレに行かれましたね」

「ああ。話し合いが一段落したからな」

「席を立った順番は、沢尻さん、油壺さん、尻瓦さんで間違いありませんか」

「そうだ」

「何か気づいたことはありませんでしたか」

「ない。床でハエが死んでいたくらいだ」

「そういえば、柴漬けにミミズが入っていたとか」

「お前は頭がおかしいのか?」

油壺が唐突にオリヒメの喉を摑もうとする。ダミアンが慌てて間に入ると、油壺はダミアンの腹を殴った。

「いたあ」

ヒコボシはとっさに油壺を羽交い絞めにした。

「面倒事はやめろよ、おっさん」

「この女がバカなことを言うからだ」

油壺が声を張り上げる。暴れ馬みたいに髭が揺れた。

「それ以上騒ぐとブタ箱にぶちこむぞ」

「やってみろ。うちの細君の漬物と事件に何の関係がある。わたしが毒入りの柴漬けを油炒めに入れたとでも言うのか」

「知らねえよ。あんまり取り乱すとかえって怪しいぜ。今から嫁んとこに聞き込みにいこうか?」

「あいつは昨日のうちに叱ってある。この話はもう終わりだ」

油壺はヒコボシの腕を振りほどくと、舌打ちして玄関のドアへ向かった。

「あー、待て」

「まだ何かあるのか」

「あんた、なんでホ素が油炒めに入ってたことを知ってるんだ？」

振り向いた油壺の顔が強張っていた。

「あんたが自分で言ったように、ホ素中毒は症状が現れるまで時間がかかる。サラダ、かき揚げ、味噌鍋、油炒め、雑炊と料理が並ぶ中で、なぜ油炒めにホ素が入っていたと分かったんだ？」

水を打ったような沈黙。

油壺はわざとらしく鼻を鳴らした。

「決まってるだろ。わたしが口にしなかった料理が油炒めだけだからだ。ほかの料理に毒が盛られていたのなら、わたしも死んでいなければおかしい」

「だめだめ。店長のサダオは昨日、油炒めの隠し味にポン酢を使ったらしい。常連のあんたはすぐそれに気づいたらしいな。料理を食わずに隠し味を見抜く方法があるなら教えてくれよ」

ヒコボシは語気を強めた。

油壺は唇を噛んで立ち尽くしていたが、

「お前たちに話すことはない」

吐くように言って宴会場を出ていった。

8

「あいつは犯人じゃねえと思うよ」

店長の阿部良サダオがテカテカした髪を撫でて言った。

辺戸辺戸飯店の裏庭に建てられた、瓦葺《かわらぶ》きの土蔵の一階。門扉が取り外されており、金網の向こうががらんどうになっている。そこに全身に赤いぶつぶつのできた二十歳くらいの青年が横たわっていた。

ヒコボシ、オリヒメ、ダミアンの三人は、阿部良夫妻の案内でべとべとと病の青年に会いにきたところだった。といっても阿部良ツバキは夫の後ろで黙り込んだまま、影のように気配を殺している。土蔵の裏にはホ素つきの瓶が見つかったゴミ置き場があるようで、生臭い匂いが一面に漂っていた。

「あいつ、ええと……」

「松本ガリだ」

「そうそう。松本ガリのアソコに生えてる、あれは何だ」

「搾油チューブだよ」

サダオは答えながら、左手で股間を掻いた。

松本ガリは海パンみたいな形状の器具を穿いていた。貞操帯にも似ているが、器具の真ん中からゴムのホースが延びている。アリクイにちんちんを吸われたみたいな格好だ。ホースは天井を伝ってアルミ製の筐体《きょうたい》につながっていた。

「見ての通り、ガリから出た油がホースを通ってここに溜まるんでさ。ツバキ、ちょっと搾ってこい」

ツバキは小さく頷いて、懐から鍵を取り出した。まだ四十代のはずだが、楢山参りの老女みたいにひどく腰が曲がっている。南京錠を外して金網の内側へ入ると、鼾《いびき》をかいているガリに歩み寄った。

「これって監禁ですよね」

オリヒメが耳打ちしてくる。顔がすっかり蒼褪《あおざ》めていた。

「大丈夫か。死体みてえな面《つら》だぞ」

「ごまかさないでください。現行犯逮捕しますか？」

逮捕、の一言に胸がざわめく。脳裏にはマホマホの赤紫色の顔が浮かんでいた。

「落ち着け。おれが署長に報告しておくから、お前は捜査に集中しろ」

「分かりました」

オリヒメはぎこちなく頷いた。納得したとは思えないが、こいつの相手をしていたら切りがない。

金網の向こうでは、ツバキがガリの腰に注射針を刺していた。ガリは感電したみたいにびくんと波打つと、そのまま死んだように動かなくなった。

「初めに麻酔を打つんだ。暴れると面倒だからね」

サダオが解説を加える。ツバキはさらに腰を屈めて、雑巾を絞るみたいに股間のチューブを捻った。器具の継ぎ目からべとべとした液体が洩れる。

「ああすると油が出てくる。油はホースを通って、この濾過器に落ちる」

サダオは平台に置かれた空き瓶を手に取り、濾過器の中へ入れた。瓶の蓋が自動で外れ、漏斗《ろうと》の先っぽが瓶に入る。そこから黄色い滴がぽたぽたと底へ落ちた。

「とんだ発明品だな」

「空気に触れると酸化しちまうんでね」

「あいつの親は息子が監禁されてんのに怒らねえのか？」

「村のしきたりだから仕方ないのさ」

「やつはどれくらいここにいるんだ」

「今年で十九年目。ガリはこれからもずっと、死ぬまでここで過ごすよ。それがべトベトの教えだからね」

　サダオは神妙に両手を合わせた。

「そんなに長くいたら、麻酔なんかろくに効かねえだろ」

「ああ。毎日打ってるからすっかり耐性が付いている。今じゃもって十分だ」

「目を覚ましたらどうなるんだ」

「暴れるよ。男はみんな自分の仲間だと思ってるから、男がここを通るだけで踊りだすんだ」

　サダオは白目を剝《む》いて両手をひらひらさせた。

「楽しそうだ」

「友愛のダンスだからな。ツバキに世話をさせてんのは、やつが興奮しないからだ。おいらじゃ食事をやることもできない」

「切ねえ友情だな」

　ヒコボシが無駄口を叩いたところで、ツバキが俯いたまま土蔵から出てきた。ワセリンを塗りたくったみたいに手がべとべとしている。

「奥さんは昨夜、どちらに？」

「へえ。二階の座敷で休んでおりました」

　ツバキは蚊の鳴くような声で答えた。気管支が悪いらしく、喉からひゅうひゅうと音が聞こえる。

「夜はいつも二階にいるんですか」

「へえ。ガリの発作がなければ上におります」

「昨日は暴れなかったんですね」

「へえ。ずっと静かでした」

「会食の間も一階には下りていませんか」

「いえ。一度だけ、用を足しに下りました」

「そのとき何か気づいたことはありませんか」

「ございません。廊下で若い女性とすれ違いましたけれど」

ツバキの口元がわずかに歪《ゆが》んだ。若い女性とは沢尻アスカのことだろう。ツバキは彼女に良い印象を持っていないらしい。

「ツバキさんは、余所《よそ》者がこの村へ立ち入ることに反対なんですか」

「そりゃあそうです。わたしたちは昔から、この土地でベトベトさんの教えを守ってきました。そのせいで余所者からひどい誹《そし》りを受けたこともあります。たとえ態度をあらためたところで、余所者に辺戸辺戸の地を踏まれる筋合いはないと思うとります」

ツバキが急に饒舌《じょうぜつ》になった。余所者のダミアンは居心地が悪そうに肩を縮めている。

「刑事さん、まさかうちの妻を疑っとるんか」

「とんでもない。ただツバキさんのお考えを伺おうと――」

土蔵からガタンと音がした。

振り返ると、ガリが身体を起こして辺りを見回していた。こちらに目を留め、顔中の穴を広げる。漏斗の先っぽから油が噴き出た。

「早く閉めろ！」サダオが絶叫する。

「べべべべべ！」ガリが踊りながら突進してきた。

ツバキは扉を閉め、素早く南京錠をかけた。ガリが金網に激突し、仰向《あおむ》けに引っくり返る。おそるおそる中を覗くと、ガリは額から血を流して気を失っていた。

9

便所のドアを開けると鼻が捻じ曲がりそうな臭いがした。床にさまざまな排泄物《はいせつぶつ》が飛び散り、ハエやトビムシの死体が仰臥《ぎょうが》している。便器の蓋と便座が上がっていて、黒カビに覆われた内側が焦げたパンのようだった。息を止めたままおしっこを絞り出す。

辺戸辺戸飯店の便所は宴会場から三十秒ほど廊下を歩いたところにあった。土蔵とは反対側らしく、ガリの鼾も聞こえてこない。ヒコボシは小便を終えるなり逃げるように便所を出た。

宴会場へ戻ると、オリヒメとダミアンが円卓を囲んでいた。

「えらいまっかっかですな」

ヒコボシの顔を見て、ダミアンがすっとんきょうな声を上げる。

窓の向こうでは太陽が稜線に沈もうとしていた。このまま帰宅が遅れたら、マホは餓死してしまうかもしれない。ヒコボシはじれったい気分だった。

「あたしが思うに、犯人は油壺モンゼンでしょう」

ダミアンが円卓に身を乗りだし、得意顔で言う。

「状況証拠は限りなくクロです。油壺さんだけホ素中毒を起こさずにすんだのは、料理にホ素が入っているのを知っていたからとしか思えません。あの男の逮捕状を請求すべきと考えます」

オリヒメの声にも迷いがなかった。

ヒコボシが同意し、ぶよぶよに報告を上げれば、事件はそれで方が付くだろう。油壺が自白しなければオシボリとおしゃべりさせてやればいい。

だがそれでは意味がなかった。その場合、ベロリリンガはつつがなく活動を続け、今後も信者を増やしていくことになる。リチウムを見殺しにした女教師も平穏な生活を続けるだろう。それではまったく、本末転倒だ。

「油壺は犯人じゃねえよ」

ヒコボシはそう言って煙草を咥えた。二人が揃《そろ》って首を曲げる。

「ではなぜ油炒めを食べなかったんでしょうか」

「その前提が違う。やつはなぜポン酢の隠し味に気づいたのか？　食ったからだよ。やつはホ素入りの油炒めを食った。でも中毒を起こさなかった。やつの身体にはホ素の耐性が付いていたんだ」

オリヒメはぽかんとした顔でヒコボシを見つめた。

「それはヒコボシさんの想像ですよね」

「違う。ここらの土壌にはホ素化合物が多く含まれてる。やつらは農作物を通じて微量のホ素を摂取し続けた結果、慢性的な中毒症状を起こしていた。だから油炒めを食っても死ななかったんだ」

「ですから、それはヒコボシさんの妄想でしょう」

「違《ちげ》えよ」

ヒコボシはコートのポケットから細長いアルミシートを取り出した。ラムネみたいな白い固形物が一つずつ包装されている。

「何ですか？」

「ホ素団子だよ。今朝、ゴキブリ退治のために買ったんだ。油壺から話を聞く前、こいつを砕いてウーロン茶に入れておいた」

オリヒメの顔から血の気が引いた。ダミアンは口をあんぐりと開けている。

「あんた、市民に毒を盛ったのか？」

「物騒な言い方をするな。実験しただけだよ。いまだにあいつの嫁が蒼い顔で駆け込んでこねえってことは、やつの身には何も起きなかったってことだろうな」

「何か起きてたら刑務所行きだぞ」

「死なねえのは分かってた。だからやったんだよ」

ヒコボシは苦笑して煙草に火をつけた。やり方が乱暴なのは分かっている。だが手間をかけずに油壺の無実を証明する方法はほかになかった。

「あんた、おっかねえ男だな――」

ダミアンが眉を持ち上げたまま言う。

そのとき、オリヒメが噴水みたいにゲロを吐いた。

「え？」

床に大量のゲロが飛び散る。土産屋で食べたバームクーヘンが山盛りのとろろみたいになっていた。ダミアンが椅子から跳ね上がる。

「……わたし」

オリヒメが首をもたげた。鼻汁とゲロで顔がべちょべちょになっている。肩は小刻みに震えていた。

「まさか、飲んだんじゃねえよな」

「口がぱさぱさして、宴会場を出るとき、つい――」

言葉が終わる前に、オリヒメの身体が大きく波打った。肛門からぶりゅりゅりゅと音が鳴る。

「ダミアン、医者を呼んでこい」

「ここにはおりやせん。尻子村の診療所へ行かねえと」

ヒコボシは舌打ちして店の玄関口へ向かった。

「待って」

突き刺すような声だった。振り返ると、オリヒメが真っすぐにこちらを見つめていた。

「……前から思ってたんです」

絞り出すように続ける。冷たい汗が首筋を流れた。

「何だよ」

「あなたは、おかしい」

オリヒメの双眸《そうぼう》は獣の死体のようだった。

「あなたは、まさか——」

下半身が痙攣し、オリヒメは椅子から転げ落ちた。ぬちゃ、とケーキを落としたような音が響く。

うつ伏せに倒れたオリヒメが息を吹き返すことはなかった。

10

深夜の十一時過ぎ。

「相棒を亡くした気分はどうだ？」

ぶよぶよは扉を閉めるなり、愛想笑いを消して言った。

百穴ヶ原署の会議室は、豆々署の会議室の半分ほどの広さだった。長机に書類や封筒が積み上がっているせいでさらに狭く見える。ぶよぶよの水死体みたいな臭いで鼻が潰れそうだ。

二人は百穴ヶ原署の刑事たちとの合同捜査会議を終え、デスクへ向かう彼らを見送ったところだった。

「言葉もありません」ヒコボシはわざとらしく唇を噛んだ。「優秀な捜査員でした」

「お前が殺したんだろ?」

ぶよぶよは能面みたいな顔のまま言った。まるで捜査能力のないこの男にも、オリヒメの死の真相は明らかだったようだ。

「事故ですよ。ホ素を口にしたのは彼女の不注意でした」

「尻子村の駐在員はお前が殺したと言ってる」

「混乱しているんでしょう。わざわざこんな場所で同僚を殺すはずがない」

「あいかわらず舌だけはよく回る男だな」

ぶよぶよは声を低くして、ヒコボシに顔を寄せた。あまりの臭いに目眩《めまい》がしてくる。

「お前がやったかなんてどうだっていいんだよ。問題は百穴ヶ原署の連中がお前を疑ってることだ。お前がお縄になれば、巻き添えでクビが飛ぶのはおれだ」

ぶよぶよは苦虫の大群を飲み下したような顔をした。鼻毛がぴくぴく揺れている。

「署長、安心してください。考えがあります」

「何だ」

「濡《ぬ》れ衣《ぎぬ》を着せるんです。尻瓦と沢尻を殺した犯人を捕まえて、そいつがオリヒメに毒を盛ったことにしましょう」

ヒコボシは嚙んで含めるように言った。

「そんな虫の良い話があるか」

「犯人はすでに二人殺しています。おれがオリヒメを殺したと考えるより、同じ犯人が手を下したと考えるほうがはるかに自然です」

「証拠がないだろ」

「自白させましょう。うちにはオシボリがいます」

「百穴ヶ原署の連中が納得すると思うか」

「しますね。彼らも刑事を捕まえるなんて面倒な真似はしたくないのが本音です。耳当たりの良い真相があれば受け入れますよ」

「……なるほど」

ぶよぶよが俯くと、顎の肉が埋もれて千枚田《せんまいだ》みたいになった。

「で、二人を殺した犯人は誰なんだ」

「まだ分かりません」

「ああ?」ぶよぶよは眉を寄せた。

「あと一日待ってください。そうすれば必ず犯人が分かります」

ヒコボシは声に力を込めた。ここは虚勢を張るしかない。

「一日で何ができる」

「信じてください。この一年、おれがどれだけ厄介な事件を解決してきたか、署長もご存じでしょう」

ぶよぶよは訝しげにヒコボシを睨《にら》んでいたが、ふいに興味を失ったような間延びした声を出した。

「分かった。ではそうしよう」

「ありがとうございます」

「ただし約束を守らなければクビだ。オヤジみたいな負け犬になりたくなければ、とっとと犯人を見つけてこい」

ぶよぶよはそう言って品のない笑みを浮かべた。

11

自宅へ帰ったときには夜が明けていた。

ニケアで買ったレモンジュースを片手に車を降りると、ドアの前で痩せた野良犬が小便をしている。足で犬を追い払い、玄関のドアを開けた。

薄暗い部屋にノートパソコンのディスプレイが浮かんでいた。マホマホが仰向けに倒れているのが見える。静止画みたいに映像が動かない。ヒコボシは固唾《かたず》を飲んだ。

ぶよぶよには威勢の良いことを言ったものの、頼みの綱はマホマホだけだった。ここで彼女を失えば、ヒコボシの計画はすべて水泡に帰すことになる。

不安を押し殺して階段を上がった。シリンダー錠を外し、ドアを開ける。嗅ぎ慣れた臭いが鼻を突いた。

「――――」

マホマホが毛布の上に倒れていた。カレーパンマンの顔がぐしゃぐしゃに潰れている。

「名探偵、出番だぞ」

マホマホはぴくりとも動かない。

「死んだのか？」

脈を取ろうと手を伸ばした瞬間、マホマホの上半身が跳ね上がった。指先に激痛が走る。マホマホが人差し指を嚙んだのだ。ヒコボシは悲鳴を上げて尻餅をついた。

マホマホは素早く立ち上がると、扉を開けて部屋を飛び出した。気づかないうちに膝蓋骨《しつがいこつ》がくっついていたらしい。とっさにレジ袋から瓶を取り出し、後頭部めがけて振り降ろした。花火みたいにレモンジュースが弾《はじ》ける。マホマホは前へ倒れ、そのまま階段を転げ落ちた。

「頭打つなよー」

ヒコボシは指の傷を押さえて階段を下りた。マホマホが床に伸びている。赤紫色の肌が酢豚みたいにテカテカしていた。

「……もう殺してください」

擦《かす》れた声で言う。またか。

「メシをやらなかったのは謝る。だからって急に噛むことはないだろ」

「あの部屋にいるのがいやなんです」

マホマホの顔は幽霊でも見たように蒼褪《あおざ》めていた。

「分かった。休みをやる」

「休み?」

「温泉旅行はどうだ。しばらくダラダラしよう」

「本当ですか」

「昼は温泉に浸かって、夜はうまいメシと酒に舌鼓。本当だぜ。おれはお前に感謝してんだ」

ヒコボシは声高らかにまくしたてる。マホマホは両手で身体を起こすと、ジュースまみれの手足を眺め、短く息を吐いた。

「分かりました」

「よしきた。ついでに事件の犯人を教えてほしい。樹海で男女が殺されたんだ」

「今ですか？」

マホマホはさすがに渋い顔をした。

「そうだ。酒は仕事の後が旨《うま》いんだぜ」

ヒコボシは笑顔で肩を叩いた。とにかくマホマホを焚《た》きつけるしか手はない。

「……分かりました。事件の経緯を教えてください」

マホマホはもう一度、深く息を吐いた。

12

翌日は透き通るような晴天だった。

二日ぶりに訪れた豆々警察署は、ハエやトビムシがいないだけでひどく都会的に見えた。ヒコボシはデスクに着くなり受話器を取り、尻子村の駐在所に電話をかけた。

「へえ。警察ですが」

「豆々署のヒコボシだ」

「あ……どうも」

ダミアンが声を詰まらせる。

「事件に何か動きは？」

「とくには。バイトの井尻ノブ子が髄膜炎で東京の病院に入院したくらいです」

その話はすでに耳に入っていた。

「原因は疲労でしょうな。尻から金属球が出てきたんで、医師が腰を抜かしたそうです」

ダミアンの仰々しい仕草が瞼に浮かび、ヒコボシは苦笑を嚙み殺した。

「一つ教えてくれ。事件後、おれたちが辺戸辺戸飯店へ行くまでの間に、あそこの便所で用を足したやつはいると思うか？」

「はえ。いないですよ。遺留品を持ち出されないように封鎖してありましたから」

「上等だ。助かったよ」

「いったい何事で――」

ヒコボシは受話器を置いた。ようやく運気が戻ってきたらしい。便所へ行って用を足すと、その足で署長室へ向かった。

「辞表を書いてきたのか」

応接用のソファで唐揚げ弁当を食べていたぶよぶよが、頬肉を揺らして笑う。

「尻瓦タロウと沢尻アスカを殺した犯人が分かりました」

「ほう」

ぶよぶよはナプキンで唇の油を拭いて、容器をゴミ箱に投げ込んだ。ヒコボシは黙ってソファに腰を下ろす。

「誰が油炒めにホ素をまぶしたんだ？」

「順番に説明します。この事件はジグソーパズルのようでした。ピースはごちゃごちゃしていますが、根気強く並べさえすれば決して難しくはありません。

容疑者は五名です。辺戸辺戸飯店の店長、阿部良サダオ。アルバイトの井尻ノブ子。辺戸辺戸村のボス、油壺モンゼン。さらに被害者でもあるベロリリンガ尻子村支部の尻瓦タロウと沢尻アスカ。この中で料理にホ素を入れることができたのは誰か。重要なのは、油炒めにホ素が混入されたタイミングです。可能性は全部で三つありました」

「三つ？」喉仏らしいところが揺れる。

「サダオが油炒めを調理したとき。ノブ子が皿を調理台からテーブルへ運んだとき。そして三人が油炒めを食べたときです。どのタイミングでホ素が混入されたのかが分かれば、必然的に犯人も限定されます。一つ目ならサダオ、二つ目ならノブ子、三つ目なら沢尻、尻瓦、油壺の誰かというわけです」

「そりゃそうだ」

「では犯人はどのタイミングでホ素を混入させたのか。手がかりになったのはポン酢でした」

「ポン酢？」ぶよぶよの目玉が脂肪の奥へ引っ込んだ。「どういうことだ」

「サダオはこの日、油炒めにポン酢を入れていました。この隠し味に気づいた人物は二人いました」

「問題はホ素だろ？　なんでポン酢の話をしてるんだ」

「すぐ分かりますよ。隠し味を見抜いた人物の一人は油壺です。この男にホ素の耐性があることは、ウーロン茶の実験で証明済みです。こいつは実際に油炒めを食べたんでしょう。辺戸辺戸飯店の常連なら味の違いに気づくのは当然です。

問題はもう一人、ノブ子のほうです。彼女は尻子村の住人ですから、ホ素の耐性はないはずです。でも油炒めの皿を運ぶとき、『酢入りはハズレだな』とつぶやいていました。彼女はなぜ隠し味に気づいたのでしょうか」

「匂いだろ。ポン酢は嗅げば分かる」

「ノブ子は風邪を引いていて、ひっきりなしに鼻水が溢れ出ていました。ポン酢の匂いを嗅ぎ分けられたとは思えません」

「事件当日は鼻の具合がよかったのかもしれないぜ」

ぶよぶよは意地の悪い笑みを浮かべた。

「それはありません。ここで手がかりになるのが制服のボタンです。サダオが料理の際に食材の入った麻袋を開けると、なぜか尻子学園の制服のボタンが入っていました。ノブ子がスカートのポケットに入れていたボタンが落ち、袋に入ったと考えられます。

　ではノブ子はいつボタンを落としたのでしょうか。サダオは仕込みのとき、入り口に置かれた麻袋を調理台へ運んでいました。この台は大人のヘソくらいの高さがあります。スカートのポケットから落ちたボタンが、台の上の袋に入ることはありえません。よってノブ子がボタンを落としたのは、サダオが仕込みにくる前だったことになります」

「それがノブ子の鼻炎と何の関係があるんだ」

「分かりませんか？　ノブ子はサダオの前に店へやってきていた。それなのに調理場のガス洩れに気づいていませんでした。もし臭いに気づいたら、換気をするか、サダオやツバキを呼ぶはずですからね。これはノブ子の鼻が利かなくなっていた証拠にほかなりません」

「別に一日中ガスが洩れてたわけじゃないだろ」

「もちろんです。ただノブ子は三時まで尻子学園にいました。尻子村から辺戸辺戸村への移動には大人でも四十分かかります。寄り道をせずに辺戸辺戸飯店へ向かったとしても、到着した時点で三時四十分を過ぎていたのは間違いありません。四時にガスが充満していたことを考えると、すでにガスは洩れ始めていたと考えていいはずです」

「なるほど。ガスの臭いに気づかないなら、ポン酢の匂いを嗅ぎ取ることもできないってわけか」

ぶよぶよが顎の肉を潰して頷いた。

「当初の問題に戻ります。なぜノブ子は、油炒めの隠し味に気づくことができたのか」

「サダオがポン酢を入れるのを見てたんじゃないか。隠し味だからって店員にまで隠す必要はない」

「ダメですね。サダオは調味料を白い陶器に移して使っていました。彼が油炒めにポン酢をかけるのを見ていたとして、ノブ子はそれをどう思ったでしょう」

「ふん」ぶよぶよが鼻を鳴らす。「醤油《しょうゆ》か」

「はい。水炊きや焼き魚ならさておき、油炒めにポン酢をかけたとは普通は考えないはずです」

「分からん。正解を教えろ」

「店の常連だった油壺は、油炒めを食べて隠し味に気づきました。ノブ子も同じです。ノブ子はテーブルに皿を運ぶとき、こっそり油炒めをつまみ食いしていたんです」

「そんなことか」

　ぶよぶよが気の抜けた声を出す。

「とんでもない。辺戸辺戸村の住人ではない、つまりホ素の耐性を持たないノブ子が油炒めを食べても死ななかったんですよ。ノブ子が皿を運んだとき、油炒めにホ素は入っていなかったことになります。よってサダオが調理中にホ素を混ぜていた可能性はありません」

「ずいぶん回りくどい理屈だな」

「辛抱してください。これで一つ目の可能性がなくなりました。

　二つ目のノブ子がホ素をまぶした可能性は、現時点で否定材料がありません。油炒めをつまみ食いできたのなら、同時に素早くホ素を振りかけるのも難しくないでしょう。

　そこで三つ目の、油壺モンゼン、尻瓦タロウ、沢尻アスカの誰かが食事中にホ素を混入させた可能性を考えてみます。三人は同じ円卓を囲んでいましたが、互いを監視し合っていたわけではありません。おまけに全員が一度ずつ、便所で席を立っています。人目の減った隙をついてホ素をまぶすのも不可能ではないでしょう。

　では犯人のやったことを具体的に想像してみてください。ホ素は粉末です。致死量のホ素を持ち運ぶには、何らかの容器に入れておかなければなりません」

「ホ素のついた瓶がゴミ置き場で見つかっていたな」

ぶよぶよが指を舐めて捜査資料を捲る。

「もっとも尻瓦と沢尻は辺戸辺戸飯店を出ることなく息を引き取りました。油壺も医師がくるまでノブ子と一緒だったので、事件後にゴミ置き場へ行く機会はなかったことになります。三人が瓶を捨てられたのは、用を足しに席を立ったときだけ。では誰かが便所へ行くふりをして、ゴミ置き場で容器を捨てていたのでしょうか。

初めに席を立ったのは沢尻アスカでした。サダオがおしっこと言うくらいですから、離席時間は三分ほどでしょう。彼女については、ツバキが便所の前で鉢合わせしたと証言しています。ゴミ置き場まで往復してから便所に行ったとすれば、三分で席に戻ることはできません。彼女に容器を捨てるのは不可能です」

「それはそうだ」

「次は油壺モンゼンです。サダオがうんこと断言するくらいなので、離席時間はほかの二人より長かったのでしょう。ゴミ置き場まで往復し、何食わぬ顔で席に戻るのも難しくなかったはずです。

ただしこの日、油壺にはあるハプニングが起きていました。嫁から預かった柴漬けにミミズが入っていたんです。油壺は当日のうちに妻を叱ったそうですが、取り調べが終わり彼が帰宅したのは事件の翌日でした。妻と話すことができたのは、食事中に席を立ったこのときだけです。油壺は便所に行くと嘘を吐いて、携帯で妻へ電話をかけていたんです。

ここで思い出さなければならないのが、宴会場からゴミ置き場へ行く途中にある土蔵です。松本ガリは男を見ると大暴れする、友情に真っすぐな病人でした。油壺が怒鳴りながら前を横切ったら、得意の友愛ダンスを披露したでしょう。でもこの夜は誰もやつの叫び声を聞いていない。よって油壺はゴミ置き場へ行かなかったと判断できます」

「残りは尻瓦タロウか」

「はい。サダオはこの男もおしっこと言っていたので、離席時間は三分ほどでしょう。時間は短いですが、便所へ行くふりをしてゴミ置き場まで往復するのも不可能ではありません。ここで注目したいのが、便器です」

「べんき」ぶよぶよは目を白黒させた。「べんき?」

「おれが辺戸辺戸飯店の便所で用を足したとき、便器の蓋と便座はどちらも上がっていました。この場所は封鎖されていたので、事件後に誰かが用を足した可能性はありません。便座を上げるのは男がおしっこをするときだけ。女はうんこでもおしっこでも便座を上げることはありません。よって事件当日、最後に用を足したのは男だったことになります。

ここで尻瓦が席を立つまでの経過を振り返りましょう。沢尻アスカは実際に便所へ行っていますが、油壺モンゼンは行っていません。尻瓦の前に最後に用を足したのは、沢尻か、彼女とすれ違ったツバキのどちらかです。二人とも女ですから、いずれにせよ便座は下ろしていたはずですね。よってこの後、誰かが便座を上げたことになる。必然的に、尻瓦は便所へ行っていたことになります。ゴミ置き場まで往復する時間はありません」

「尻瓦以外の男が用を足した可能性はないのか？」

「ありません。ほかに辺戸辺戸飯店にいた男はガリとサダオだけです。ガリは土蔵に監禁されていますし、サダオは二人が死んだときに大量のおしっこを洩らしていました」

「ああ、そうだったな」

ぶよぶよは捜査資料を閉じ、毛虫みたいな眉を伸ばした。

「これで三つ目の可能性はすべて消えました。油壺、尻瓦、沢尻の三人は犯人ではありません。残る可能性は一つだけ。犯人は井尻ノブ子です」

窓から差した陽光が、二人の影を床に落としている。ぶよぶよの影が潰れて小籠包みたいになっていた。

「――本当かね？」

小籠包が汁を飛ばした。

「とおっしゃると」

「油壺、尻瓦、沢尻の三人が容疑者から外れたのは、ゴミ置き場へ容器を捨てに行く時間がなかったからだろ。それはノブ子も同じじゃないのか？　会食中、こいつはずっと宴会場にいた。二人が死んだ後も、サダオたちが尻子村から戻ってくるまで油壺と一緒だったはずだ」

「それは問題ありません。彼女はほかの連中と違い、事件後もホ素を運ぶ容器を持ち歩いていました――」

「それは分かる」たるんだ顎が牛の腹みたいに揺れた。「尻子玉だろ？」

「はい。ノブ子のケツには尻子玉が入っていました。尻子玉の中は空洞ですから、釘《くぎ》を刺して穴を開ければ中に粉末を入れることができる。釘を刺したままにすれば、そのまま栓の代わりにもなります。ゴミ置き場で見つかった瓶は、事前に用意しておいた偽物だったんです。

ノブ子が油炒めをつまんだのはホ素をまぶす機会をつくるためでしょう。宴会場の隅で料理を食べるふりをしながら、手早く尻子玉を振ってホ素をまぶす。もし誰かに咎《とが》められたら、弁当を忘れてお腹が減っていたとでも言い訳すればいい。それから円卓に皿を運んで、ふたたび尻子玉を体内に戻したんです」

「そこだよ」ぶよぶよが机を叩いた。「ノブ子はノーパンだったのか?」

「いえ、スカートの下にハーフパンツを穿いていました」

取り調べの終わりに椅子から転げ落ちたノブ子の姿がよみがえる。

「つうことは、パンツとハーパンの二枚穿きだろ? いきなり下着を脱いで尻に玉を突っ込んだら、宴会場の注目の的だ。ノブ子はストリッパーだったのか?」

「その場でケツを出す必要はありません。ひとまずポケットに忍ばせておいて、手荷物を探られる前に便所へ行けばいいんです」

「ダメだ。ダミアンは現場に到着後、すぐに手荷物を調べてる。かりにサダオたちが戻るまでの間に、ノブ子が油壺の目を盗んで便所に行ったとしよう。そこでもパンツとハーパンを下ろさなきゃならないのは同じだ。でも便所の床にはクソが飛び散ってたんだろ。中途半端にパンツを下ろして肛門を広げたら、パンツが落ちて床にくっついちまう。最悪だ」

「パンツを脱げばいいと思いますけど」

「そうだな。パンツを脱いで便座の蓋に置くのは一つの手だ。あるいは便座に腰掛けて、両足を開いてパンツを落とさないようにするって手もある」ぶよぶよが股間を掻くみたいに両足を広げた。「だがどっちにしろ、まず便座を下ろさなきゃ始まらない。でもお前が用を足したとき、便座は上がったままだったんだろ？」

ヒコボシは思わず息を止めていた。いつもはニワトリ並みの発言しかしないくせに、たまには脳がまともな働きをすることもあるらしい。

「ご指摘の通りですね。ノブ子が便所で尻子玉を肛門に戻したのなら、どんな方法であれ便座を下ろすはずです」

「当然だ」

「とはいえノブ子のほかに犯人がいないのも事実です。彼女はもう一つの方法で尻子玉を隠したことになります」

「何だそりゃ」

「尻子玉は肛門に入れるための道具です。とはいえ、身体のほかの穴に突っ込めないわけではありません」

「膣か？」

「それじゃ同じですよ。パンツを下ろさないと入れられない。ノブ子が尻子玉を放り込んだのは口です。彼女は油炒めにホ素をまぶした後、尻子玉を呑んだんです」

ぶよぶよはクソを舐めたパグみたいな顔をした。

「きったねえ。そんなことして腹を壊さねえのか？」

「肛門から出したのをそのまま入れるわけじゃないですから。事前に洗っておけば平気ですよ。もちろん表面にホ素がつかないように注意する必要はありますが」

「待て待て。東京の病院に入院したノブ子のケツから金属の球が出てきたって聞いたぜ。取り調べの後で尻子玉を吐いて、ケツの穴に移したってことか?」

「署長、落ち着いてください」ヒコボシは身を乗りだした。「口と肛門はひとつながりの臓器です。尻子玉は食道から胃、小腸、大腸を通り抜けて、肛門にたどりついていた。医師はそれを見つけたんです」

ぶよぶよは気味が悪そうに胸を押さえ、ゲップをした。

「最低な気分だ」

「でもこれが真相です」

「動機は何だ」

「教団内の勢力争いでしょう。ヒヨモンベがノブ子に指示を出し、辺戸辺戸村の連中のしわざに見せかけて尻瓦タロウを消そうとしたんです。ベロリリンガの信者を叩けばすぐに吐きますよ」

「願ったり叶《かな》ったりだな」

「オリヒメの件は不問にしていただけますか」

「ノブ子がやったんだろ? だったら仕方ないさ」ぶよぶよは鼻の穴を広げ、とびきり品のない笑みを浮かべた。「百穴ヶ原署にはお前の言った通りに報告を上げておく。ベロリリンガをぶっ潰せるなら連中も文句はないだろう」

「オリヒメの死体はどうしましょう」

「解剖される前にクズクズ大学へ行って取り返してこい。火葬場へ運んでさっさと燃やしちまえ。親は死んでるから大丈夫だ」

ついさっきまでは自分に疑いの目を向けていたくせに、あいかわらず虫の良いでぶだ。高脂血症で死ねばいいのに。

「分かりました。どうもありがとうございます」

ヒコボシは苦笑を堪《こら》えて礼を言った。

13

「――残る可能性は一つだけ。犯人は井尻ノブ子です」

マホマホは淀みなく言って、電気ケトルの白湯をすすった。

「で？」

煙草を咥えたまま尋ねる。マホマホは赤紫色の顔を斜めに傾《かし》げた。

「何ですか」

「何ですかじゃねえよ」

ヒコボシはマホマホの顔を蹴飛ばし、髪を摑んで口に吸い殻を押し込んだ。マホマホが入れ歯の外れたババアみたいに口をモゴモゴさせる。ヨダレでべちょべちょになった吸い殻が床に落ちた。

「はひふふへふは」

「なんで仕事は終わりみてえな面《つら》をしてんだよ。今のは、ノ、エ、ルがノ、ブ子、――つまり、い、い、い、犯していた場合の推理だろ？」

ヒコボシはA3サイズの紙束を床に叩きつけた。ノエルが残した私小説――『すけべミミズは団地で首吊り』のコピーだ。マホマホは推理を披露する前、この私小説が真犯人を特定する手がかりだと口にしていた。

「はひ。ほうです」

マホマホが咽《むせ》びながら答える。

「ノエルがこんぶを犯していた場合はどうなんだ」

「すひません、興味がなひと思ったので」

「それはおれが決めんだよ」

ヒコボシがライターを振り上げると、マホマホはカモみたいに首を縮めた。

「分かりまひた。説明します。――ノエルがセイ子さんを犯していた場合も、一と三の仮説が成り立たないことに変わりはありません。加えて二の仮説、ノブ子さんが犯人という推理も成り立たないことになります」

「なんでだ」

「この場合、ノブ子さんは金属アレルギーだったことになるからです」

マホマホは紙束を拾い、ノエルが樹海で少女を犯す場面を開いた。

「ノエルはどちらの少女を襲うか迷った挙句、金属アレルギーでないほうの少女を選びました。犯されたのがセイ子さんだったとすれば、ノブ子さんがアレルギーだったことになります。イヤリングを着けただけで耳が倍に膨れるような体質の持ち主が、コバルト製の玉を呑み込むのは自殺行為です」

「ノブ子はベロリリンガの信者じゃなかったってことか?」

「それは分かりません。尻子玉の代わりにゴム製のソフトボールを尻に入れていた可能性もあります。ただソフトボールは中が空洞になっていないので、尻子玉のようにホ素を隠すことはできません」

「病院に運ばれたノブ子の尻からは金属球が出てきたんだぞ」

「ノブ子さんが倒れたのに気づいた友人のセイ子さんが、肛門に入れたんでしょうね。セイ子さんはベロリリンガの熱心な信者でしたから、尻子玉を入れれば元気になると信じていたんです」

「それじゃ犯人がいなくなっちまうぜ」

「いえ、この場合は四つ目の可能性があります」

マホマホは赤紫色の指を四つ立てた。

「何のことだ」

「円卓に置かれていたニンゲンアブラの瓶に、初めからホ素が入っていた可能性です。標的でない人間が口にしたところで、辺戸辺戸村の人間なら命を落とすことはありません。犯人はあらかじめテーブルにホ素入りの瓶を置いておき、標的がそれを口にするのを待っていたんです」

「妙なことを考えたな」ヒコボシは思わず苦笑した。「でも無理だ。空気に触れさせずに油を採取できるよう、松本ガリのちんこは搾油チューブに直接つながれていた。油壺が油炒めにかけたのは未開封の新品だから、瓶にホ素を混ぜることはできない」

「ですから松本ガリさんの陰茎から出た油に、ホ素が含まれていたんです」

「は？」

ヒコボシは調子っぱずれな声を上げた。

「べとべと病は尿道から油脂が排出されてしまう病気ですが、尿道は本来、老廃物の通り道です。陰茎が搾油チューブに直接つながれていたら、油にも老廃物が混ざらざるをえません。ガリさんにホ素を慢性的に摂取させておけば、自然とニンゲンアブラにもホ素が含まれるようになる。そうして犯人は未開封の瓶に毒物を混入させたんです」

松本ガリの赤く腫れた顔が脳裏に浮かぶ。腹の底から嘔吐《えず》きが込み上げてきた。

「そんな回りくどい真似をするやつが本当にいるのか」

「分かりません。これはあくまでノエルがセイ子さんを犯していた場合の推理です。でもこのパターンでは、ホ素の混入経路はほかに考えられません。ゴミ置き場で見つかった瓶は事件とは関係のない偽物です。

犯人は特定の誰かを殺そうとしたのではなく、集落へ侵入した余所者を殺そうとしていたのでしょう。その人物は余所者が村に立ち入ることを良く思っていなかったんです。二人を殺した犯人は、ガリさんの世話役として食事を与えていた人物――ツバキさんということになります」

マホマホは唇を拭い、紙束を床に置いた。ヒコボシは壁にもたれて煙草を嚙む。

「ずいぶんと荒っぽいやり口だな。料理をつまんだせいでノブ子があの世へ行く可能性もあったってことだろ」

「そうですね。これは想像ですが、サダオさんはツバキさんがホ素を混入させているのに気づいていて、ノブ子さんのまかないにはニンゲンアブラを使わないようにしていたんじゃないかと思います。とはいえノブ子さんがつまみ食いをすることまでは予想していなかったはずですから、厨房のニンゲンアブラが残っていたら彼女の命も危なかったでしょうね」

「待てよ。それができるなら、ノエルがふぐりを犯していた場合もツバキが犯人だった可能性が出てこないか」

「それはありません。ノエルは少女を犯した後、お腹を減らしてとなりまちの民家に侵入しています。強姦されたのがノブ子さんなら、この民家は辺戸辺戸村にあったことになります。ノエルはそこで冷蔵庫から取り出したコロッケを食べていますよね。彼にはもちろんホ素の耐性はありません。でも中毒症状は現れませんでした」

「そうか。やつはつい最近まで生きていたはずだからな」

　アルコール臭い五畳半の部屋が頭に浮かんだ。

「ツバキさんがガリさんの食事にホ素を混ぜていたのなら、出荷したすべてのニンゲンアブラにホ素が含まれていたことになります。ノエルがぴんぴんしていた以上、この推理は成立しません。ノエルが犯したのがノブ子さんだった場合、犯人はやはりノブ子さんという結論になります」

「でもノエルは侵入した民家でガリそっくりな男に会ってるよな。つまりあそこは辺戸辺戸村で、ノエルが襲ったのはノブ子だったたってことにならねえか?」

「その可能性は高いでしょうね。ただ松本ガリは過去にも辺戸辺戸村を脱走して、尻子村へ潜り込む事件を起こしています。『すけべミミズは団地で首吊り』に書かれた内容だけでは、ノエルが侵入した家がどちらの村にあったのかは分かりません」

「なるほど、確かにそうだ」

ヒコボシはビニール袋に残っていたレモンジュースを取り出し、マホマホに手渡した。

「……合格ですか?」

「ああ。今度はもっとうまいメシを食わせてやる」

マホマホは安堵した様子で肩を落とすと、瓶の蓋を開け、ジュースをちゅうちゅうすすった。

彼女の推理は実に好都合だった。『すけべミミズは団地で首吊り』に手を加え、ノエルがノブ子を犯していたことにすれば、毒殺事件の犯人もノブ子だったことになる。ヒヨモンベが指示を出して幹部を殺そうとしたことが明らかになれば、ベロリリンガは世間の顰蹙《ひんしゅく》を買うだろう。ひとたび火がつけば、大衆の粗探しは止まらない。リチウムを見殺しにした広報委員長の女もかつての生活には戻れないはずだ。

もしオリヒメが生きていたら、そこまでたやすくは行かなかったかもしれない。

でもあの女は死んだ。すべてはヒコボシの意のままだ。

「お前のせいで、また墓へ報告に行かなきゃならねえよ」

ヒコボシは思い切りマホマホの頭を引っ叩《ぱた》いた。

マホマホは目を丸くしてこちらを見ると、爛《ただ》れた口角を上げてぎこちなく笑った。

トカゲ人間は旅館で首無し

●本編の主な登場人物

家守《やもり》ヒフミ……旅館の女将

家守マキオ……ヒフミの長男

家守カオリ……ヒフミの長女

家守シオリ……ヒフミの次女

家守シンペイ……カオリの夫

布田《ふだ》ミキ……マキオの交際相手

保志《ほし》ゲンタ……皮膚科医

0

ミミズのノエルは微睡《まどろ》んでいた。

湯けむりが坪々山《つぼつぼやま》の稜線《りょうせん》を陽炎《かげろう》のように揺らしている。つぼつぼ温泉の湯に浸《つ》かったまま、木の葉から落ちる水滴の音に耳を澄ませた。徳利《とっくり》とおちょこを並べた桶《おけ》が、水面を右へ左へ揺れている。ブナの幹に括《くく》りつけられた巣箱から顔を出したのはシジュウカラだ。硫黄の香りも心地よい。全身の筋肉がほぐれ、溶けていきそうな気分だった。

もう現世に望むものは何もない。いつの間にか死への恐怖は消えていた。樹海などに足を運ばず、初めからここへ来ればよかったのだ。

湿った石にもたれて、ノエルは眠るように瞼《まぶた》を閉じた。


つぼつぼ温泉へ足を運ぶ四か月前のこと。

百穴ヶ原樹海で自殺に失敗したノエルは、半日かけて麓《ふもと》の街にたどりつき、バスと電車を乗り継いでズズ団地へ帰った。一日だけ仕事を休んだが、翌日からは代わり映えのしない力仕事が待ち受けていた。幸か不幸か、山奥の村で起こした強姦《ごうかん》事件が警察沙汰になることもなかった。

ノエルの絶望は深みを増していた。自殺志願者が集まる樹海でも命を絶てないとなると、もう打つ手がない。この孤独に耐えながら、あと何十年も生き続けなければならないのか。団地の窓からベンチにたたずむ老人を見下ろして、残された時間の長さに気が遠くなった。

そんな自分がなぜ温泉へ行こうと思い立ったのか。きっかけは建設現場の休憩所のテレビで目にした、あるアイドルの自殺を伝えるニュースだった。そのアイドルは半年前から皮膚炎が悪化し、マネージャーから「ゾンビ」「クリーチャー」「日焼けした象」「生活ゴミ」「チャンジャ」などと暴言を浴びせられていたという。彼女は十日間にわたり呵武隈《かぶくま》山地を放浪した末、たどりついた温泉旅館で首を吊《つ》った。彼女は自殺の前夜、露天風呂から山を眺めて陶然とする彼女を、旅館の従業員が目撃していたらしい。

美味《うま》い酒を飲んで温泉の湯に浸かっていれば、生への執着など消えてしまうのではないか。そう思い立ったノエルは、風邪を引いたと嘘《うそ》を吐《つ》いて仕事を休み、着替えも持たずに高速バスへ飛び乗ったのだった。

チリンと鈴の鳴る音が聞こえ、ノエルは瞼を開いた。

板塀の向こうに人がいるらしい。懐中電灯の明かりがぼんやりと揺れている。背筋を伸ばすと、井戸の水を汲《く》む女の後ろ姿が見えた。仲居さんだろうか。

女は桶を手に提げ、庭を横切って離れの玄関へ向かった。扉を開け閉めする音。十秒ほど後、離れの窓に橙色の明かりが灯《とも》った。

「――――！」

冷や水を浴びたみたいに酔いが吹き飛んだ。

夜闇に浮かんだ女の身体は、皮膚を剝がれたかのように赤く爛《ただ》れていた。

女が窓に手を伸ばす。竹のブラインドが下がり、女の姿が消えた。

ノエルは目を疑った。逆光のため顔はよく見えなかったが、身体の肉は人体模型のように露出していた。あんな身体で温泉に浸かったら鶏ガラみたいになりそうだ。

チャポンと水滴の落ちる音が響く。ノエルは思わず辺りを見回した。露天風呂にいるのは自分だけ。今、意識を失っても、夜が明けるまで誰も気づかないだろう。

ついさっきまで死のうとしていたくせに、そう考えると急に背筋が寒くなった。

逃げるように湯から上がり、身体を拭いて浴衣《ゆかた》を羽織った。廊下を抜けて客室へ戻る。襖《ふすま》に留め金をかけ、頭から布団をかぶった。

身体から震えが引くにつれ、頭も徐々に落ち着きを取り戻した。冷静に考えれば女の正体には察しがつく。自殺したアイドルがそうだったように、彼女も重度の皮膚病を患っているのだろう。つぼつぼ温泉は皮膚病に効くと言われ、全国から患者が集まってくると聞く。彼女は何かの事情で人目を避けなければならず、離れの部屋を借りているのだろう。

女の正体が腑《ふ》に落ちると、今度は無性に腹が立ってきた。なぜ明かりをつける前にブラインドを下げないのか。あと少しで気持ちよく死ねそうだったのに、わざわざ気味の悪いものを見せないでほしい。

「普通の温泉にすればよかったな」

布団から顔を出し、そんな愚痴をこぼした。

身体が温まると、今度は小便がしたくなった。便所は脱衣所へ行く途中にあったはずだ。ノエルは丹前を羽織り、薄暗い廊下に出た。

ほかの客の姿は見当たらない。身震いしながら廊下を進み、おしっこをして便所を出る。ふいに脱衣所から女の声が聞こえた。

壁の時計は深夜の一時を指している。こんな夜更けに何事だろう。ノエルは柱の陰で耳をそばだてた。

「――別にいいでしょ。こんなボロ宿、マキオの好きにさせてやれば」

「ダメ。あいつ、うちをレジャー温泉に変えるつもりなんだよ。この宿の伝統を何も分かってないんだから」

洗面台の鏡ごしに、二人の女が睨《にら》み合っているのが見えた。

「伝統なんか知らないよ。犬にでもくれてやんな」

「シオリまでやめて。困るのはお客さんたちなんだからね」

「あんたたちが騙《だま》した客でしょ。雑菌だらけのドブ水に浸かって病気が治るわけないじゃん。皮膚科に行けって話」

「……本気で言ってるの？」

「当たり前じゃない。母さんやマキオの肌が良くならないのが何よりの証拠だよ――」

女がへくしょいとくしゃみをした。もう片方の女が不安そうに廊下を振り返る。

ノエルは慌てて身を縮めた。

「お客さんが起きちゃうでしょ」

「ごめんごめん。最近、アルコールのアレルギーがひどくてさ。どうも露天風呂で酒を飲んだ客がいるみたいだね」

女が乱暴に浴場の戸を閉める。ノエルは思わず苦笑した。さっきまで酒を飲んでいたのは自分だ。

「とにかく、あたしはお兄ちゃんを説得するから。シオリも協力して」

「やだね。妹を喧嘩に利用すんな。これだから田舎は嫌いなんだよ」

二人は互いに愛想を尽かしたらしく、ばらばらに脱衣所を出てきた。鉢合わせし

ないよう、慌てて便所に引き返す。

ドアの隙間から廊下を覗くと、二人が数秒の間を置いて角を曲がるところだった。

どちらの横顔も端整に整っていて、大人っぽい色気に溢《あふ》れている。化粧が違うせい

か、日本人形とフランス人形みたいに雰囲気が違っていた。姉妹モノのアダルトビ

デオのパッケージみたいだ。

ノエルは右手で股間に触れた。ちんちんが隆々といきり立っている。

自分は何のためにこの宿へ来たのか。自殺への迷いを断ち切るためだ。露天風呂

に浸かって稜線を眺めていたとき、生への執着は完全に消えていた。あの爛れた女

のせいでうっかり死に損ねてしまったが、目の前の美女を犯せば、今度こそ人生に

望むものは何もなくなる。ためらいなく首を縊《くく》れるはずだ。

ノエルは便所を出ると、忍び足で二人の後を追った。角を二つ曲がったところの

ドアから庭に出て、従業員用の宿舎へ向かう。

「おやすみ」

宿舎に入り、階段の手すりを摑んだところで、フランス人形が言った。フランス

人形の寝室は二階、日本人形の寝室は一階にあるようだ。どちらかを犯せば、どち

らかを諦めるしかない。

二つの後ろ姿が暗がりに消えていく。はたしてどちらの背中を追うべきか？

悩ましすぎる問いに苛立《いらだ》ち、ノエルはみたび舌を打った。

1

四月だというのに、窓から見える山肌はどこも白い雪に覆われている。

東北の山間を進む、かぶくま線の一両列車。ヒコボシとマホマホのほかに乗客はいない。運転士がときおり、不審そうにこちらを振り返っていた。

「雪景色も飽きてきたな」

ヒコボシがぼやきながら携帯電話を開くと、例によって母からメールが届いていた。珍しく写真が添付されていない。刺青《いれずみ》に飽きたのかと思いきや、本文には「インクがなくなったので銀座《ぎんざ》へ行ってきます」とあった。この女は死ぬまで、肌に子供の顔を描き続けるのだろう。

「ちょうどいい。お前に見せたいものがあるんだ」

ヒコボシはメールを閉じると、保存しておいた動画を開いて、ディスプレイをマホマホに向けた。海外のサイトで見つけた画質の粗い映像が流れる。マフィアが裏切者への見せしめに撮影したもので、酒樽《さかだる》みたいな巨漢の足元に血だるまの男が倒れていた。カメラに向けてピースサインをしていた巨漢が、唐突に斧《おの》を振り降ろす。男の首がごろんと床に転がった。

「すごいだろ」

マホマホは豚キムチまんを頬張っていたが、

「血って案外出ないんですね」

ディスプレイを見て意外そうに眉を上げた。

「心臓が止まってりゃこんなもんだろ」

「なんでこれをあたしに見せたんですか?」

「人間は簡単に死ぬってことを教えてやろうと思ってね。もう一つ、参考資料があるんだ」

ヒコボシは動画の再生を止め、保存しておいた別の画像を開いた。ふたたびディスプレイをマホマホに向ける。

「……ミホミホ?」

マホマホの声が震えた。

「一年前と変わらないだろ? もしお前が旅館から逃げたら、おれはこいつの首をさっきのマフィアみたいにちょん切ろうと思う」

画像には、信号を待つ少女の後ろ姿が斜め上から見下ろす角度で映っていた。背格好がマホマホとよく似ている。

「お前が余計な真似をしなければ、おれもこいつには指一本触れない。おれたちは温泉で骨を休めて、三日後に家へ帰る。ミホミホも何事もなく学校へ通う。それだけだ」

「あたしが逃げると思ってたんですか？」

「念のためさ。お前がおれよりずっと賢いのは分かってるからな」

ヒコボシはマホマホの肩を叩くと、携帯電話をジャケットにしまった。

二人はローカル線を乗り継ぎ、呵武隈山地の北西に位置する坪々村へ向かっていた。この辺りは古湯が点在する温泉地で、江戸時代には湯治場として知られていたという。新潟の貝掛《かいかけ》温泉が眼病の治癒に役立つとされるように、坪々村の温泉は皮膚病に効能があると言われていた。

ヒコボシがこの地を旅先に選んだのにはいくつか理由があった。一つはマホマホを喜ばせるため。監禁しておいて喜ばせるというのも妙な話だが、リチウムの復讐を果たすまで、彼女にはまだ活躍してもらわなければならない。皮膚病患者が集まる温泉なら、ミミズの少女もゆっくり羽根を伸ばせるはずと考えたのである。

もう一つの理由は、平たく言えばゲン担ぎだった。『すけべミミズは団地で首吊り』なる私小説の中で、ノエルがミズミズ台と百穴ヶ原に次いで訪れたのが、この坪々村だったのだ。

ヒコボシは先月から、立て続けにリチウムの復讐を成し遂げていた。ノエルが過去に訪れた土地で殺人事件を調べていくと、なぜかヒコボシの憎んでいた相手を破滅に追い込む手が見つかるのだ。偶然とはいえ、ヒコボシには願ってもない事態である。そこで先回りして坪々村へ赴けば、みたび事件が起きて次の復讐を遂げられるのでは――そんな虫の良いことを考えたのである。

とはいえ旅先でマホマホに逃げられたら本末転倒だ。少女に首輪をつけていくわけにもいかない。ヒコボシは悩んだ挙句、妹のミホミホを利用することにしたのだった。

「一つ聞いてもいいですか」

マホマホが冷め切った声で言う。先ほどの動揺はすっかり影を潜めていた。

「何だよ」

「その写真、いつ撮ったんですか?」

わずかに語気が強くなった。

「ついさっきだよ。見張り役から届いたところだ」

「見張り役?」

「ああ。適任のやつがいてね」

　ヒコボシは言葉を濁した。

「もう一つ質問があります」

「何だ」

「さっきの写真、ミズミズ中学校の正門前の横断歩道ですよね。背後から隠し撮りしたようですが、あの歩道の後ろは集会所だったはずです。一年前、絶頂ムーミーマンに指を切断された赤ん坊の死体が見つかってから、あの集会所は警察に封鎖されていました」

「それがどうした」

「写真はミホミホを見下ろす角度で撮られていました。誰かが集会所の二階からカメラを向けたことになります。ヒコボシさんに協力しているのは、警察の人間ですね」

　マホマホはまっすぐにヒコボシを見つめていた。

「残念だが不正解だ」

「では誰がどこから撮ったんです？」

「教えるわけないだろ。もうこの話は終わりだ」

　まったく油断がならない。ヒコボシはコバエを払うように手を振って、窓の外に目を向けた。あちこちの山肌から白い蒸気が上がっている。温泉地が近いのだろう。

廃屋みたいな神社が線路沿いを通り過ぎた。

「——つぼつぼ、つぼつぼ」

酒焼け声のアナウンスが響く。

座席から立ち上がると、ニワトリの飼育小屋みたいな無人駅に送迎のミニバンが停《と》まっていた。

2

ちんちんを抜いても、女の身体はぴくりとも動かなかった。

首元には親指を押しつけた痕が赤く浮かんでいる。犯している間に声を上げないよう、首を絞めて失神させておいたのだ。女の膣《ちつ》はヒダが絡みつくようで、まさにミミズ千匹という気持ち良さだった。

柱時計を見ると、時刻は深夜二時に迫っていた。もう思い残すことは何もない。

ノエルは従業員用の宿舎を出ると、庭を抜けて客室棟へ戻った。

廊下の窓から離れが見える。窓にはまだ明かりが灯っており、ブラインドごしにうっすらと人影が見えた。先ほどの爛れた女だろう。椅子に座って本を読んでいるようだが、肌が痛くて眠れないのだろうか。

ふいに声をかけられ、心臓が止まりそうになった。おそるおそる振り返る。ロビーへ続く廊下から浴衣姿の男が顔を出していた。

「何してるの？」

「べ、便所から戻るところですけど」

「嘘つけ。従業員宿舎から出てくるのを見たよ。きみ、ヤったんでしょ。どっちにしたの？」

男は笑いながらノエルの股間をつついた。年齢は四十ほどか。色男のくせに襟元から胸毛が飛び出ていた。

「やめてください」

「あはは、ごめん。で、どっち？」

男はまったく引き下がらない。

ノエルの脳裏に、二人の女の後ろ姿が浮かんだ。寝室へ向かう彼女たちが一階と二階に別れたとき、ノエルの耳には女のある台詞《せりふ》がよみがえっていた。

──どうも露天風呂で酒を飲んだ客がいるみたいだね。

彼女はひどいくしゃみをした後、そんなことを言っていた。アルコールにかなりのアレルギーがあるのだろう。ノエルはだいぶ酒を飲んでいたから、犯している間にくしゃみを連発されたらたまらない。とっさにそう考え、もう片方の女を襲うことに決めた。

「どっちと言われても、名前が分からないです」

ノエルはバカ正直に答えた。

「あはは、確かに。両方美人だから迷うよね。その様子だと、きみ、初めてじゃないでしょ」

男がまた股間をつつく。生ぬるい汗が背筋を流れた。

「連続強姦魔ってことか。すごいなあ。刑務所って入ったことある？　やっぱりあそこの飯って――」

ふいに目を見開いて、男はノエルの身体を舐《な》めるように見回した。手に持っていたポーチを脇に挟んで、ノエルの左右の手の甲を撫《な》でる。

「きみ、ミミズだね」

心臓が強く胸を叩いた。

「……どうして」

「白斑整形がばれたのかって？　きみの主治医の腕が悪いからだよ」

「そうなんですか？」

「まあ、普通の人には分からないかな。ぼくは専門家だからね。こう見えても皮膚科で開業医をやってるんだ」

男は美術館で彫刻を見るみたいに、腕組みしてノエルを眺めた。

「ますますすごいや。旅館で美人姉妹を襲うミミズの青年。レイプ・ミミズ・ボーイだ」

「脅したいなら無駄ですよ。ぼくはもう死ぬので」

「え？　死ぬの？　病気？」

「違います」

「まさか自殺？　それはもったいないよ」

男は鼻息を荒くすると、ポーチを開いてよれよれの紙切れを取り出した。

「きみ、水腫《みずば》れの猿、見たことある？」

「は」

「そういう劇団だよ。これを見て」

男が紙切れを広げる。でかでかと印刷されたサルの写真の上に、落書きのようなフォントで「劇団水腫れの猿、来る！」と書いてあった。よく見るとサルは肌が爛れ、右目の下にグミみたいな水ぶくれができていた。

「何ですか、これ」

「特殊劇団っていうのかな。団員がみんな、昔のきみみたいにヘンテコな風貌をしてるんだ。ここには人殺しもいるし、大金を盗んで逃げてるやつもいる。こういうのは頭のおかしいやつほど人気が出るんだ。四本指のレイプ・ミミズ・ボーイならトップスター間違いなしだよ」

「からかうのはやめてください」

「とんでもない」男は大きくかぶりを振った。「これは人助けさ」

「人助け？　いったいどこが」

「きみがなんで死のうと思ったか当ててあげよう。寂しかったんでしょ？　ちょっと身体がみんなと違うだけなのに、きみは世間からゴミのように扱われてきた。学校にも職場にもきみの安らげる場所はなかった。でも大丈夫。この劇団にはきみを必要としている人がいる」

ノエルはふと、大耳《おおみみ》蝸牛《かぎゅう》が若いころサーカス団に所属していたことを思い出した。

「今決めなくてもいいから、考えてみてよ。団長と仲良しだから、いつでも紹介してあげる。気が向いたら連絡して。ぼくんち、すぐとなりの村だからさ」

男は自分の電話番号を書いてから、ノエルにチラシを差し出した。騙されたような気分でそれを受け取る。男はポーチを抱え直すと、

「またね！」

嬉しそうに階段を上っていった。

ノエルは廊下に立ち尽くしたまま、呆然と「水腫れの猿」のチラシを見つめてい

た。

3

つぼつぼ温泉の浴場は、客室棟を西へ進んだ先に位置していた。

客室棟は二階建てで、一層あたりの客室は二つしかない。ヒコボシたちが案内されたのは、客室棟一階の南側の部屋だった。

「嘘だろ」

敷石に立ってヒコボシは息を呑《の》んだ。つぼつぼ温泉の湯は、コメのとぎ汁みたいに白く濁っていた。

排水口からは水死体みたいな腐敗臭が漂っている。これまで何千という皮膚病患者の皮脂や膿《うみ》を呑み込んできたのだろう。

鳥のさえずりに振り返ると、ブナの幹に取りつけられた小さな巣箱が見えた。具合の悪そうなシジュウカラがミミズを咥《くわ》えて山へ飛んでいく。背を伸ばして巣箱を覗くと、灰皿の上にミミズが山盛りになっていた。

この湯に浸かって「溶けていきそうな気分」になったというノエルは、もとより嗅細胞や視神経がトロトロに溶けていたのではないか。

ヒコボシが立ち尽くしていると、洗い場から出てきた四十過ぎの男がドポンと温泉に飛び込んだ。ギリシャ彫刻のように均整の取れた顔立ちのくせに、絨毯《じゅうたん》みたいな厚い胸毛が生えていた。

「熱くないですよ」

何か勘違いしたらしい男がすまし顔で言う。ヒコボシは息を止めて、おそるおそる身体を湯に沈めた。バリウムを飲むときの気分に似ていた。

「常連さんですか?」

石に寄りかかった男が人懐っこく話しかけてくる。

「そんなやついるのか」

「いますよ。るるぶにも載ってますし。あれ? 前にもどこかでお会いしました?」

男が前髪を払ってヒコボシの顔を見つめる。ズズ団地の側溝に潜って女子高生のスカートを覗いた男によく似ていた。

「あんたに前科がなければ初対面だろうな」

「ははあ、その筋の方ですか」納得げに顎を撫でると、「お兄さんはなぜつぼつぼ温泉に?」

「それは、あれだ。子守りだ」

「お子さんの肌が悪いんですか？」

「ああ。ミミズなんだ」

「おやまあ。よろしければ後で診てあげますよ。ぼく、麓の栗々村《くりくり》で皮膚科の診療所をやってるんです。保志《ほし》ゲンタといいます」

男が胸を叩くと、胸毛が海草みたいにゆさゆさ揺れた。

「この温泉は本当に皮膚病に効くのか？」

「まさか。ワセリン塗ったほうがましですよ」

あっけらかんと答え、唇についた水滴を飛ばす。

「お前は何をしに来たんだ。皮膚科の客引きか？」

「いえ。ぼく、ここの仲居さんが大好きなんです」

「は？」

「家守《やもり》カオリさんといって、大変な美人なんですよ。女将《おかみ》のヒフミさんの長女ですが、失礼ながらとても親子には見えません。まだ会われてませんか？」

「従業員の名前なんか覚えてねえよ」

「もったいないですね。ぼくは七年前に一目惚《ひとめぼ》れして、それから毎年、春と秋に通ってるんです。早く仲良くなりたいんですけど、なかなかうまくいかなくて」

ゲンタは寂しそうに俯いて、顔を半分くらい温泉に沈めた。

「いまどき看板娘目当てに宿に泊まるようなやつがいるとはな」

「いえ、カオリさんは人妻ですよ。料理人のシンペイさんと結婚してるんです」

ヒコボシは引っくり返りそうになった。

「お前、ストーカーかよ」

「いやですね。ぼくは恋に落ちやすいタイプなんです。それに既婚者のカオリさんがダメでも問題ありません。シオリさんは未婚ですから」

「今度は誰だ」

「女将さんの次女で、カオリさんの妹です。こっちも美人なんですよ。スイスの看護大学を出た才女で、卒業後も現地の病院で働いています。昨日から帰省していて、裏の従業員宿舎に泊まってますよ。ぼくもお注射されたいなあ」

鼻息を荒くするゲンタを見て、ふとノエルのことを思い出した。あのミミズの男と目の前の皮膚科医は、どちらも性欲を原動力に生きている。一緒に酒でも飲んだら馬が合いそうだ。

そんなことを考えていると、『すけべミミズは団地で首吊り』に描かれた姉妹ゲンカの場面が頭に浮かんだ。

「ひょっとして、その姉妹にはもう一人、兄貴がいるんじゃねえか」

「おや、ご存じでしたか。確かにマキオくんという三十過ぎの長男がいますが、こいつは本当にろくでなしです」

「というと？」

「一年前に突然、東京からコンサルタントを連れてきて、ここをレジャー温泉施設に建て替えると言い出したんです」

『すけべミミズ』に書かれていたことと同じだった。ノエルがどちらを襲おうかと迷っていたのは、カオリとシオリの美人姉妹で間違いないだろう。

「建て替えちゃダメなのか？　こんなボロ温泉のままじゃ大して儲《もう》からねえだろ」

「いえ、カオリさんの美貌は着物だからこそ際立つんです」

ゲンタはますます鼻息を荒くした。のぼせて赤くなった肌に甲虫《こうちゅう》の死骸がくっついている。

小説の内容を思い出しながら、腰を浮かせて板塀の向こうを見た。庭に茅葺《かやぶ》き屋根の小屋が立っている。ノエルが爛れた女を見た離れだろう。

「あそこは誰か住んでるのか？」

「女将さんです。昔は上客用の部屋だったんですが、お客さんが入らないので女将さんの私室に変えたんだとか」

「バケモノが出るって噂《うわさ》を聞いたんだが」

「ばばば、バケモノ？」

　ゲンタが大げさに上半身を反らせる。

「動く人体模型だ。皮膚がなくて肉が露出してるらしい」

「ああ、それは女将さんですね。家守家はトカゲの家系なんです。トカゲ病はご存じですか？」

　思わずゲップが出そうになった。今年のヒコボシは行く先々で妙な病気に出くわす運勢らしい。

「知らねえな。尻尾《しっぽ》でも生えんのか？」

「乾癬《かんせん》の一種なんですが、数か月おきに高熱が出て、全身の皮膚が剝がれるんです。肌がまとめてなくなるので、再生するまでの一週間くらいは身体がエルモみたいになります」

「気味が悪いな。一生治らねえのか」

「治っちゃったらぼくの商売が上がったりですよ。幸いなことに、トカゲ病に有効な治療法はありません。できることといえばステロイドを塗って安静にするくらいです」

「原因は何なんだ」

「遺伝性の免疫異常ですが、詳しいことは分かっていません。でもご安心を。女将のヒフミさんの子供のうち、トカゲ病を発症しているのは長男のマキオくんだけ。

カオリさんとシオリさんの肌はいつもピチピチです」

「そいつは残念だな。皮が剥がれれば剝製《はくせい》が作れたのに」

「あはははは。そうですねえ――」

ふいに水面が三メートルくらい噴き上がった。

岩盤事故みたいな爆音が鼓膜を貫く。大きな波が押し寄せ、気づけば頭から濡《ぬ》れネズミになっていた。パニックになったゲンタが温泉を飛び出し、石段につまずいて引っくり返る。

顔にかかった水を拭うと、露天風呂に男が二人浮かんでいるのが見えた。一人は従業員用の作務衣《さむえ》を、もう一人は宿泊客用の浴衣をまとっている。頭上に目を向けると、客室棟の二階の窓が大きく開いていた。

「いったい何事ですか」ゲンタが叫ぶ。「温泉でも湧きましたか」

「いや。人間が落ちてきた」

その二人は水を散らしながら仲良く溺れていたが、やがて作務衣のほうがカメみたいな姿勢で温泉から這《は》い出した。坊主頭に枯れ葉がくっついている。目をひん剝《む》き、肩を大きく上下させながら、ゆっくりと周囲を見渡した。

「あの野郎、殺してやる」

呻くように言う。

「あの野郎？」

「マキオだ。どこへ行きやがった」

「ここじゃねえかな」

ヒコボシがまだ溺れているほうの男を指すと、作務衣は回れ右をして温泉に飛び込んだ。浴衣の男の頭を摑《つか》んで、むんずと水中へ押し込む。ブババッと特大の屁《へ》みたいな音がして、男の身体が水面から消えた。

「おい皮膚科、こいつらは何だ」

「シンペイくんとマキオくんですよ。シンペイくんはカオリさんの旦那さん。マキオくんはさっきの話にも出てきた、美人姉妹の兄貴です」

「義理の兄弟なのにずいぶん仲が悪いんだな」

「マキオくん以外の関係者はほとんどレジャー施設化に反対ですから」

「なんで二階から落ちてきたんだ」

「春が近いからでしょう」

洗い場のほうからガラガラと引き戸を開ける音が聞こえた。

「シンペイさん、何してるの！」

女が二人駆け込んでくる。こちらも一人が作務衣で、もう一人が浴衣を着ていた。作務衣のほうの美人がカオリだろう。近親相姦モノのエロビデオの母親役みたいな、

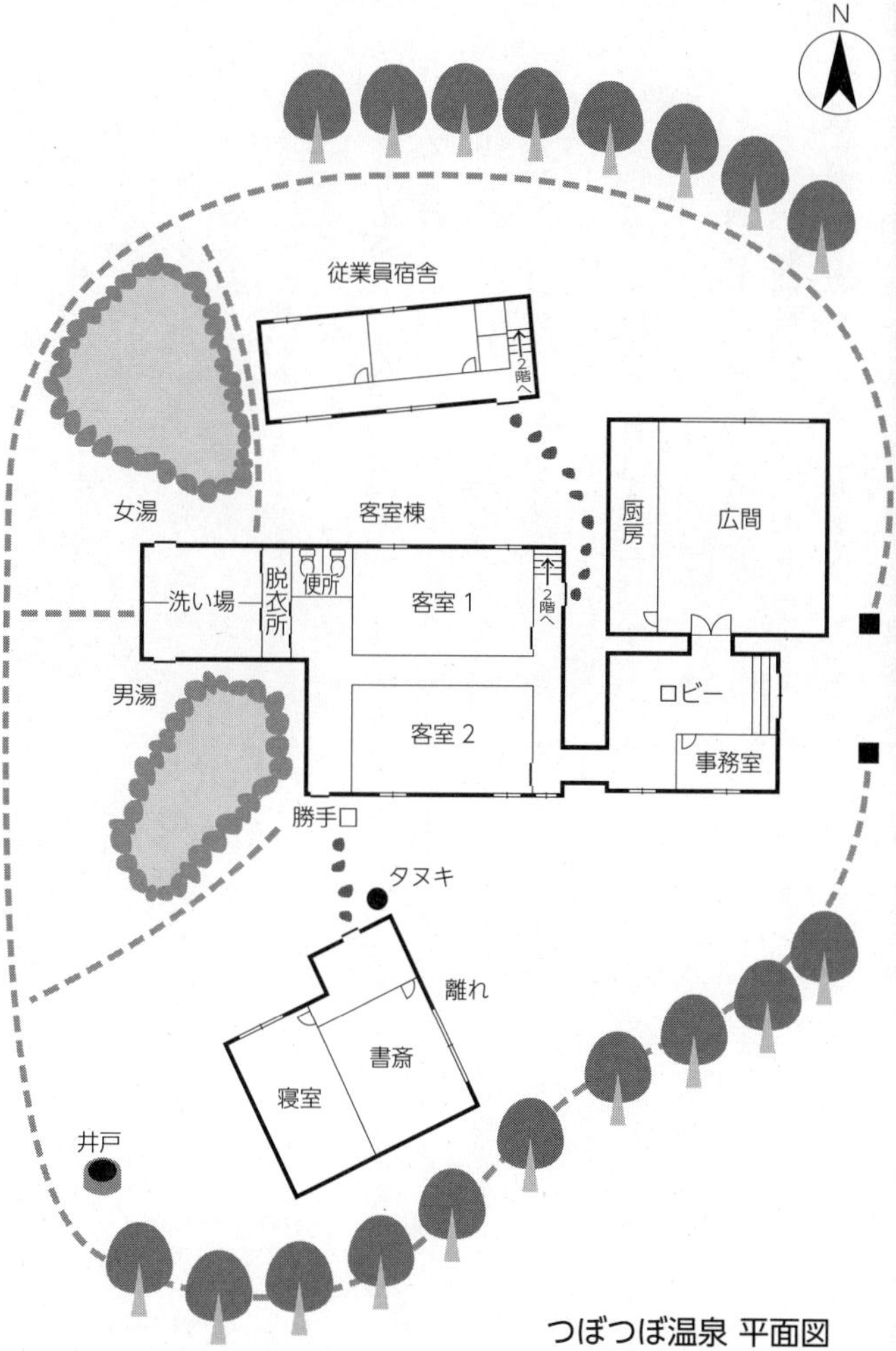
N
従業員宿舎
2階へ
女湯
客室棟
厨房
広間
洗い場
脱衣所
便所
客室1
2階へ
ロビー
男湯
客室2
事務室
勝手口
タヌキ
離れ
書斎
寝室
井戸

つぼつぼ温泉 平面図

ふくよかで愛嬌《あいきょう》のある顔をしている。浴衣のほうは落花生《らっかせい》にファンデーションを塗ったくったようなとんでもないゲテモノだった。

「うほ、カオリはん」

案の定、ゲンタが上擦った声で喘《あえ》いだ。死んだナマズみたいに寝そべっていたイチモツがむくむくと起き上がる。

「マキオくんが死んじゃう！」

「シンペイさん、やめて！」

カオリと落花生が露天風呂に駆け寄ろうとした矢先、落花生がゲンタの股間を踏んで姿勢を崩し、そのまま引っくり返った。落花生に押されてドミノ式に倒れたカオリが頭から温泉に突っ込む。カオリの脳天がシンペイの鳩尾《みぞおち》に激突し、シンペイが湯の底へ沈んだ。いくつもの悲鳴が寒空にこだました。

「騒がしいな」

温泉には男女四人の身体が仰向けに浮かんでいた。まるで大量死したエチゼンクラゲだ。

「いつもは静かなところなんですよ」

ゲンタが股間を押さえ、顔をくしゃくしゃに潰したまま言った。

洗い場からガタンと物音が響く。引き戸の向こうからマホマホが顔を出した。となりの女湯から駆けつけてきたのだろう。この騒ぎでは湯浴《ゆあ》みどころではない。

「女将を呼んでこい。五人ばかり怪我人《けがにん》がいる」

マホマホは小さく頷《うなず》いて、そそくさと洗い場を後にした。

4

「先ほどはお見苦しいところをお見せしまして、申し訳ございませんでした」

女将のヒフミは廊下に両手をついて、深々と頭を下げた。

ヒコボシとマホマホは、客室で血まみれの刺身と灰汁《あく》だらけのけんちん汁、それにドブで釣ったみたいに生臭いカワハギの煮付けを食べ終えたところだった。料理人のシンペイは短気なだけでなく、仕事の腕もポンコツらしい。

「従業員一同、心から反省し、安心してご宿泊いただけますよう精進して参ります。どうか今後ともご愛顧いただけますようお願い申し上げます」

ヒフミは朝ドラのヒロインみたいにもったいぶった口調で続けた。ショートケーキみたいな厚化粧のせいで顔が二割くらい膨らんで見える。旅館の女将よりもスナックのママが似合いそうだ。

「プロレスショーをやるならまず客の安全を確保してくれ」

「プロレス……？」

「冗談だよ。さっさとメシを片づけろ」

ヒコボシが投げやりに言うと、ヒフミは食膳を重ねてよろよろと部屋を出て行った。

「女将さん、何だか様子がおかしかったですね」

マホマホがつぶやいて、座布団の上に膝を組む。

「おかしくもなるだろ。従業員が温泉で飛び込みをしたんだから」

「いえ、お肌のことです。顔が膨らんだみたいに見えました」

マホマホは人差し指で赤紫色の頬を突いた。言われてみると、ヒフミの顔のでかさは化粧のせいだけではなかったような気もする。数か月おきにやってくるという脱皮の日が近いのだろうか。

「ここの温泉が皮膚病に効くってのは、やっぱりデマだな」

ヒコボシは煙草を咥えて、窓の外に目を向けた。

いつの間にか降り出した雪が、暗闇を裂くように流れていた。

＊＊＊

ピヨピヨ、ピヨピヨ、ピヨピヨ、ピヨピヨ。

耳なじみのある音が遠くから響いてくる。

心地よいまどろみの中で電子音を聞いていると、少しずつ違和感が膨らんできた。

この音はヒコボシの携帯電話の目覚ましアラームだ。当直でもないのに、なぜアラームが鳴っているのだろう。

目を開くと、窓から差した月明かりが天井を照らしていた。壁の時計はちょうど四時を指している。

上半身を起こし、枕元を見回した。携帯電話はない。アラームは部屋の外から響いているようだ。

布団を這い出すと、留め金を外して襖を開けた。アラームの音が大きくなる。廊下の隅で携帯電話が光っていた。

「黙れ」

ボタンを押してアラームを切ると、世界がぴたりと静まり返った。足の裏がひんやりと冷たい。

昨日、うっかり携帯電話を落としたのだろう。人間が降ってきたせいで注意が散漫になっていたのかもしれない。だがこんな時間にアラームが鳴った理由は分からなかった。

ふと右手の窓を見ると、ガラスの向こうに銀世界が広がっていた。雪はやんだようだ。離れの玄関前に置かれた信楽《しがらき》焼のタヌキが、肩まで雪に埋もれて晒《さら》し首みたいになっている。屋根にも十五センチくらい雪が積もっていた。

離れの窓には明かりが灯っていた。長方形の窓が闇にくっきりと浮かんで見える。ブラインドの向こうに女将のヒフミの姿があった。窓ぎわの籐椅子《とういす》で本を読んでいるらしく、身体が小さく揺れている。ずいぶんと夜更かしだが、もう脱皮は済んだのだろうか。目を凝らしても、肌の状態までは分からなかった。

「さっさと寝ろよ」

ヒコボシは大きく欠伸《あくび》をしながら、携帯電話を手に部屋へ戻った。

布団にもぐり込むと、視界の隅にマホマホの横顔があった。首を倒して寝顔を見る。同じ屋根の下で暮らしているのに、彼女が手足を伸ばして寝ているのを見たのは初めてだった。

＊　＊　＊

絹を裂くような女の悲鳴が聞こえた。ホラー映画でよく聞く、あれだ。

目を開いて部屋を見回す。時計の針は七時を過ぎたところだった。茶を淹《い》れていたらしいマホマホが、急須を摑んだまま凍りついている。どうやら夢ではないようだ。

「また喧嘩ですかね」

マホマホは急須を置いて、茶碗《ちゃわん》をズズとすすった。

「従業員一同反省したんじゃなかったのか。あいつらの脳はニワトリ並みだな」

ヒコボシがふたたび瞼を閉じると、今度は廊下から慌ただしい足音が聞こえた。錯乱したような男女の声が続く。いやな予感がした。

「今、死んでるって聞こえませんでした？」

「空耳だろ」

言い終わる前に、ふたたび女の叫び声が聞こえた。

「女将さんが死んでるって聞こえました」

「おれもだ」

ヒコボシは布団を飛び出すと、留め金を外して襖を開けた。

窓の向こうは一面の雪景色だった。離れの玄関の前に、青白い顔をしたカオリが立ち尽くしている。まっさらな雪の上に、離れへ向かう足跡が二人分残っていた。一つはカオリの足跡として、もう一つは誰のものだろう。カオリは生まれたての子鹿みたいに足を震わせると、雪の上にドシンと尻をついた。

「大丈夫か！」

客室棟の勝手口から夫のシンペイが飛び出した。雪に足をとられながら、一心不乱に妻のもとへ駆け寄る。二人は発情期のオットセイみたいに荒々しいハグをした。

「ハレンチな家族だ」

「ヒコボシさん、あれ」

マホマホが離れの窓を指した。竹製のブラインドをよく見ると、縁に赤いものがついている。

「ここで待ってろ」

ヒコボシは廊下を回り込んで勝手口へ向かった。サンダルを引っかけて雪に足を踏み出す。あまりの冷たさに指が千切れそうだった。

離れの玄関先ではカオリとシンペイが団子になって震えていた。扉は開いており、上がり框《がまち》にゲンタが立っている。二つ目の足跡はこの男のものだったらしい。

「何してんだ、皮膚科」

ヒコボシが声を張ると、ゲンタは振り返って手をぶんぶん振った。

「来ないほうがいいです」

「なんでだよ」

ヒコボシは雪の上を進むと、サンダルを脱いで離れの玄関に上がった。土間に吊るされた裸電球のフィラメントが切れている。扉の内側には客室と同じ留め金がぶら下がっていた。

「ここの錠はいつも開いてるのか？」

「まさか。女将さんはとても神経質です。ぼくが忍び込もうとすると必ず錠がかかっていました」

「じゃあどうやって開けたんだ」

「今日はなぜか開いていたんです」

ゲンタは鼻をつまんで後ろの部屋に目を向け、すぐに戻した。

「お前、カオリに惚れてたんじゃねえのか」

「ラーメン屋でたまにつけ麺を食べたくなるようなものです」

「つけ麺はここか？」

ヒコボシが正面の部屋へ入ろうとすると、ゲンタが腕を摑んだ。

「ダメですって。吐いちゃいますよ」

「大丈夫。お前の胸毛を見ても吐かなかっただろ」

「真面目に言ってるんです」

ヒコボシは無理やり手を振り解《ほど》いた。

「安心しろ。おれは刑事だ」

そう言って扉を開ける。カビと埃の臭いに、ひどく生臭いものが混じっていた。

「すげえな」

そこは小さな書斎だった。壁に沿って書棚が置かれ、床には三十センチほどの神《しん》札《さつ》が散らばっている。窓ぎわには浴衣を着た女が籐椅子から滑り落ちたような姿勢で倒れていた。

「すごいでしょ？」

ゲンタが廊下から顔を出し、不貞腐《ふてくさ》れたような声を出す。

女がこと切れているのは、首と右腕がなくなっているのを見れば明らかだった。意外と出血が少ないのは、殺害から切断まで時間が空いていたからだろう。籐椅子の下を覗くと、くの字に曲がった腕と生首が転がっていた。生首の後頭部にはぱっくりと傷が開いている。

「七時十六分、死体発見。被害者は後頭部を殴られた上、鋭利な刃物で首と右腕を切断されたものとみられる。おい皮膚科、お前も死体をよく見ておけ。後で検視をしてもらうからな」

ヒコボシは懐から携帯電話を取り出し、生首に向けてフラッシュを焚《た》いた。ゲンタがつられたように籐椅子の下を覗き込む。傷口から覗いた白い頭蓋骨が、麻婆《マーボ》に埋もれた豆腐によく似ていた。

5

「昨日の二十三時過ぎに発生した雪崩で、つぼつぼ駅がぺしゃんこになったそうです。かぶくま線の職員とも連絡がつきません」

シンペイが事務室から顔を出し、受話器を握りしめたまま言った。

ロビーにはカオリとシオリの美人姉妹に、カオリの夫のシンペイ、宿泊客の保志ゲンタ、落花生、それにヒコボシとマホマホの七人が首を揃えていた。昨日とは別人のように、皆が憔悴《しょうすい》しきった顔をしていた。

「警察は来ないの？」

長椅子に座ったカオリが、唇を震わせて言う。

「道路が塞がっていて近づけないそうだ。復旧のめどは立ってないらしい」

「ヘリコプターでも飛ばしてよ」

「あんた、もうちょっと落ち着いたら？　遭難したわけじゃないんだからさ」

取り乱すカオリを諌《いさ》めたのは、妹のシオリだった。こちらも美人とは聞いていたが、姉と違って女監獄モノの看守役みたいな厳《いか》めしい顔立ちをしている。スイスの病院で働いているというだけあって肝が据わっているようだ。

「お母さんが殺されたんだよ？　落ち着けるわけないじゃん。早く警察がなんとかして！」

「オーケー、任せとけ」ヒコボシは受付カウンターにもたれ、煙草を咥えたまま言った。「おれは刑事なんだ」

水を打ったような沈黙。

「嘘でしょ。こんな品のない警察官、見たことないよ」

カオリが唾を撒《ま》き散らすと、

「警察手帳を見せてください」

シンペイも妻に同調した。マホマホが俯いて苦笑するのが見える。

「あいにく休日は手帳を携帯できないんだ。紛失事案が多くてね」

「本当はあんたが犯人なんじゃないの？」

「あの」ゲンタが手を挙げた。「その人は本物ですよ」

「なんで？」

「さっき一緒に現場を見たんですよ。ぼくも田舎の町医者なもんで、住人が変な死に方をすると警察に意見を聞かれるんです。死体発見後のヒコボシさんの振る舞いはまさに警察のそれでしたし、死因に関する見立ても的を射ていました。彼はかなりの現場を踏まれた刑事さんだと思います」

ヒコボシに向けられる一同の視線に、ほんの少しの期待が滲《にじ》んだ。

「でもどうして、警察がこんなところに？」

「刑事が温泉に来ちゃいけねえのかよ」

「ああ、分かった。そのミミズの子供を温泉に入れにきたんでしょ」

「こいつはおれの子供じゃない。ただの居候だ」

一同の視線がマホマホへ向かう。マホマホは小さく会釈をした。

「ひょっとして、天才的な推理力を持った女子高生探偵だったりして」

「あいにくただのクソガキだよ。とにかく、救助が来るまではおれが捜査を進める。従業員と宿泊客はこれで全員だな？」

ヒコボシはロビーに並んだすべての顔を睨みつけた。

「マキオくんがいないよ」

ゲンタが手を挙げる。言われてみれば、シンペイに沈められていたもやし男の姿がなかった。

「寝てるだけだと思います。あたし、起こしてきますね」

落花生が重そうな腰を上げて言う。

「待て。あんたは誰だ？」

「布田《ふだ》ミキです。ただの宿泊客ですけど」

「マキオ兄ちゃんの女だよ」

カオリが見下すような笑みを浮かべた。

「悪いですか？」

布田ミキは強気に言い返したが、その直後、なぜかゲンタと視線を交わした。マホマホが訝《いぶか》しげに目を細める。ミキはすぐに顔を逸《そ》らし、逃げるようにロビーを出ていった。

「今のうちに確認しとこう。この中に自分が女将をブチ殺したってやつはいるか？」

「いや、この中に犯人がいるわけないでしょ」

カオリが唇を尖《とが》らせる。

「お前の意見は聞いてねえよ」

「犯人は外から忍び込んできた不審者に決まってる。あたしたちがお母さんを殺すわけないじゃない」

「残念なことを教えてやる。おい皮膚科、離れの玄関の辺りに血痕はあったか？」

「へ？」ゲンタが首を傾げる。「別になかったですけど」

「だよな。でも女将はいつも離れの扉に錠をかけていた。その離れの中で死体が見つかった以上、女将は留め金を外して犯人を招き入れたことになる。だが彼女は頭をかち割られて死んでいた。もし扉を開けた直後に頭を殴られたのなら、玄関の辺りにも血痕がなけりゃおかしい」

「じゃあ書斎に移動してから殺されたんじゃない？」

「その通り。だがいくらおもてなしの心があっても、ふらりと旅館にやってきた不審者を書斎に連れて行くことはない。犯人と女将は顔見知りだ」

「玄関で殺した後、犯人が血痕を拭いた可能性は？」

シオリが世間話みたいな口調で言う。

「ない。書斎の血の乾き具合を見るに、犯行は日の出前に行われていたはずだ。おまけに玄関の裸電球はフィラメントが切れていた。暗闇の中で床に散らばった血痕をすべて拭き取るのは不可能だ」

「そう」シオリはすぐに矛《ほこ》を収めた。「じゃあ犯人は誰なの？」

「まだ分からないが、いきなり訪ねてもヒフミが驚かない人物なのは確かだ。この宿の従業員か、せいぜい宿泊客だろう。犯人はあんたたちの中にいるってことだよ」

不安げな視線がロビーを行き交ったそのとき、廊下から慌ただしい足音が響いた。

「あの、変なんですけど」

ロビーに駆け込んでくるなり、ミキは膝に手をついて言った。

「部屋の外から呼んでも、マキオくんが起きないんです」

いやな予感がした。一同の表情が強張《こわば》る。

「ドアの錠は？」

「かかってました」

「行ってみよう」

ヒコボシが従業員宿舎へ向かうと、ゲンタとシンペイが後に続いた。

宿舎はヒコボシたちが泊まっている客室棟の北に位置していた。木造二階建てのボロアパートのような見た目で、瓦屋根には雪が厚く積もっている。今にもぺしゃんこに潰れてしまいそうだ。罅《ひび》の入った雨樋《あまどい》からはぽたぽたと水滴が落ちていた。

「マキオの部屋はあそこです」

シンペイが指したのは一階の西側の部屋だった。三人でぞろぞろと廊下を進む。

ドアの前に立つと、ヒコボシは大声で名前を呼んだ。返事はない。ノブを捻《ひね》ってもドアはびくとも動かなかった。シンペイが懐から鍵を取り出す。

「この部屋の鍵か？」

「いえ、マスターキーです。部屋の鍵はマキオが持っているものだけです」

「旅館のマスターキーで従業員の部屋も開けられるんですか？」

　ゲンタが鼻の下を伸ばす。

「ええ、客室だったころの名残《なご》りで。もともとはこちらも旅館として使っていたんですが、建物が古くなったので、今の客室棟だけを建て替えてこちらを従業員の宿舎にしたんです。もう半世紀くらい前の話ですが」

「ままま、マスターキーはどこに？」

「教えませんよ。お客さんが持ち出せないように厳重に管理しています」

　シンペイは呆《あき》れた顔で鍵穴にマスターキーを差した。ガチャンと錠が外れる音。ふたたびノブを捻ったが、ドアは数ミリほど奥へ動いただけだった。

「これ以上押せない。なんでだ？」

　シンペイが眉を顰《ひそ》める。ヒコボシとゲンタもドアを押してみたが、同じところから先へ動かなかった。

「この部屋に窓は？」

「北側にありますが、マキオがキャビネットで覆い隠していました。誰かに脱皮を見られるのが嫌だったんでしょう」

「ならドアを破るしかねえな」ヒコボシはゲンタを振り返った。「皮膚科、出番だ」

「なんでぼくが？」

「なんでもヘチマもない。胸毛ダルマの意地を見せろ」

「こういうのは警察の仕事でしょう」

「シオリはジャック・ニコルソンみたいな男がタイプらしいぜ」

「まかせてください」

ゲンタはドアの枠を摑んで、板の真ん中に頭突きをした。

「えっさ、ほいさ」

二度、三度と頭を叩きつける。事故車のバンパーみたいにドアがへこんだ。

「えっさ、ほいさ」

四度目の頭突きで、板に雷のような裂け目が入った。

「何だこりゃ」

裂け目から部屋を覗くと、オブラートみたいな薄い膜が内側に貼りついていた。結露のように黄色い汁が浮かんでいる。消毒液みたいな臭いが鼻を突いた。

「なるほど、分かりました」ゲンタが指を鳴らした。「これ、トカゲ病患者の皮膚ですね。たぶんマキオくんのものでしょう」

「なんで皮がドアに貼ってあんだよ」

「知りません。ただ、ドアが開かないのは膿汁《のうじゅう》の硬化が原因だと思います。トカゲ病患者の外皮が剝がれると、炎症が起きて膿が出るんです。これが空気に触れると、水分が蒸発して糊《のり》みたいに硬くなります」

「松ヤニみたいなもんか」

「はい。患者さんの皮がぼくの股間にくっついて剝がれなくなったこともあります」

「剝がす方法はねえのか？」

「常温なら四、五時間もすれば剝がれます。組織が勝手に壊死《えし》するんで」

「じゃ、このドアもしばらく放っとけば開くんだな」

ヒコボシがつぶやくと、ゲンタは不満そうに唇をすぼめた。

「待つんですか？　ぼく、壊したいんですけど」

「そうか。まあ、好きにしろよ」

ゲンタは嬉《うれ》しそうに頷くと、ドアの裂け目に踵《かかと》を打ち込んだ。音を立てて板が弾《はじ》ける。

「うえっ」

ゲンタが踏まれたカエルみたいな声を出した。右足が膿でべちょべちょになっている。ケンケンを三回した後、引っくり返って尻餅をついた。

「お疲れさん」

ヒコボシはゲンタの肩を叩いて、左右に裂けたドアの間を覗いた。四畳半ほどの部屋に、全身の皮を剝がれたマキオが倒れている。頭頂部にはぱっくりと傷が開いていた。

6

「マキオは死んだ。やはりこの宿には人殺しがいるらしい」

ヒコボシは抑揚のない声で言った。マホマホが表情を変えずに、ちらちらとロビーに集まった面々を観察している。

「もういや。どうしたらいいの？」

カオリが悲鳴のような声を上げた。

「どうもしなくていい。お前らは全員、容疑者だ。無駄な疑いをかけられたくなければじっとしてろ」

ヒコボシが一同に釘《くぎ》を刺すと、カオリがびくんと肩を震わせ、シオリが忌々《いまいま》しげに舌打ちした。シンペイは俯いたままため息を吐き、落花生は抜け殻みたいな顔で窓の外を見つめている。

「救助隊が来たら慌ただしくなる。今のうちに故人の思い出にでも浸っておけ」

「そっか。女将さんともう会えないのか。寂しいなあ」

ゲンタがしんみりとつぶやく。

「皮膚科、お前は仕事だ」

「へ？」

「検視だよ。さっきも言っただろ」

ヒコボシはゲンタの襟を摑んで、引き摺《ず》るようにロビーを出た。本当はマホマホも連れて行きたいところだが、彼女の正体がばれたらヒコボシが捕まってしまう。

「ヒコボシさん、やっぱりぼくら、どこかで会いませんでした？」

ふと思い出したように、ゲンタはヒコボシの顔を覗き込んだ。

「あいにく逮捕したやつの顔は覚えてないんだ。女のケツでも触ったのか？」

「やだなあ。痴漢するくらいなら産婦人科を開きますよ」

真面目な顔で言うゲンタを引っ張って、客室棟の廊下を進む。勝手口から庭へ出ると、風に舞い上がった雪が顔を撫でた。晒し首になったタヌキが寂しそうに空を見上げている。雪にはたくさんの足跡が残っていた。

「女将の死体を見つけたのはお前とカオリだったたな」

「はあ。そうですけど」

「カオリはさておき、お前はなんで離れに行ったんだ」

ゲンタはヘビに睨まれたカエルみたいな顔をした。

「か、カオリさんに頼まれたんですよ。女将さんはいつも朝の六時にお湯を浴びるらしいんですが、今日は七時近くになっても姿を見せなかったらしくて。カオリさんが不安そうにしてたんで、一緒に様子を見にいってあげたんです」

ゲンタが強引に押しかけたのだろう。カオリが眉を顰めるさまが目に浮かぶ。

「その時点で、庭の雪に足跡は？」

「一つもなかったです」

「それじゃ女将を殺した犯人は、足跡を付けずに離れから姿を消したことになるな」

ヒコボシはぼやきながら離れを眺めた。茅葺き屋根の小屋は四方を雪に囲まれている。

「犯人が離れを出た後、雪が降って足跡が消えたんじゃないの？」

「違う。おれは夜明け前の四時に離れの窓を見たんだ。女将はまだ生きていて、書斎の籐椅子で本を読んでいた。あのときすでに雪はやんでいた」

「へえ。不思議ですねえ」

ゲンタは気の抜けた声を出して、タヌキの頭を撫でた。

厳密に言えば、ヒコボシが布団に戻った後でふたたび雪が降り、犯人の足跡を消した可能性もある。だが四時に目覚めた時点で、信楽焼のタヌキは首まで雪に埋もれていた。朝になってタヌキがさらに深く埋もれていなかった以上、あれ以降に雪は降っていないことになる。

石段を一つ上がり、扉を開けて離れに入る。部屋が二つあり、正面が洋室、右手が和室になっていた。ヒフミは洋室を書斎、和室を寝室として使っていたらしい。

玄関を抜けて書斎の扉を開ける。部屋の中は冷たく静まり返っていた。南西側の壁沿いに書棚が置かれ、日焼けした背表紙が並んでいる。あとは窓辺に籐椅子と机があるだけのシンプルな部屋だった。

「お前らは離れに来てすぐに死体を見つけたのか?」

「いえ、ぼくとカオリさんはまず和室へ向かいました。でも布団はもぬけの殻で、眠った形跡もありません。それでいったん玄関へ引き返して、書斎で死体を見つけたんです」

ゲンタが両手を振り上げ、死体発見時の様子を再現した。

「書斎と言っても、本棚は一つしかねえんだな」

「ほとんどの本は従業員宿舎の部屋にあるんですよ。女将さん、もともとあっちに住んでたのに、本が増え過ぎたんでここで寝起きするようになったらしいです。二階の奥だから、マキオくんの上の部屋ですね」

「こいつの死亡推定時刻は？」

ゲンタは腰を屈めて死体を観察した。

「何とも言えないですね。肌が剝がれかけてるせいで死斑がよく見えません。角膜の状態を見るに死後二時間は過ぎてるようですが、あとは胃を開いてみないと分かりませんね」

壁の時計は八時を過ぎたところだった。

「殺されたのは午前六時よりも前ってことか」

「でもヒコボシさん、四時に女将さんが生きてるのを見たんですよね？　それなら犯行時刻は四時から六時の二時間に絞られますよ」

「そうだな」

ヒコボシも膝を曲げて、籐椅子の下の生首を覗き込んだ。実割《みわ》れしたトマトみたいに後頭部がぱっくり裂けている。顔が膨らんで見えるのは、ところどころ皮膚が剝がれているせいだろう。ヒフミは脱皮の直前に殺されたのだ。

「死因は脳挫傷か？」

「そうだと思います。傷の形状がマキオくんのものとよく似ていますから、犯人は同じ凶器を使ったんでしょう」

　書斎を見回してみたが、凶器になりそうな鈍器は見当たらなかった。犯人がどこかへ持って行ったのだろう。

「これ、なんで落ちてるんでしょうね」

　ゲンタが床に散らばった神札を一つつまみ上げた。和紙をたたんで封じたもので、「坪々神宮無病息災御神札」と書いた文字が血に染まっている。神札は四つあり、残りは「商売繁盛」「家内安全」「諸願成就」を祈念したものだった。

「坪々神宮ってのは？」

「つぼつぼ駅のとなりにある神社です。因幡《いなば》の白兎《しろうさぎ》を祀《まつ》っていて、皮膚病を治してくださると言われてます」

「まるでご利益がねえじゃねえか」

　長押《なげし》には糊を剝がしたような跡が残っていた。三十センチほどの間を空けて、神札が等間隔に貼られていたようだ。

「女将さんが倒れるとき、とっさに一枚の神札を摑んで剝がした。それに気づいた犯人が、残りの三枚の神札をすべ《べ》て引っ剝がして床に撒いた。そんなところですかね」

「わざわざ残りの神札を剝がす理由が分からねえな」

「一枚目がダイイング・メッセージだったのかも。右の神札を破ったから、ミギのフダで、布田《ふだ》ミキが犯人とか」

「被害者は一休さんか」

窓辺の机にはコーヒーカップを平たくしたようなアルミ製の燭台《しょくだい》が置かれていた。溶けた蠟《ろう》が溶岩流《ようがんりゅう》みたいに皿を満たしている。

「この燭台は？」

「数日前から女将さんが使っていたものです。確か電灯が切れてたんじゃなかったかな」

ゲンタが壁のスイッチを押す。天井の蛍光灯に明かりが灯った。

「つくじゃねえか」

「そうだ、シンペイさんが一昨日の夜に電気屋で蛍光灯を買ってきたんだ。それで女将さんが昨日取り替えたんだと思います」

この燭台は昨日でお役御免だったということか。

あらためて皿を覗き込み、違和感を覚える。血がたくさんかかっているのは、犯人がヒフミをバラバラにしたとき、机の上まで血が飛んだからだろう。だが皿に溜まった蠟の表面には、なぜかまったく血がついていなかった。犯人が殺害後に蠟を入れ替えたのだろうか。だが蠟はぺしゃんこに溶けていて、皿から簡単には剝がせそうになかった。

「何かあるな」

ヒコボシは携帯電話を取り出し、部屋の様子を一通り撮影した。

生首の断面からこぼれた血と肉が、マホマホが列車で食べていた豚キムチまんに似ていた。

庭を突っ切って客室棟に戻ると、廊下を東に進んで北側の庭へ下り、従業員宿舎へ向かった。

左右に裂けたドアの先に、全身の皮を剝がれたマキオが仰向けに倒れているのが見える。内皮が膿でテカテカに光っていた。

「病院みてえな臭いだな」

「消毒液ですよ。肌のビラビラから雑菌が入らないように、マキオくんはいつもマロキンを塗りたくっていました」

「意味あんのか？」

「いえ。気休めですね」

ヒコボシは鼻を押さえて、ドアの裂け目から部屋に入った。机と布団だけの独居房みたいな部屋に、バケモノじみた死体が転がっている。普段は東京で暮らしていたらしく、荷物はほとんど見当たらない。死体の足元に剝ぎ取られた服と部屋の鍵が、その少し奥に灰皿が、机の下には鉈《なた》が落ちていた。

「なるほど。こりゃトカゲの抜け殻そっくりだ」

ヒコボシはドアの前に落ちた皮膚を手に取った。シャツとズボンみたいに腰の辺りで上下に分かれている。上半身の皮が下半身の皮に被さっていたようだ。どちらも先ほどまでドアに貼りついていたものだろう。膿汁の組織が壊れたことで、粘着がなくなって剝がれ落ちたのだ。

「皮膚でできた密室ですよ。エド・ゲインが見たら喜びますね」

「たかが膿だろ。本当にドアが開かないほど硬くなるのか？」

「なりますよ。百穴ヶ原ではよく、害虫駆除のためにトカゲ病患者の皮を炊事場に置いておくんだそうです」

ヒコボシはコートを干すみたいにマキオの上半身の皮膚を広げた。

「こいつをきれいに自分の身体に貼ったら、五時間だけマキオに成りすませるんじゃねえか」

「うーん、まあ顔の骨格が似てればいけるかもしれませんね」

「この旅館にそういうやつはいるか？」

「いませんね。マキオくんは二人の妹ともだいぶ顔立ちが違いますし」

「マキオに成りすますには、まず瓜二つの人間を見つける必要があるってことか」

「そんな人がいるか分かりませんけどね。あと、いくら上手《うま》く皮膚を貼っても、お尻を出したらばれます」

「尻？」

調子はずれな声が洩れる。

「トカゲ病の患者もお尻からは膿汁が出ないんです。だから全身の皮をくっつけようとしても、お尻だけは剝がれちゃいます」

ゲンタはそう言って、マキオの下半身の皮膚を広げた。確かに尻だけ、テカテカした膿がついていない。尻の皮がやけにでこぼこしているのは、昨日、温泉に落ちたときにぶつけたせいだろうか。

上半身と下半身の皮を見比べると、なぜか上半身のほうが薄汚れて見えた。顔を近づけて観察すると、首から肩の辺りに黒い粉がくっついている。

「これは何だ？」

「煙草の灰ですよ」

ゲンタは床に落ちた陶器の灰皿を拾い上げた。ロビーや客室にあったものと同じだが、縁に肉片がこびりついている。底には灰が溜まっていた。

「凶器はこれですね。二人の頭の傷とぴったり形状が一致しています。マキオくんが犯人に頭を殴られたとき、上半身にだけ灰がかかったんでしょう」

「じゃあこれは何だ？」

ヒコボシは机の下の鉈を手に取った。二十センチほどの刃にべったり血と肉がくっついている。

「マキオくんの身体に刃形の合いそうな傷は見当たりません。女将さんの首や腕を切断したものじゃないでしょうか」

「なるほど。犯人がヒフミを殺した後、灰皿と一緒にこの部屋へ持ってきたんだな」

ヒコボシは死体の本体に目を向けた。ゲンタの言う通り、頭頂部の傷の形が灰皿の縁と一致している。ヒフミの後頭部の傷ともよく似ていた。黒い灰がついているのは剝がれた皮のほうだけで、死体の本体には何もかかっていない。後頭部からうなじへかけての内皮には傷口から流れた血がこびりついていた。

「こっちに血がついてるってことは、犯人がマキオを殴ったとき、もう頭の皮は剝がれてたのか」

「いや、そうでもないですよ」

ゲンタがマキオの抜け殻を捲る。剝がれたほうの皮膚にも、頭の同じところに血がついていた。

「剝がれる前の皮と後の皮、両方に血がついている。犯人はマキオを殴り殺して、流血が止まる前に頭の皮を引っ剝がしたってことか」

「犯人はインディアンの末裔《まつえい》ですね」

「は？」

「知りませんか。インディアンは敵を殺した後、頭の皮を剝ぐんですよ」

犯人がマキオの皮膚を剝いだのは、ドアにくっつけて密室をつくるためだ。とはいえわざわざ現場を密室にした狙いは分からない。

「こいつの死亡推定時刻は？」

「うーん、難しいですね。トカゲ病患者の死斑の見え方なんて大学じゃ教わりませんし。やっぱり死後二時間以上としか言えないです」

もっとも灰皿と鉈がこちらの現場にあった以上、犯人はヒフミの後にマキオを殺したことになる。ヒフミは四時まで生きていたから、マキオが死んだのもそれ以降だ。結局、こちらの犯行も四時から六時の間に行われたことになる。

「それよりこれ、何だと思います？」

ゲンタが足元の床を指して言った。トマトジュースをこぼしたような血だまりが赤黒く固まっている。よく見ると、凝固した血の表面に小さな傷があった。大きなフォークで引っ掻《か》いたみたいに、二本の薄い線が浮かんでいる。

「皮を剝いでる最中にうっかり踏みかけたんじゃねえか」

「犯人は二本指のオバケですか？」

「ああ、分かった。傷の正体はこれだ」

ヒコボシはマキオの頭の皮をつまみ上げた。鼻と顎の先っぽに少しずつ血がついている。血だまりの傷と比べてみると、鼻と顎の間の長さが二つの傷の間の長さと一致していた。

「体外に出た血液は十分もすりゃ凝固する。犯人は皮を剝がすのに手間取って、うっかり死体の頭を床の血に擦らせちまったんだ」

「なるほど。閃《ひらめ》きましたよ」

「あ？」

「犯人は何らかのトリックで皮膚密室から脱出したわけですよね。この傷はそれを解明する手がかりにほかなりません」

ゲンタは目を輝かせて言った。

「どうした。頭打ったのか」

「えーと、ほら。犯人は鍵穴からテグスで皮膚を引っ張って、ドアにくっつけたんじゃないかな。この傷はテグスが床の血と擦れてできたものだったんです」

ヒコボシはドアを振り返った。錠はつまみを捻るタイプで、テグスを通せるような穴はない。ドア枠との間もぴったり塞がっているから、外からテグスを操って皮膚を動かすのは不可能だ。

「ダメ？　じゃあさ、犯人がこのストッパーを使ったっていうのはどうかな」

ゲンタがドアの右下を指す。レバーを倒すタイプのドアストッパーがついていた。

「犯人は部屋の外から大きな磁石でこのストッパーを倒したんだよ。それでドアを開けづらくして、錠が閉まっているように見せかけたんだ」

ヒコボシはドアの前に立って、トルクレンチみたいなストッパーの金具を持ち上げた。底のゴムが擦り切れていて使い物になりそうにない。かりに部屋の外からレバーを倒すことができたとしても、強く押せばドアが開いてしまうだろう。

「皮膚科医ってのは目ん玉が節穴でもなれるんだな」

「節穴？　そんなのないですよ。ほら」

ゲンタはそう言って瞼を押し開いた。

7

従業員宿舎から庭と客室棟を抜けてロビーへ戻る。カオリ、シオリ、ミキ、マホマホの四人がまずそうな顔でコーヒーを飲んでいた。

受付カウンターに肘を置き、煙草とライターを取り出す。ゲンタが勝手にコーヒーを注ごうとしたところで、目を白黒させたシンペイが事務室から飛び出した。

「つぼつぼ駅からこちらへ向かっていた救助隊が、地滑りにあって全滅したそうです」

ミキの手からティーカップが落ちた。

「もう気が狂いそう。なんとかして！」

カオリが髪を振り乱して叫ぶ。シオリも椅子の上で頭を抱えていた。

「あんたの気が狂わないうちに、さっさと犯人を突き止めよう。調査の結果、お前らの母ちゃんと兄貴が殺されたのは今朝の四時から六時までの間だと分かった。この時間にアリバイのあるやつがいたら教えてくれ」

時間が停《と》まったようにロビーが静まり返る。互いの腹を探るように、いくつもの視線が交錯した。

「朝の四時から六時って、そんなの寝てたに決まってるじゃない。アリバイなんかないわよ」

シオリが沈黙を破ると、

「あたし、あるわ。シンペイさんと明け方まで話し込んでたの。ね？」

カオリが夫にすがりつくように言った。

「ええ。部屋でつぼつぼ温泉の将来について話し合っていました」

「朝の六時まで？　夜更かしにもほどがあるんじゃないの」

「ぼくが遅くまで仕事をしていたんです。四時前に宿舎の部屋へ戻ったら、カオリもたまたま目を覚まして」

「仕事ってのは、メシの仕込みか？」

「いえ。厨房《ちゅうぼう》でカニカニという仮想通貨の取引きをしていました。記録も残ってますよ」

シンペイが携帯電話を取り出し、ブラウザを開いてこちらに向ける。家計簿みたいに細かい数字が並んでいた。カニカニの取引き履歴らしい。一時から四時前まで、ほとんど休みなくカニカニが売り買いされていた。

「板前だけじゃ食えねえのか？」

「ただの趣味ですよ。老後の足しになれば十分です」

「カニ道楽か。――二時四十九分から三時二分までの間だけ取引きがねえが、便所でも行ったのか？」

「いえ。マキオのやつが厨房に来たんです。昼間のことについて謝りたいとか言って」

マキオも昨夜は夜更かしをしていたらしい。

「なんでお前が厨房にいると分かったんだ？」

「分かりません。メシの余りでも漁《あさ》りにきて、たまたま見つけたんじゃないですか」

「お前ら、和解したのか？」

「まさか。追い返してやりましたよ」

シンペイが憎らしげに唾を飛ばす。

「厨房でマキオと会ったことを証明できるか？」

「ええ。証人がいます。ちょうどそのとき、調理学校の後輩と携帯で話してたんですよ。カニカニにめちゃくちゃ詳しいんで、よく教えてもらってるんです。マキオとやりあってるときも通話したままだったんで、やりとりを聞いてたはずです。確認しますか？」

「いや」

二人が会ったのは事件の一時間以上前だ。軽く追及してみたものの、犯行とは無関係だろう。

「残りのやつらはどうだ」

「ぼくはアリバイあります。あとミキちゃんも」

ゲンタが頬を緩めて言った。布田ミキがなぜか耳を赤くする。

「深夜に何をやってたんだ」

「それは、まあ、ヤってたんですよ」

ゲンタが黄色い歯を見せる。

「お前、カオリに惚れてたんじゃねえのか」

「蕎麦《そば》屋でたまにカツ丼を食べたくなるようなもんです。とにかく、ぼくらはアリバイあるんで。ね、ミキちゃん」

ミキは手で顔を隠して頷いた。交際相手のマキオが殺されたとき、この女は別の男と寝ていたらしい。

「お前らの部屋はどこだ」

「客室棟の二階です。ぼくが北向きの部屋で、ミキちゃんが南向きの部屋。ぼくたち、おとなりなんです」

「夜這いにはうってつけだな」

「もう最悪！　みんな頭おかしいんじゃない？」

唐突に叫んだのはカオリだった。ふらふらと立ち上がり、客室棟へ歩き始める。

「どこ行くの」シンペイが妻の背中に声をかける。

「救助、来ないんでしょ。鍵をかけて部屋にいる。シンペイさん、絶対にマスターキーを手放さないで」

「あ、ああ」

「あたしもそうしようかな」

シオリが肩を揉みながら立ち上がり、カオリの後に続いた。

「ばらばらに行動を始める登場人物たち。この後、大殺戮《だいさつりく》かな」

ゲンタが二人の背中を見てニヤニヤ笑う。

「おれも疲れた。救助隊が来たら呼んでくれ」

ヒコボシはマホマホに目で合図をして、二人でロビーを後にした。

部屋に戻ると、テーブルの上で緑茶が冷たくなっていた。マホマホが座布団に腰を下ろし、ためらいがちに茶碗に口をつける。ヒコボシは畳に寝そべって煙草を咥えた。

「とんだ休暇になったな。犯人は誰だと思う?」

ヒコボシが尋ねると、マホマホはすぐにかぶりを振った。

「分かりません。手がかりが少なすぎて」

手がかりがあれば分かるということか。

ヒコボシは煙草をふかしながら、ヒフミとマキオの殺害現場で目にしたものを説明した。バラバラにされたヒフミの死体、剝がされた神札、溶けた蠟燭、皮を剝がれたマキオの死体、ドアに貼られた皮膚、マロキンの臭い、血まみれの灰皿と鉈、血痕についた傷、ゴムの擦り切れたドアストッパー。マホマホは膝を抱えて、じっとヒコボシの言葉に耳を傾けていた。

「――雪密室に皮膚密室。一晩で二つも密室殺人をやるなんて、犯人は芸術家気取りの承認欲求バカか、モテない犯罪オタクのどっちかだな」

「一つお願いがあるんですけど」

マホマホが小さな声で言った。外から風の鳴る音が聞こえる。

「何だよ」

「真相を言い当てたら、ミホミホの監視をやめてくれませんか」

思わず煙草を落としそうになった。事件のせいですっかり忘れていたが、マホマホはずっと妹の安否を気にしていたのだろう。

「お安い御用だ。お前が犯人を指摘できたら、すぐに仲間に電話して監視をやめさせる」

「本当ですか？」

「約束する。だが犯人が分かったらの話だ」

「もう分かりました」

マホマホは何でもないことのように言った。

「二つの密室から犯人が抜け出した方法は？」

「もちろん分かりました」

「頼もしいな」ヒコボシは吸いさしの煙草を灰皿に置いた。「なら教えてくれ。犯人はどいつなんだ——」

「ねえねえ、刑事さん！」

外から耳なじみのある声が聞こえた。ドンドンと襖を叩く音が続く。ヒコボシは舌打ちした。

「うるせえな。また誰か死んだのか？」

ヒコボシは留め金を外して襖を開けた。

「死んでないよ」

ゲンタがひらひらと手を振る。無性に殴りたくなる笑みを浮かべていた。

「だったら帰れ」

「待って待って。ぼく、大事なことを思い出したんだ」

「あいにく手がかりは足りてる」

「もっと大事なことだよ。きみ、リ、リ、リチウムちゃんのお、お、お兄さんでしょ？」

一瞬、何が起きたのか分からなかった。

なぜこの男が妹の名前を知っているんだ？

「あはは、そんなにびっくりしなくてもいいでしょ」

ゲンタは楽しそうに手を叩いて笑っている。ヒコボシは乾いた喉から声を絞り出した。

「……お前、あいつを知ってるのか」

「うん。怒ってる？　そりゃあ怒るよね」

ゲンタは頭を掻いて、ぺろりと舌を出した。

「だって、リチウムちゃんを殺したのはぼくだもの」

8

雪に埋もれたタヌキが間抜けな顔でこちらを見ていた。

心臓が猛烈な強さで胸を叩いている。襖を閉めながら懸命に思考を巡らせた。リチウムをいじめた同級生や、見殺しにした教師の情報はすべて頭に入っている。だがこの男にはまったく思い当たる節がなかった。

「お前がリチウムを殺したって？」

動揺を悟られないよう、わざと素っ気ない声を出した。

「うん。ごめんね」

「あいつは自殺したんだ。おれはこの目で死体を見てる。殺しの疑いはない」

「それはそうなんだけど、自殺のきっかけを作ったのはぼくなんだ」

「……きっかけ？」

「怒る？　でももう時効だよね。実はぼくの友人が面白い劇団をやってるんだ。水腫れの猿っていうんだけどね」

ゲンタは脇に抱えていたポーチを開け、よれよれの紙切れを取り出した。白目を剝《む》いたサルの写真の上に「劇団水腫れの猿、来る！」と下手くそな文字が躍っている。

その劇団にはヒコボシも心当たりがあった。ノエルの青白い顔と、彼の残したノートが頭に浮かぶ。

「この劇団の何が面白いって、メンバーの大半が重度の皮膚病患者なんだ。ミミズの姉弟とか、トカゲ病の紳士とか、びっくり人間の見世物小屋みたいな感じだね。ぼく、四年前までクズクズ大学附属病院の皮膚科で働いてたんだけど、腕が良いってなかなかの評判でね。全国からいろんな患者さんがぼくの診察を受けにきてたの。で、たまに劇団と相性の良さそうな人を見つけると、こっそり団長に紹介してたんだ。リチウムちゃんもその一人だった」

ゲンタが遠くを見るように目を細める。ヒコボシはどんな顔で話を聞けばよいのか分からなかった。

「きみんち、お父さんが捕まって、お母さんが身体を売って日銭を稼いでたんでしょ。家計が楽になるよってリチウムちゃんにもちかけたら、すぐに劇団への加入を決めてくれた。団長も喜んでたよ。ミミズの少女は人気があるからね。

　でも彼女はもたなかった。団長はちょっと乱暴な人だからね。詳しい経緯は知らないけど、二週間で稽古から逃げたんだ。それを知って慌てたのが団長さ。あの子がいなくなったことが引き金になって、他のメンバーが後に続いたらシャレにならない。だから団長は彼女にお灸《きゅう》を据えることにした。何をしたと思う？」

　ヒコボシは耳を塞いで蹲《うずくま》りたい気分だった。

「リチウムちゃんが男に襲われてる写真を、学校の周りにばら撒いたの。近くの中学校の生徒を買収して強姦させたんじゃなかったかな。これはきついよね。リチウムちゃんが手首を切ったのはその直後のことだった」

「違う――」

　ヒコボシは反論しようとしたが、その先の言葉が続かなかった。

「ちなみにリチウムちゃんを強姦した中学生ってのが、お人形さんみたいなイケメンでね。近くの小学校にまでファンがいたんだって。その子たちにしたら、わけの分からないミミズの女の子に憧れの先輩を奪われたわけじゃない。それでリチウムちゃんにひどい嫌がらせをしたらしいよ。子供って怖いよね」

ゲンタはワイドショーのコメンテーターみたいなもっともらしい顔で言う。ヒコボシの脳裏には、ミミズを口に詰めこまれたリチウムの姿が浮かんでいた。

「……どうしておれにそんな話をしたんだ」

「そりゃするでしょ。あの子のお兄ちゃんが警察官になったんだよ？　ぼく、ワクワクしちゃって。面白いことが起きそうじゃない」

「おれがヒフミとマキオを殺した犯人だったら、間違いなくお前もブチ殺してるな」

「あはは。でも違うでしょ？」

ゲンタがヒコボシの肩を突いて笑う。

自分が警察官になり、女子高生を監禁したのは、こんなやつに復讐するためだったのか？

ヒコボシは目眩《めまい》を堪《こら》えるだけで精一杯だった。

9

立ち話を終え部屋に戻ると、ヒコボシは新しい煙草に火をつけ、なんとか動悸を落ち着かせた。マホマホは膝を抱えてじっとヒコボシを見ていた。

「仕事ができた。すぐに真相を教えろ」

「何かあったんですか?」

「復讐する相手が増えちまったんだ。くだらねえ事件に手を焼いてる場合じゃなくなった」

ヒコボシががなり立てると、マホマホは咳払《せきばら》いして居住まいを正した。

「ミホミホの監視はやめてもらえるんですよね」

「ああ。もうあんなガキに用はない」

「分かりました。ではあたしの推理を説明します」

マホマホは背筋を伸ばして、もう一度咳払いをした。

「真相を見抜く手がかりは、マキオさんの殺害現場にありました。従業員宿舎の部屋に関する説明を聞くうち、そこに矛盾が含まれていることに気づいたんです」

「矛盾?」

「ドアの目張りに使われた皮膚のうち、上半身のほうの鼻と顎の先に血がついていたそうですね。それも鼻と顎の間の長さが、血だまりにできた二本の傷の間の長さとぴったり同じだった。犯人がマキオさんの死体を動かしたとき、顔と床が擦れて、凝固した血の上に傷ができたのでしょう。ではこの傷は、いったいいつできたのでしょうか？」

「そりゃ犯人がマキオを殺したときだろ」

「そうでしょうか？　マキオさんを灰皿で殴った直後であれば、まだ床の血液は凝固を始めておらず、文字通りの血だまりだったはずです。これでは表面に引っ搔き傷はできません」

「なら殺した後、皮膚を剝がしているときだ。人間の血液は十分もすれば凝固する。死体の皮膚を剝がすのは容易じゃないから、それくらいすぐ過ぎるだろう。犯人はきれいに皮を剝ごうとして、死体をあっちこっちに転がした。その拍子に顔が固まりかけの血と擦れちまったんだ」

「では引っ搔き傷ができたのは、顔の皮を剝ぐ前と後のどちらですか？」

マホマホは指を頰に当てて言った。

「……知るか。どっちでも同じだ」

「いえ、そこが大事なんです。明らかにおかしいのは後者、顔の皮を剝いだ後のほうです。皮膚はぺらぺらですから、いったん顔から剝がれてしまえば、床と擦れたところで血だまりに傷ができるとは思えません」

「じゃあ顔の皮を剝ぐ前だ。犯人は胴体のほうから皮を剝がしたんだろ」

「ところがそれでもおかしなことになります。マキオさんの死体の本体のほうにも、頭の傷から溢れた血がこびりついていたそうですね。犯人が頭の皮を剥いだ時点で、傷口からの出血はまだ続いていたことになります。ましてや頭の皮を剥ぐ前の時点では、血液は温かく、凝固していない状態だったはずです。これでは顔と擦れても傷はできません」

マホマホの言う通りだった。これはおかしい。どのパターンでも、血だまりにできた引っ掻き傷に説明がつかないのだ。

「犯人がマキオの頭の皮を剥いだ後、もう一度、傷口を殴って出血させたってことか？」

「まさか。剥がされた皮には煙草の灰がついていましたが、死体の本体にはついていませんでした。マキオさんが頭を殴られたのは、皮を剥がされる前の一度だけです」

ヒコボシは腕を組んで、ううと唸った。

「分からん。あの血だまりの傷は何だったんだ」

「現に傷が存在している以上、マキオさんが頭の皮を剥がれる前に、床の血だまりはすでに凝固していたと考えざるをえません。あの血液はマキオさんのものではなかったんです」

「マキオじゃないやつの血？」ヒコボシは調子はずれな声を上げた。「いったい誰の？」

「昨日の夜、血だまりができるほどの出血をした人物はほかに一人しかいません。ヒフミさんです。彼女は離れの書斎ではなく、従業員宿舎のマキオさんの部屋で殺されたんです」

マホマホは分かり切ったことのように答える。

「それじゃヒフミを殺したのは——」

「この部屋にヒフミさんを連れ込むことができた人物ということになりますね。部屋の鍵を持っていたマキオさんはもちろん、マスターキーの保管場所を知っていた従業員でも物理的には犯行が可能でしょう。

ただし犯人は、殺害後にヒフミさんの死体を離れまで運んでいます。従業員のカオリさんやシンペイさんが犯人なら、死体をマキオさんの部屋に置きっ放しにしても問題はありません。犯人はこの部屋で死体が見つかるのを避けなければならなかった人物、すなわちマキオさんだったということになります」

ヒコボシは煙を吸い込んだまま目を閉じた。瞼の裏に浮かんだのは、二階から落ちてきたマキオがエチゼンクラゲみたいに温泉に浮かんだ姿だった。

「あの男に母親を殺す度胸があったとはな」

「旅館の将来のことで口論になって、思わずかっとなってしまったんでしょう」

「そこでふと我に返ったんだな。人殺しとして生きるくらいなら自殺したほうがましだ。だがたとえ死んでも、親を殺したことは知られたくない。だからヒフミの死体を離れへ運んで、バラバラに解体した。運んだ先で首や腕を切り落とせばそこが殺害現場のように見えるからな。そして自分の部屋へ戻り、自ら命を絶った」

「一つだけ違います。マキオさんは自殺したのではありません」

「自殺じゃない？」

ヒコボシは思わす眉を寄せた。

「はい。マキオさんは死後に皮を剝がされていました。自殺となると、誰が何のために皮を剝いだのか説明がつきません」

「それじゃこの狭い旅館に、二人も人殺しがいたことになるぞ」

「そうですね」

マホマホは声色を変えずに頷いた。

「誰なんだ、そいつは」

「それを突き止めるにはまだ手がかりが足りません。ここでマキオさんの行動を振り返ってみましょう。マキオさんがヒフミさんの死体を自分の部屋から運び出したのは、おっしゃる通り、犯行現場を別の場所に見せかけるためでした。ではなぜ死体を離れの書斎へ運んだのでしょうか」

「そんなの気まぐれだろ。自分の部屋でなけりゃどこでもよかったんだ」

「そうだったとしても、よりによって離れを選ぶでしょうか？　離れへ行くには庭を通らなければなりません。雪に足跡が残ってしまいますし、宿泊客に見つかる危険もあります。脱衣所にでも置いておけばすんだものを、なぜあんなところまで運んだんでしょう」

「そうだな。それは——」

ヒコボシは口を開けたが、筋の通る理由は浮かんでこなかった。

「ヒントは携帯電話です。この部屋の前には今朝、アラームをセットしたヒコボシさんの携帯電話が置かれていました。マキオさんは昨日の乱闘騒ぎの後、たまたまヒコボシさんの携帯電話を拾ったんでしょう。もちろんその時点では、犯行に利用しようなどと考えていたわけではありません。後で事務室に届けようと思ったのを、うっかり忘れてしまっただけだと思います。

ヒフミさんを殺した後、マキオさんはこの携帯電話を使ったあるトリックを思い付き、実行しました。アラームをセットした携帯電話を部屋の外に置いておいたのは、アラームを止めに出てきたあたしたちのどちらかに、窓からヒフミさんの姿を目撃させるためです。マキオさんはすでに死んでいるヒフミさんを生きているように見せかけることで、自らのアリバイを作ろうとしたんです」

ヒコボシは思わずゲホゲホと咳き込んだ。指に挟んでいた煙草が畳に落ちる。

「バカな。あんときの女将はもう死んでたってのか？」

「はい。ヒコボシさんはマキオさんの仕掛けた罠《わな》にかかったんです。死体が堂々と椅子に座っているとは誰も思いませんから、ヒコボシさんが騙されたのも無理のないことです」

「そんなはずはない。おれが離れの窓を見たとき、女将は籐椅子に座って小さく身体を揺らしていた」

「それは単純なトリックです。書斎の窓辺の机には燭台があったそうですね。燭台の皿にはたくさん血がかかっていたのに、皿の中の蠟には血がついていなかった。なぜならヒフミさんがバラバラにされた後でこの蠟が溶けたからです。マキオさんは離れを出る前に蠟燭に火を灯していったんですよ。ヒコボシさんが廊下から離れを見たとき、窓から死角になったところでその火が揺らめいていたんです」

「それにしては明るく見えたけどな」

ヒコボシは寝ぼけ眼で目にした光景を思い返していた。長方形の窓は闇にくっきりと浮かんでいたはずだ。

「それは天井の蛍光灯がついていたからです。窓辺の蠟燭よりも光量が多いので、ヒコボシさんの目には蛍光灯だけが灯っているように見える。でも本当に蛍光灯だけなら、ヒフミさんの姿は逆光になってもっと暗く見えたはずです。温泉から離れのヒフミさんを覗いたノエルも、逆光で顔がよく見えなかったと書いていましたしね。今朝、椅子に座ったヒフミさんを窓の側から照らしていたのは、蠟燭の揺らめく炎だった。ヒコボシさんはそれをブラインドごしに見たせいで、彼女が小さく身体を揺らしていたと思い込んだんです」

「ちゃちなトリックだな」

ヒコボシは舌打ちした。頼んでもないのにマジックショーを見せられたような気分だった。

「短い時間でよく考えたとは思いますけど」

「待てよ。おれが窓ごしに見たヒフミはまだ首や腕がつながっていた。あの後でマキオが死体をバラバラにしたってことか?」

「いえ。それなら雪に足跡が残るはずです。ヒコボシさんがアラームの音で目を覚ました時点で、ヒフミさんはもうバラバラにされていたんです」

「は?」喉から甲高い音が洩れた。「いくら寝ぼけてても、バラバラ死体を生きた人間と見間違えるわけがねえだろ」

「普通はそうでしょう。でもヒフミさんはトカゲ病患者です。脱皮を控えた彼女は、昨日の時点で、顔が膨らんで見えるほど皮が剝がれかけていました。マキオさんはこの症状を利用して、バラバラ死体を五体満足な状態に見せかけたんです。マキオさんは死体を離れの書斎へ運ぶと、鉈をふるって首と右腕を切り落としました。すでに心臓は止まっていますから、ホラー映画みたいに豪快に血が噴き出ることはありません。さらに断面近くの皮を剝がして、内皮との間にポケットを作ります。溜まっていた膿が空気に触れ、皮と皮の間が糊のようにべとべとし始めます。このポケットに神札を差し込んで、外側から強く押さえる。すると接着剤でくっつけたように神札が外れなくなります。神札の半分を肩に、もう半分を腕にくっつければ、神札が留め具になって切断した腕がくっついてしまう。マキオさんはこのやり方で首と腕を胴体に固定した上、それを椅子に載せ、窓から見える部位の血を拭っておくことで、バラバラ死体をまだ生きている人間に見せかけたんです」

「絵空事だな。マキオにしてみりゃ、膿の粘着力がいつまでもつか分からねえはずだろ。そんな運頼みのトリックを実行するやつがいるとは思えない」

「マキオさんの目的は朝まで頭や腕をくっつけておくことではありませんよ。ヒコボシさんが目を覚ましたとき、つながって見えさえすればいいんです。頭は首の上に、右腕はひじ掛けに載せてありますから、膿が剝がれ始めてもすぐに落ちる心配はありません」

マホマホの口調は出来の悪い生徒に手を焼く教師のようだった。

「マキオは何のためにそんな面倒な真似をしたんだ」

「アリバイを作るためです。マキオさんが離れを出て数時間すれば、蠟燭の芯がなくなり火が消えます。さらに数時間、合わせて四、五時間が経《た》てば膿の組織が壊れ、頭と右腕が確実に死体から外れます。支えを失った胴体は椅子から転げ落ち、バラバラ殺人の現場ができあがる。それまでに宿泊客に離れの様子を目撃させておけば、ヒフミさんがその時刻より後に殺されたように誤認させることができるというわけです。その時刻から死体発見までのアリバイを用意しておけば、自身を容疑者圏外に置くことができる。四時前に雪がやんで離れが密室になってしまうとは、彼も考えていなかったんでしょう。

マキオさんが三時前に厨房を訪ねたのは、シンペイさんにアリバイを証言してもらうためでした。ところがマキオさんはシンペイさんににべもなくあしらわれてしまいます。焦ったマキオさんは、ほかの誰かを自室に連れ込み、一緒に夜を明かそうと考えました。ところがその相手と喧嘩になり、殴り殺されてしまった。真相はそんなところでしょう」

マホマホは一息に言って、冷たくなった茶にふたたび口をつけた。

「分かったよ。で、その相手ってのは誰なんだ？」

「犯人を絞り込むにはまだ手がかりが足りません。ここで考えなければならないのは、二人目の犯人がマキオさんの部屋を密室にした理由です。その人物は何のためにマキオさんの皮を剝がし、ドアに貼るような真似をしたのか。結論を言えば、動機はマキオさんのものと同じでした」

「自分を容疑者から外すため？」

「はい。つまりアリバイを作るため？」

「なんでドアに皮を貼るとアリバイができるんだ」

「ヒントは部屋の床の血だまりです。これはマキオさんがヒフミさんを殴ったときにできたものでした。マキオさんが犯人を部屋に招いたのなら、犯人もこの血だまりを目にしていたことになります」

「確かに」ヒコボシは唾を飲んだ。「マキオは犯行を隠す気がなかったのか？」

「この犯人を信頼していたんでしょうね。自分のやったことを打ち明けた上で、口裏を合わせてアリバイを作ろうと考えたんです」

「その信頼が命取りになったわけか」

マホマホは小さく頷いて、

「重要なのは、犯人がヒフミさん殺しの経緯をマキオさんから聞いていたということです。バラバラ死体を生きているように見せるトリックについても知らされていたでしょう」

「口裏を合わせるならそうだろうな」

「そこで犯人は考えました。一晩に二人が殺されれば、誰もが当然、同じ犯人のしわざと考えるはずです。おまけにマキオさんの部屋には、ヒフミさんを殺すのに使われた灰皿と鉈が転がっていました。後で処分するつもりでマキオさんが部屋に持ってきていたんでしょう。この灰皿でマキオさんを殴り殺し、そのまま部屋に置いておけば、同じ犯人がヒフミさんの後にマキオさんを殺したように見える。さらにマキオさんの仕掛けたバラバラ死体のトリックが成功すれば、ドミノ倒し式に、マキオさんの殺害時刻も四時以降に偽装できるというわけです」

「なるほど。マキオの考えたトリックに便乗して、自分もアリバイを手に入れようとしたわけか」

ヒコボシは思わず苦笑した。虫の良い犯人だ。

「犯人がマキオさんの部屋を密室に見せかけたのは、このトリックを補強するため──いや、弱点を隠すためでしょう。さきほど言ったことの裏返しですが、マキオさんがヒフミさんの後に殺されたことを示す証拠は、マキオさんの部屋にあった灰皿と鉈だけです。この二つに偽装の余地があったとすれば、たちまちアリバイが崩れてしまう。これが便乗作戦の弱点でした。

たとえばこんな筋書きが考えられます。犯人はまず灰皿でマキオさんを殺した後、離れに移動して同じ灰皿でヒフミさんを殺害。鉈で首と腕を切断し、ふたたびマキオさんの部屋に戻って灰皿と鉈を置いていった。これならマキオさんを四時より前に殺すことが可能になります」

「犯人がわざわざマキオの部屋に凶器を持ち帰る理由は？」

「もちろん犯行時刻を四時以降に見せかけてアリバイを作るためです。犯人がマキオさんの部屋を密室に見せかけたのは、この可能性を否定するためでした。マキオさんの部屋が出入りできない密室だったとすれば、凶器を持ち帰ることもできなかったことになるからです」

「ずいぶん生真面目な犯人だな」

「不安だっただけですよ」マホマホは憐《あわ》れむように目を細めた。「実際はマキオさんの部屋は密室ではありませんでした。犯人が部屋から出て行ったのが何よりの証拠です。でもドアの内側に皮膚を貼っておくことで、犯人は現場を密室に見せかけたんです」

「いや、皮でドアが動かなかったのは事実だろ」

「違います。ドアが開かなくなっていたのには別の理由があったんです」

「何だそりゃ」

「ドアの枠の歪《ゆが》みです。マキオさんの部屋の上は、もともとヒフミさんが寝起きしていた部屋でした。本が増え過ぎてしまったために、ヒフミさんは寝室を離れに移したんだそうです。この本の重みに、屋根に積もった雪の重みが加わるとどうなるか。一階のドアの枠は水平方向に歪んでいたんでしょう。ドアが枠から抜けなくなったのはそれが理由です」

「それだけ？」

思わず間の抜けた声が出た。

「それだけです。犯人がマキオさんの部屋に入った時点で、ドアはかなり開けづらくなっていたんだと思います。外ではまだ雪が降り続いていますから、ドアが開かなくなるのは時間の問題でした。犯人はマキオさんを殺してドアに皮膚を貼り、ドアが完全に開かなくなる前に部屋を出ていくことで、殺害現場が皮膚で塞がれていたように見せかけたんです」

「ドアが開かなくなるのが分かってたんなら、皮膚をドアに貼る意味もねえんじゃねえのか？」

「いえ。屋根の上の雪はいずれ溶けます。マキオさんの姿がないことに皆が気づいたときには、もうドアが開くようになっている可能性もある。これではドアが開かなかったことに誰も気づきません。ドアに貼られた皮膚のように、物理的な証拠を残すことが必要だったんです」

「膿の粘着がなくなるはずの時間になっても雪が溶けなかったらどうするんだ？」

「それまでに誰かがドアを壊しますよ。いざとなったら自分で蹴破ればすみます」

「膿汁が剝がれる前に雪が溶けちまったら？」

「犯人が密室殺人に失敗したような状況になりますね。それでも第三者の目には、犯人が現場に出入りする気がなかったように見えます。犯人が困ることはありません」

「ふん。やる気のねえ真相だな」

ヒコボシは拍子抜けした気分で、テーブルに頰杖《ほおづえ》をついた。

「そんなもんですよ」マホマホが苦笑を噛み殺す。「ここまでの推理で、二人目の犯人を絞り込む手がかりが出揃いました」

「待ちくたびれたな」

「一つ目の条件はこの密室に関するものです。犯人はマキオさんの部屋から忽然と姿を消したのではなく、ドアに皮膚を貼ることで部屋に出入りできなかったように見せかけていただけでした。

ところが一つ疑問が残ります。犯人はどうやってマキオさんの部屋に錠をかけたのでしょうか。マキオさんが持っていた鍵は部屋の中にありましたから、それを使うことはできません。こればかりはトリックではどうにもならない。犯人はマスターキーでドアの錠を閉めたのでしょう。犯人はマスターキーの保管場所を知っていた人物の中にいます。

宿泊客であるあたしやヒコボシさん、皮膚科医のゲンタさんは、マスターキーの場所を知りませんでした。従業員のカオリさんとシンペイさんは当然知っていたでしょう。シオリさんも女将さんの娘ですから知っていた可能性が高い。布田ミキさんは微妙なところですが、交際相手のマキオさんから聞いていた可能性が否定できません。犯人はこの四人の誰かでしょう」

「オーケー。それから?」

「次の条件はアリバイに関するものです。犯人はバラバラ死体のトリックに便乗することで、マキオさんの殺害時刻を四時以降に見せかけました。この策が有効だと犯人が考えた以上、実際の犯行は四時よりも前に行われていたことになります。マキオさんが厨房のシンペイさんを訪ねた二時五十分から、四時までのアリバイを持っている人物は犯人ではありません」

「シンペイが嘘を言った可能性はないのか」

「ありませんね。シンペイさんによれば、二人の厨房でのやりとりを後輩が電話ごしに聞いていたそうです。わざわざすぐにばれる嘘をつくとは思えませんし、この後輩が共犯者ならもっと簡単にアリバイ工作ができたはずです」

「そりゃそうか」

「ではこの時間のアリバイを持っているのは誰か。もちろんシンペイさんです。四時まで携帯電話でカニカニの取引きをしていたシンペイさんにマキオさんを殺すことはできません」

　ヒコボシも頷いた。携帯電話を絶え間なく操作しながら、死体の皮を剝がしたりドアに貼ったりするのは不可能だろう。

「残りはカオリ、シオリ、ミキの三人だな」

「はい。次の条件もアリバイに関するものです。これだけ手間をかけて犯行時刻を偽装したんですから、犯人は四時以降のアリバイを用意しようとしたはずです。カオリさんは夜明けまで夫のシンペイさんと話し合っていたそうなので、家族同士とはいえいちおうのアリバイがありました。ゲンタさんと浮気していたミキさんも同様です。でも部屋で一人眠っていたシオリさんにはアリバイがない。よって彼女は犯人ではありません。犯人はカオリさんとミキさんのどちらかです」

「メンヘラとアバズレの一騎打ちだ」

「最後の条件は部屋の間取りに関するものです。先ほど説明した通り、マキオさんは犯人を信頼し、口裏を合わせようとしていました。その人物を頼ることになった以上、ヒフミさんの姿を見たこともいっそその人物に証言してもらえば、廊下に携帯電話を置いてヒコボシさんを起こすような苦しい細工はせずにすんだはずです。それができなかったのは、その人物が離れを見るには不自然な部屋に泊まっていたからでしょう。客室棟の南向きの部屋に泊まっていたミキさんは、偶然窓から離れを目にしても不思議はありません。でも従業員宿舎で休んでいたカオリさんは、客室棟へ移動しなければ離れを見ることができません。よって犯人の条件を満たしているのはカオリさんということになります」

10

ヒコボシは露天風呂の戸を開けて坪々山の稜線を眺めた。

等間隔に生えた風情のない鉄塔から、洗濯ロープみたいな送電線が伸びている。ノエルが私小説に書いていたほどありがたい景色には見えなかった。救助隊の第二陣が迫ってきているはずだが、まだ姿は見当たらない。

シンペイが電話で事情を伝えていたから、救助隊とともに地元の警察がやってくるだろう。そいつらにカオリを引き渡せば事件は解決する。自白しなければオシボリを呼ぶまでだが、あの女がそこまで粘り強いとは思えなかった。

面倒なのはマホマホだ。居候などという説明では警察は納得しないだろう。刑事の中に天才女子高生の存在を知っている者がいると厄介なことになる。

「参ったな」

ヒコボシが策を練っていると、後ろからヒコボシを呼ぶ声が聞こえた。見れば脱衣所からマホマホが顔を出している。何かあったのだろうか。ヒコボシは洗い場を横切って脱衣所へ戻った。

「ミホミホの監視ならもうやめたぜ」

ヒコボシがそう言って携帯電話を見せると、

「ありがとうございます」

マホマホはかしこまって頭を下げた。

「で、何の用だ」

「さっき、あたしが推理を話す前のことなんですけど。ゲンタさんと話し込んでましたよね。リチウムちゃんがどうとかって」

ヒコボシは思わず息を止めた。心臓が喉へせり上がるような感覚。

「お前には関係のないことだ」

「実は従業員宿舎で妙なものを見つけたんです。一緒に来てくれませんか」

マホマホが神妙な顔で言う。ヒコボシはわけも分からず頷いた。

客室棟へ戻ると、庭を抜けて従業員宿舎へ向かった。階段を上り、廊下を奥へ進む。

「マキオが死んだ部屋の真上だな」

「はい。かつてヒフミさんが暮らしていた部屋です」

マホマホはそう答えながらドアノブを捻った。カビと埃の臭いが鼻を突く。書棚に囲まれた薄暗い部屋で、机や床の上にも本が積み上がっていた。いくら本好きでもこの部屋で生活するのは不可能だろう。

「何が妙なんだ？」

「こっちです」

マホマホが机の下を指す。ヒコボシは腰を屈《かが》めて、埃っぽい暗がりを覗き込んだ。

「何だよ――」

「あちょー！」

後頭部に痛みが走った。手足の力が抜け、床に蹲る。バタンとドアが閉まる音。首を捻ると、ゲンタが灰皿を振り上げるのが見えた。

「やめろ」

両手を前に突き出した瞬間、掌《てのひら》に激痛が走った。ゲンタはヒコボシの腕を払いのけ、口に灰皿をぐいと押し込む。舌が喉の奥へねじ込まれ、息ができなくなった。

ブチブチと肉の破ける音が聞こえる。灰皿が半分くらい口に入ると、ゲンタは近くの本を取り、トンカチみたいに灰皿を叩いた。

「えっさ、ほいさ」

頭の内側から骨の砕ける音が響く。視界が歪み、痛みが感覚のすべてになった。

「えっさ、ほいさ」

口から溢れた生ぬるい液体が顔を流れる。意識がゆらゆらと遠のいていく。

「えっさ、ほいさ」

もうダメだ。

ヒコボシが瞼を閉じようとしたそのとき、耳の奥で憎らしい声がよみがえった。

――リチウムちゃんを殺したのはぼくだもの。

そうだった。この男がリチウムを唆《そそのか》さなければ、彼女は死なずにすんだのだ。せっかく妹の仇《かたき》を見つけたのに、易々と死ぬわけにはいかない。

ヒコボシは瞼をこじ開けると、ゲンタの浴衣に手を突っ込んで胸毛を摑んだ。ゲンタが奇天烈《きてれつ》な悲鳴を上げる。ヒコボシはそのままゲンタを本棚に叩きつけた。雷のような音とともに大量の本が頭上から降り注ぐ。

今しかない。ヒコボシはゲンタに馬乗りになると、顔めがけて血とゲロと灰皿を吐き出した。

ゲンタがどろどろの顔を振るとゲロがあちこちに飛び散った。ヒコボシは一心不乱にゲンタの顔を殴りつけた。

「死ね、すけべ」

「ちょっと、何なの!」

ゲンタが大きく両目を開いたので、ヒコボシは左右の眼球をほじくり出し、視神経ごと喉の奥へ突っ込んだ。ゲンタはトカゲの尻尾みたいにぶるぶる震えていたが、一分ほどで死んだように動かなくなった。

ヒコボシはゲンタに跨ったまま深呼吸をした。自分の身に起きたことを振り返る。この男は自分を殺そうとしていた。人気《ひとけ》のない部屋へ呼び出し、背後から隙を突く算段だったのだろう。事件が解決して気が緩んだのか、彼女に言われるまま、自分はのこのことこの部屋へやってきてしまったのだ――。

おそるおそる振り返る。マホマホが泣きながらこちらを見下ろしていた。

「お前、おれを嵌《は》めたのか?」

老人みたいな声だった。マホマホは何も答えない。

「犯人を突き止めてミホミホを解放させた上で、ゲンタにおれを殺させようとしたわけか。さすがは天才女子高生だな」

ヒコボシは肩で息をしながら、口に残っていた血とゲロを吐いた。壁にかかっていた古いカレンダーがずるずると床に落ちる。

「しかしお前とゲンタに何の関係があるんだ？」

マホマホは黙ったままヒコボシを睨み返している。

ふいに一階から物音が聞こえた。

「カオリ？　何かあったの？」

シオリの物憂げな声に続いて、ギシギシと床を踏む音が近づいてきた。本の落ちる音が聞こえたのだろう。

「やべえ」

ヒコボシは跨ったままの死体を見下ろした。顔が潰れ、口からオタマジャクシのしっぽみたいな視神経が飛び出ている。うっかり転んで死んだようには見えない。

ヒコボシは床に手をついて立ち上がると、マホマホの頭を摑んだ。

「あたしも死ぬんですか？」

マホマホの声は震えていた。

「ああ。今まで助かったよ」

ヒコボシは少女の脳天を窓に叩きつけた。ガラスが粉々に砕け、マホマホの姿が消える。数秒後に地面から衝突音が響いた。

「どうしたの？」

振り返るとドアが開いていた。廊下にシオリが立ち尽くしている。

「おれが聞きたいくらいだ」

シオリは訝しげに部屋を見回していたが、ゲンタの死体に目を留めると、口を開けたままへなへなと床に倒れ込んだ。

「救助隊はまだか？」

「あ、あああ、ああい」

シオリが蒼《あお》い顔で呻く。どうやら顎が外れたらしい。

「何言ってんのか分からねえよ」

ヒコボシは窓ガラスの破片を拾い、開いたままのシオリの口に一つずつ入れていった。シオリは壊れたおもちゃみたいにぶるぶる震えている。口がガラスでぎゅうぎゅうになると、シオリは苦しそうに「うぶう」と喘いだ。左右の頰からぷすぷすとガラスが飛び出ていた。

「じゃあな」

ヒコボシはシオリの髪を摑んで仰向けに寝かせると、洋書の背表紙で顔を思い切り殴った。目、鼻、頰、顎が裂け、一斉に血が噴き出した。

ヒコボシはため息を吐いて、ふらふらと階段を下りた。浴衣がすっかり血まみれだがどうしようもない。

一階へ下りると、廊下にカオリとシンペイの夫婦の姿があった。

「あなたが女将さんたちを殺したんですね」

シンペイは包丁を握り締めていた。カオリは背中にしがみついて震えている。

「違う。これは成り行きなんだ」

ヒコボシが近寄ると、シンペイは包丁の先をこちらに向けた。

「くるな」

「悪いが時間がないんだ」

ヒコボシが太腿を蹴ると、シンペイはぐうと唸《うな》ってその場に蹲った。カオリが頭を抱えて叫ぶ。シンペイの手首を捻って包丁をもぎ取ると、心臓めがけて振りかぶった。

「うわあ」

シンペイは逃げ出そうとして、背中にしがみついていたカオリを圧《お》し潰した。シンペイの胸に包丁を刺し、ぐりぐりとヘソまで引き下ろす。腹が裂けて腸が飛び出した。カオリが下敷きのまま金切り声を上げる。さらに包丁を奥へ押し込むと、腕が腸に埋もれて温かくなった。

「やめてえ」

鈍い感触。包丁がシンペイの腹を貫通し、カオリの胸に刺さったのだ。ヒコボシは手首に力を込め、刃先でカオリの鳩尾を抉《えぐ》った。シンペイが妻を助けようと身体を起こすたび、包丁はカオリの内臓へめり込んでいった。

「じゃあな」

ヒコボシは二人を串刺しにしたまま包丁を放すと、手を振って血を飛ばした。救助隊がすぐ近くまで来ていてもおかしくない。庭を突っ切り、客室棟を抜けてロビーへ向かうと、事務室から灯油タンクを持ち出した。ここまで派手にやらかした以上、自分が宿泊した痕跡を残すわけにはいかない。浴衣を脱いで私服に着替え、客室の布団や畳に灯油をまぶした。

タンクが空になったので、ふたたび事務室へ戻り、別のタンクを持って従業員宿舎へ向かった。一階でカオリとシンペイ、二階でゲンタとシオリの死体に灯油をまぶしていく。シオリだけまだ息が残っていたので、首を折って殺した。

「――あ」

何気なく窓の外に目を向けて、マホマホがスケキヨみたいに雪に埋もれているのを見つけた。太腿や尻に窓ガラスの破片が刺さっている。ぴくりとも動かないのを見るに、残念ながら息はなさそうだ。

いくつもの事件を解決し、自分を助けてくれたマホマホを、ほかの死体と一緒に丸焼きにするのは胸が痛む。とはいえ家族のもとへ届けてやるのも億劫だ。豆々《ずず》市の火葬場へ運んで丁重に燃やしてもらうのがいいだろうか。

「そうだ」

ヒコボシは思わず手を打った。マホマホの死を無駄にしない、とびきりの方法を思いついたのだ。

庭へ出ると、雪からマホマホを引っこ抜き、死体を担いで客室棟へ戻った。厨房で見つけた買い出し用の保冷バッグに死体を詰め込む。隙間には保冷剤を押し込んだ。

「何してるんですか?」

振り返ると、布田ミキが階段から廊下を覗いていた。

「死体を片づけてるところだ」

「なんで死体を片づけてるんですか?」

「さあ。おれが聞きてえよ」

ヒコボシはバッグを閉め、灯油タンクの底でミキを殴った。蹲ったミキの頭にも灯油をかける。

「うわ、冷たい! 臭い!」

ヒコボシは空っぽのタンクを放り捨て、懐からライターを取り出した。

「ねえ、冷たいんだけど」

「オーケー、あったかくしてやるよ」

顔を上げたミキの鼻めがけてライターを放り投げた。ボン、と音がしてミキが炎に包まれる。

「痛い！　痛いよ！　たすけてえ」

「落花生の直火焼きだな」

ミキは煙を上げながら床板を転げ回った。炎が廊下に広がっていく。爛れた手足が何度も空気を掻いた。

「じゃあな」

ヒコボシは悲鳴をBGMにロビーへ向かい、スニーカーを履いて玄関を出た。救助隊の姿は見えない。保冷バッグを担いで従業員宿舎へ足を向けた。

「とんだ温泉旅行だったな」

ヒコボシが吐き捨てた瞬間、客室棟から大きく火の手が上がった。

11

「――ただいま」

ヒコボシは靴を脱ぎ捨て、ぐったりとソファに倒れた。身体が鉛のように重かった。

自宅へ戻るのは四日ぶりだった。マホマホと家を出たのがはるか昔のことのように思える。森の中を歩き続け、山間《やまあい》の集落にたどりついたのが昨日のこと。住人たちの目を避けながらバスに乗り込み、タクシーを乗り継いでようやく自宅へ帰りついたところだった。

ヒコボシは煙草を咥え、コンビニで買ったばかりの新聞を広げた。社会面に「温泉旅館で火災現場から六人の変死体」とある。おそるおそる目を通してみたが、警察が姿を消した人物の行方を追っている、といった記述はなかった。親族間のいざこざが惨事に発展したというのが捜査関係者の見立てらしい。ヒコボシはほっと胸を撫で下ろした。

テーブルに目を向けると、見覚えのあるA3サイズの紙が無造作に散らばっていた。乱雑な文字が紙を埋め尽くしている。『すけべミミズは団地で首吊り』だ。思い出してみれば、旅行先につぼつぼ温泉を選んだ理由の一つもこの私小説にあった。

「――――」

ふいに脳を掻き回されたような衝撃が走った。

この小説の中で、ノエルはカオリとシオリのどちらを襲うかで逡巡《しゅんじゅん》していた。そして最終的にノエルが選んだのは、アルコールにアレルギーのないほうの女だった。

ノエルは酒に酔っていたから、犯している間にくしゃみを連発されないほうを選んだのだ。

だがアルコールは酒にだけ含まれるものではない。病院ではアルコール消毒が頻繁に行われる。旅館の仲居が酒に近寄らないようにするのは分担次第で可能だろうが、病院の職員がアルコールを避けるのは難しいだろう。スイスの病院で働いていたというシオリが、ノエルが酒を飲んだ後の浴場に近づいただけで反応を起こすほどのアレルギーを持っていたとは考えづらい。よってアルコールのアレルギーを持っていたのはカオリだったことになる。

ヒコボシはマキオが死んでいた部屋を思い浮かべた。つんと鼻を刺すような臭いがよみがえる。ゲンタによれば、マキオはいつも肌にマロキンを塗りたくっていたという。マキオがアリバイ工作のためにカオリに声を掛けたとしても、カオリがマキオの部屋へ行くことはなかったはずだ。

「騙しやがったな」

ヒコボシは吐き捨てるようにつぶやいた。やはり犯人はカオリではなかったのだ。

マホマホは辺戸辺戸飯店の事件を解決したとき、『すけべミミズは団地で首吊り』に目を通していた。当然、マキオを殺した犯人がカオリでないことも分かっていただろう。真相を知りながら嘘の推理を披露したのだ。

　ではマキオを殺したのは誰だったのか。マホマホは四つの条件で容疑者を絞り込み、犯人をカオリと結論づけた。この中で再考の余地があるのは、犯人はマスターキーを持ち出すことができた人物という一つ目の条件だろう。何らかの方法で部屋の錠をかけることができれば、マスターキーは不要になるからだ。

　ヒコボシはふたたびマキオの部屋を思い浮かべた。マキオの皮膚は上半身と下半身に分かれてドアの前に落ちていたが、ドアを目張りするだけなら面積の大きい上半身の皮だけでも十分だったはずだ。犯人はなぜ下半身の皮を剝がしたのか。部屋の錠をかけるのにそれが必要だったからだろう。

　トリックはこうだ。まず上半身の皮を、ドアノブや錠の位置を避けてドアに貼る。次に下半身の皮を広げ、左脚の先をドアノブのレバーに、右脚の先を錠のつまみにくっつける。ズボンを逆さにしてぶらさげたような格好だ。この状態でドアのレバーを下げ、尻の皮をドアストッパーにひっかける。尻は膿汁が出ないから、皮がドアストッパーにくっつくことはない。このまま部屋を出て、外からドアのレバーを上げる。すると釣瓶《つるべ》みたいにシリンダー錠のつまみが引っ張られ、ドアに錠がかかるというわけだ。尻の皮がでこぼこしていたのは、ドアストッパーで表面が擦れたせいだったのだろう。

　ヒコボシは深呼吸をした。アドレナリンが猛烈に分泌されているのが分かる。

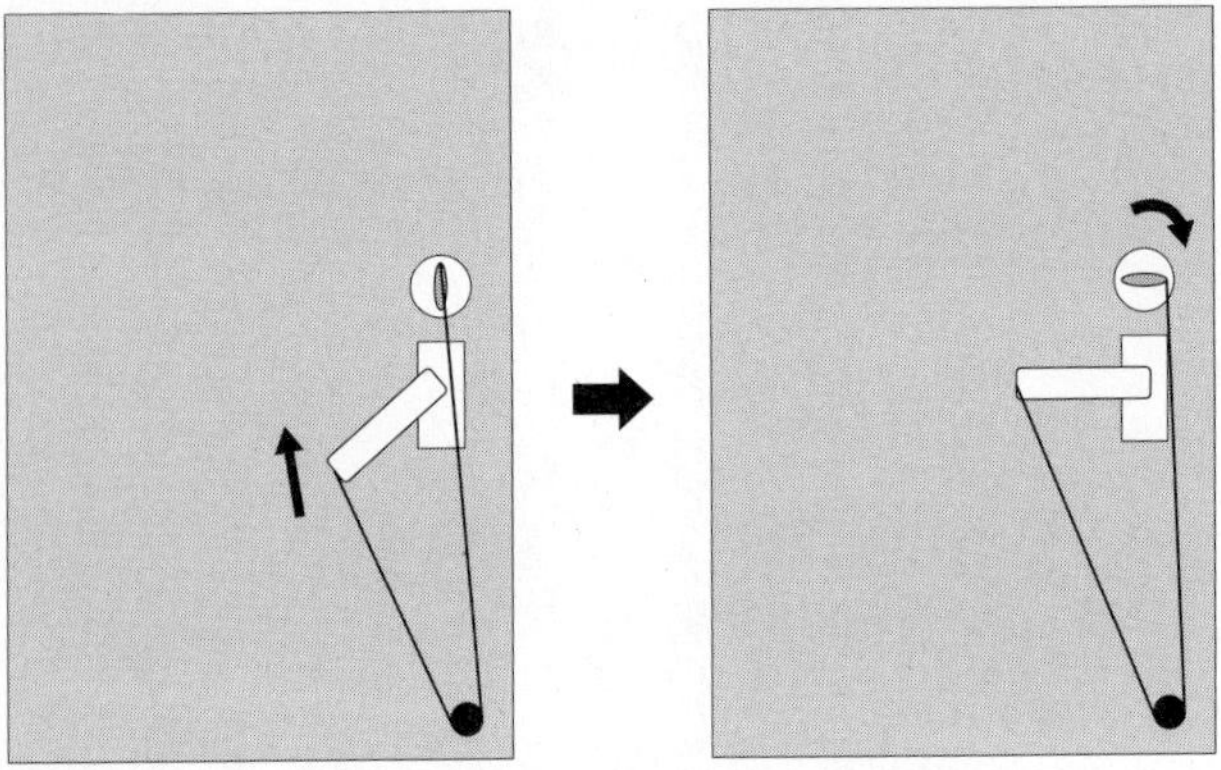

マキオを殺した本当の犯人は誰か。それは残り三つの条件をすべて満たしていながら、マスターキーの保管場所を知らなかったために容疑者から外れていた人物だ。この条件にぴたりと一致する人物がいる。皮膚科医のゲンタだ。

ゲンタはミキに夜這いをかけたため四時以降のアリバイがあり、それ以前のアリバイがない。泊まっていたのは北向きの部屋だから、偶然離れを見ることもない。現役の皮膚科医ならトカゲ病の症状もよく分かっていただろうし、あの無神経な性格ならマキオとすぐに喧嘩になってもおかしくない。マキオを殺した犯人はゲンタだったのだ。

マホマホは初めから真犯人を見抜いていたのだろう。だがヒコボシに真相を教えることはせず、一か八かの賭けに出た。ヒコボシに嘘の推理を披露した上で、ゲンタと接触したのだ。そして真実を伏せることと引き換えに、ヒコボシを殺すようもちかけたのだろう。

「舐めやがって」

ヒコボシはソファにもたれたまま腕をだらんと伸ばした。

マホマホは死んだ。次に自分がすべきことは分かっている。二十二年間、自分を苦しめてきた記憶に落とし前をつけるのだ。そのためには「水腫れの猿」なる劇団のもとへ向かわなければならない。

ヒコボシが短く息を吐いたところに、携帯電話の着信音が響いた。どうせぶよぶよだろうと思いディスプレイを見ると、名前も番号も表示されていない。公衆電話からの着信のようだ。思い当たる人物は一人だった。

彼から電話がかかってくるのは予想していたことだった。ミホミホの写真を撮ったのも彼だが、見張り役にミホミホを監視させていたというのはでまかせだ。彼がミズミズ台にいるはずはない。

ひどく身体が重かったが、愚痴くらい聞いてやっても罰は当たらないだろう。ヒコボシは通話ボタンを押した。

「どうしたノエル。元気か？」

＊　＊　＊

「――ヒコボシさんに協力しているのは、警察の人間ですね？」

坪々村へ向かう、かぶくま線の一両列車。

頬に豚キムチをくっつけたマホマホが、ヒコボシの目をじっと見据えて言った。

「残念だが不正解だ」

ヒコボシは動揺を悟られないよう、余裕ぶった口調で答えた。

ミホミホの写真が集会所の高い位置から撮られていたこと、この集会所が警察に封鎖されていたことから、マホマホはミホミホを見張っているのが警察の関係者だと推理した。鋭い洞察力には舌を巻くが、この推理は珍しく的を外していた。写真を撮った人物は集会所の二階へ上ったのではなく、壁をよじ登って屋上からカメラを向けたのだ。ミホミホの写真を撮ったのはミミズだった。

「では誰がどこから撮ったんです？」

「教えるわけないだろ。もうこの話は終わりだ」

ヒコボシはコバエを払うように手を振って、窓の外に目を向けた。

ミホミホの写真は、ヒコボシがズズ団地で見つけた、ノエルの「最期のオカズ」

の一枚だった。五畳半の部屋に立ち入ったあのとき、ヒコボシが肝を潰したのは言うまでもない。まさか自分が山奥に埋めた少女の姿を、あんな場所で目にすることになるとは思いもしなかった。ヒコボシはマホマホを拉致したとき、うっかりミホの頭を轢《ひ》き潰してしまったのだ。

「――つぼつぼ、つぼつぼ」

酒焼け声のアナウンスが響く。

ヒコボシは言いようのない胸騒ぎを覚えたが、作り笑いで無理やりそれを打ち消した。

水腫《みずば》れの猿は皆殺し

●本編の主な登場人物

猿田《さるた》クモオ……劇団「水腫れの猿」団長
マルマル……団員。刺青の女
稔典《ねんてん》……団員。トカゲ男
リカ……団員。ミミズ姉弟の姉
カンチ……団員。ミミズ姉弟の弟

モザイク……ノエルの同級生

0

ミミズのノエルは苛立《いらだ》っていた。

学生だったころ、ミミズというだけで暴力を振るってきた同級生への苛立ち。地獄のような苦しみを残して身勝手にこの世を去った両親への苛立ち。ミミズの生きにくさを食い物にする美容医療への苛立ち。幻想だけを残して早々と自殺した大耳《おおみみ》蝸牛《かぎゅう》への苛立ち。そしてのうのうと生き延びている自分への苛立ち。さまざまな苛立ちが綯《な》い交ぜになってノエルの胸に溢れかえっていた。

そんな感情に苦しむのも今日までだ。フロントガラスの向こうにそびえるトレーラーハウスを見上げて、ノエルはハンドルを握り締めた。

呵武隈《かぶくま》山地の南西に位置する独立峰、踏々岳《ふみふみだけ》。標高は六百メートルほどで、呵武隈川の支川の一つ、踏々川《ふみふみがわ》がヘビのようにうねりながら足元を流れている。

山麓の踏々村《ふみふみむら》から自動車で二時間ほど隘路《あいろ》を進んだところに、半径三百メートルほどの丸い平地が開けていた。十円ハゲみたいに剝《む》き出しになった土砂の上に、トレーラーハウスが五つ並んでいる。トレーラーは消防車みたいな赤いペンキで塗り潰され、側面に大きく「劇団 水腫れの猿」と書いてあった。

温泉旅館の廊下で胸毛男にこの劇団を紹介されたのが六か月前のこと。腰を上げるまでにずいぶん時間がかかってしまったが、この場所へ来たからにはもう引き返すことはできない。

広場から二百メートルほど離れた山林に借り物のジープを停めると、鍵を抜いて座席を降りた。虫をつついていたシジュウカラが飛び上がる。胸に手を置いて深呼吸をすると、ひんやりとした夜の空気が肺を満たした。

山道を登り、広場をぐるりと一周した。トレーラーの窓にはいくつか明かりが灯《とも》っているが、磨《す》りガラスのため中の様子は分からない。

広場の中央には錆《さ》びたコンテナが積み上げられていた。その前にはアウトドア用のポータブルチェアが二つ並んでいる。コンテナは稽古用の舞台なのだろう。演者たちの芸に演出家が罵声を浴びせる――そんな光景が目に浮かんだ。

コンテナの側面にはデパートみたいな垂れ幕が下がっていた。

トカゲ男の脱皮ショウ
蜚蠊を食むカエル人間
ミミズ姉弟公開串刺し

ノエルの胸にもやもやとした思いが膨らんだ。これでは劇団というより見世物小屋だ。野次を飛ばす観衆の姿が浮かび、鬱々とした気分になった。

ふいにつむじ風が垂れ幕を捲《めく》り上げたそのとき、風にのって女の声が聞こえた。

「こんな量で本当に効くの？」

思わず辺りを見回す。人影はない。声のした方に目を凝らすと、トレーラーの窓が数センチ開いていた。

「効く。野良犬で試したから間違いない」

男のダミ声が続いた。

「マルマルは犬じゃないでしょ」

「大丈夫。あいつはビール党だ。こんくらい一気飲みさ」

「ふうん。じゃ、早く入れて」

団員の男女が共謀して、別の団員に毒を盛ろうとしているらしい。きなくさい集団とは思っていたが、想像以上だ。

すぐにトレーラーのドアが開き、中肉中背の男が出てきた。ノエルは背中を丸め、コンテナの陰に身を潜める。

男は軍事オタクが好みそうなカーキ色のロングコートを着こんでいた。先ほどのダミ声はこいつだろう。太っているわけではないが、なぜか風船みたいに頭が膨らんでいる。男は辺りを見回してから、そそくさと右手のトレーラーへ向かった。

いかがわしいことをした男女というのは、部屋を別々に出るものと決まっているらしい。三十秒ほど空けて、今度は高校生くらいの少女が姿を見せた。臙脂色《えんじいろ》のフードの中に横縞の入った顔が見える。ミミズだ。少女は男とは反対側、左手のトレーラーへ向かった。

人里離れた山奥まで、団員の悪事を覗《のぞ》きに来たのではない。二人が各々のトレーラーに戻ったのを確かめて、ノエルは山道に面したトレーラーへ向かった。

階段を上ると、中からカチャカチャと食器の鳴る音が聞こえてきた。夕食の最中らしい。かまわずスチール製のドアをノックすると、十秒ほどで錠が開いた。

「誰？」

女の顔は無数のぶつぶつに覆われていた。水玉模様の刺青《いれずみ》がヒョウモンダコみたいに顔や手足を埋め尽くしている。素顔の想像がつかないが、年齢は二十代半ばだろうか。

「ぼく、ノエ田《だ》と言います。保志《ほし》ゲンタさんにここへ来るように言われたんですが」

「ああ、噂《うわさ》のサイコパス強姦《ごうかん》殺人狂ね」

刺青女は唇の端を持ち上げた。

「さつじん？」

「ついてきて。面接会場はこっち」

女はサンダルを履いて階段を下りた。切り揃えた髪からニンニクの臭いがする。

女はそのまま右どなりのトレーラーへ向かった。

「団長から聞いたよ。あんた、ミミズなんでしょ？」

「はあ。でも人殺しでは――」

「あんたが入ったらミミズは三人目だよ。新鮮味の欠片《かけら》もない。団長が本当に好きなのはサルなのに、このままじゃ劇団ミミズ人間になっちまうな」

女は皮肉めいた笑みを浮かべ、両手で額と顎を同時に掻《か》いた。サルの真似らしい。

「落ちますかね、ぼく」

「団長次第かな。やつがあんたを気に入るかどうか。あとはあんたの、ここで働きたいって気持ちが伝わるかどうか」

女はトレーラーのドアを開け、壁のスイッチを押して明かりをつけた。内装も外側と同じ赤で統一されている。正面にユニットバスがあり、右手がワンルームのリビングになっていた。家具のほかに何もない、生活感の欠けた部屋だった。

「ぼくはぜひ働きたいんですけど」

女はソファの前で振り返り、ノエルの顔をじっと覗き込んだ。オバケの百目に睨《にら》まれたような気分になる。

「あたしの勘だと、あんたはダメそうだね」

「そんな」

「もし覚悟がないなら、あんまり腹のうちを明かさないほうがいいよ。人の弱みを掴《つか》んで逃げらんなくするのがあいつのやり方だから」

女はソファを叩《たた》いてそこに座るように促した。ノエルは大人しく腰を下ろす。

「あんた、どうせガキでも襲ったんでしょ？　あんたみたいなのは自分より弱いやつばっかり狙うんだから」

「いえ、そんなことは」真面目な顔で答えた。「大人も、あります」

「じゃあ質問。あんたが一番好きな女を思い浮かべて。今すぐ！」

ノエルはぴんと背筋を伸ばした。赤紫色の少女の姿が浮かぶ。

「そいつの年齢はいくつ」

「えっと、十歳？」

「あはは、やっぱりガキじゃねえか」

女は笑いながらノエルの肩を突いた。

「団長を呼んでくるからそこで待ってて。落ちたらビールでも奢《おご》ってやるよ」

缶のタブを起こす仕草をしながら、トレーラーを出ていこうとする。

「待ってください」

ノエルは思わず呼び止めていた。女がこちらを振り返る。髪がふわりと膨らみ、水玉模様がさらに増えた。

「ひょっとしてあなた、マルマルさんですか？」

「そうだけど」

「あの、ぼくが言ったことは内緒にしてほしいんですけど」ノエルは囁《ささや》くように言った。「あなたのビールに毒が入ってます」

「どく？　ドクキノコのどく？」

「はい。ぼく、たまたま聞いちゃったんです」

ノエルはさらに声を落として、広場で耳に挟んだ男女の会話をかいつまんで聞かせた。

「なるほど。いや、びっくりした」マルマルは感心したような顔で話を聞いていたが、「あんた、息を吐くみたいに嘘《うそ》を吐《つ》くんだね。こりゃ確かにサイコパスだわ」

そう言って不気味そうに頬を歪《ゆが》めた。水玉模様が斜めに崩れる。

「本当なんです。信じてください」

「いいよ、そういうの。団長呼んでくるね」

マルマルは逃げるようにトレーラーを出ていった。

ノエルはひどく腹立たしい気分になり、首を振って無理やりそれを鎮めた。こんなことで動揺している場合ではない。ここへやってきたのはあの女を助けるためではなく、自分の過去にけじめをつけるためなのだから。

「やってやるからな」

天井を見上げ、そこを歩いていたハエトリグモに啖呵《たんか》を切った。

二分ほど待つと、足音に続いてガチャンとドアを開く音が聞こえた。

「どうも。団長の猿田《さるた》クモオです。よく来てくれました」

五十過ぎの坊主が頭を下げた。無精髭《ぶしょうひげ》に覆われた顔は死体のように青白い。顎が引っこんでいて、ゲロを吐く寸前の子供みたいだ。オーバーサイズのTシャツには巨大なサルの顔が印刷されていた。

「ノエ田くんだね。ゲンタくんから話は聞いてますよ」

クモオは食器棚からグラスを二つ取り出し、消毒液を染み込ませたハンカチで外側を拭いた。

「汚れが耐えられない質《たち》でね。気にしないでください」

そう言いながらポケットにハンカチをしまうと、ウィスキーボトルからグラスに琥珀色《こはくいろ》の液体を注ぎ、片方をこちらへ差し出した。ウィスキーの芳醇《ほうじゅん》な香りに消毒液の臭いが混ざっている。ノエルは四本指でグラスを摑んだ。

「出会いを祝って」

クモオがグラスを掲げる。二人は乾杯し、ウィスキーに口をつけた。ノエルが三分の一ほどを飲み干したところで、クモオの太い眉が膨らむ。

「ユニークな手ですね。それじゃ中指を立てられない。代わりに生身の女性を犯してきたわけですか」

「別にそういうわけじゃないですけど」

「これまで何人の女性を犯したんですか？」

今朝のオカズでも尋ねるような調子だった。

「さ、三人です」

「後悔していますか？」

「していません」

「なぜですか？　強姦は犯罪ですよ」

「ミミズには恋人なんてできませんし、かといって風俗にも入れません。ミミズに生まれたら、棺桶《かんおけ》まで性欲を持っていくしかない。そんなのは無茶です」

「なるほど」クモオは大事なことを思い出した、という顔をした。「ゲンタくんと会ったとき、あなたは死のうとしていたそうですね」

「はい」

「死は痛ましいことです。なぜ死のうなどと考えたのですか?」

「それは」グラスにさざ波が浮かぶ。「生きる意味がないからです」

「気取った理由ですね」

クモオはグラスを持ったまま視線でドアを指した。外へ出ろと言いたいらしい。

ノエルは腰を上げ、クモオの背中に続いた。

ドアを開けて広場に出ると、クモオは舞台の前へ向かった。キャンプ用のポータブルチェアに腰を下ろし、広場を取り囲む木々に目を向ける。

「フクロウが鳴いていますね」

ノエルは頷《うなず》いた。ホーホーと間抜けな音が聞こえる。

「彼らは生きる意味なんて考えたこともない。でも生きていますよ」

「フクロウは皮膚病をからかわれたりしませんから」

「なるほど」クモオの喉仏が引っ込んだ。「つまりあなたは、誰かに受け入れられたかったわけだ。気に入りましたよ。わたしはあなたを歓迎します。ここにはきっとあなたの居場所がある」

「ぼくの居場所は見世物小屋ですか?」

「そうです。あなたは醜い姿に生まれながら、醜くない者たちの社会に溶け込もうとしてきた。だから苦しかったんです。醜い者として生きることを受け入れれば、あなたの苦しみは嘘のように消えるでしょう」

——覚悟がないなら、あんまり腹のうちを明かさないほうがいいよ。

ふいにマルマルの忠告を思い出した。

覚悟ならとっくにできている。ノエルはコンテナにグラスを置き、正面からクモオを見据えた。

「あなたはミミズを食い物にしているだけだ」

「食い物？」クモオは苦笑を浮かべ、脱力したようにポータブルチェアにもたれた。

「理解できませんね。そう思うのなら、あなたはなぜこの場所へ来たんですか？」

「仇討《かたきう》ちです」

ノエルはポケットから十徳ナイフを取り出し、クモオの喉に押しつけた。クモオは二秒くらい目を丸くした後、犬の糞《ふん》を踏んだみたいにひどく億劫《おっくう》そうな顔をした。

「あなたがわたしを討つんですか？」

「そうです。あなたはぼくの大切な人を死に追いやった。だから仇を討つんです」

「思い当たる節がないですね。大切な人というと、ご両親かな？」

「違います」

「恋人でしたか」

「違う」

「お友だち？」

「そうです」クモオのたるんだ皮膚に刃先を当てた。「ミミズ少女のリチウム。ぼくは彼女の仇を討ちにきたんです」

1

中学二年のクラス分けで、ノエルは初めて楢山《ならやま》デンと同じクラスになった。

始業式の日の朝、ノエルは廊下に張り出された名簿を確認して、同じクラスになった幼なじみのモザイクと教室へ向かった。モザイクの父親はアダルトビデオにモザイクをかける仕事をしていて、彼はそのことが由来の渾名《あだな》をとても気に入っていた。

「現役教師モノのビデオに出てるのって、本物の先生だと思う？」

モザイクと無駄話をしながら教室のドアを開けた瞬間、そこにいた生徒が一斉にこちらを向いた。

「偽物だろうな」陶人形みたいに髪をテカテカさせた男が言った。「お前、名前は？」

男はなぜか教室の中で金属バットを握っていた。ほかの生徒たちが彼に怯《おび》えているのが分かる。

「おれはモザイクだ」

「ミミズのほうだよ」

テカテカがこちらへ近寄ってきた。

「ノエルですけど」

「そうか。おれは楢山デン。よろしくな」

言葉が終わるよりも先に、顔面に凄《すさ》まじい痛みが走った。デンがノエルの顔めがけて金属バットをフルスイングしたのだ。後頭部を床に打ちつけ、コマ撮りの映画みたいに意識がぶつ切りになった。

「おれんち、旧華族だからさ。お前みたいなバケモノと仲良しごっこはできねえのよ」

バン、バンとぶつかり稽古みたいな音が聞こえる。デンが餅をつくみたいにノエルの腹を殴っていた。

「今日から一年間、毎日ボコボコにされるか、今日ここで死ぬか。どっちがいい？」

ノエルは必死に口を開いたが、鼻血が喉に詰まって声が出なかった。

「返事をしろよ」

デンがノエルの指を外側へ引く。枝を折るような音が鳴り、手の感覚がなくなった。

「し、死にます。死にます」

「オーケー。おいモザイク、窓を開けろ」

「へ？」

モザイクはいつの間にか腰を抜かしていた。

「窓を開けろって言ってんだよ」

「はあ。分かりました」

震えながら立ち上がり、廊下の窓を開ける。乾いた風が吹き込んだ。

「言った通りにしてもらおうか」

デンがノエルの髪を摑み、身体を引き摺《ず》って歩き出す。視界がぐらぐら揺れた後、にわかに身体が浮き上がった。デンはノエルを持ち上げ、窓の外へ落とそうとしていた。

「や、やめてください」

おそるおそる下を向くと、植え込みがミニチュアみたいに見えた。とっさに粘液を出して窓の縁にしがみつく。

「おいおい、今日死ぬんだろ？」

デンはノエルの手首を捻り、三階の窓から身体を投げ落とした。

血だるまになって病院へ搬送されたノエルは、鼻骨と人差し指が複雑骨折を起こし、肝臓が斜めにひん曲がっていた。

このころ、楢山一族はかつてない窮地に立たされていたという。デンの父親である楢山ミフネが、百二十年にわたり同族経営を続けてきた楢山銀行の後継者争いに敗れ、失脚したのだ。

きっかけはミフネのミミズに対する差別発言が週刊誌に報じられ、口座の解約が相次いだことだった。追い打ちをかけるように資金の私的流用が告発され、泥船から逃げるようにミフネの部下や友人が一族のもとを離れ始めていた。デンは旧華族の没落を目の当たりにし、やり場のない苛立ちを抱えていたのだろう。

だがノエルにとって、楢山デンよりも恐ろしかったのは母親だった。

「絶対に負けちゃダメよ」

雑巾みたいにボロボロになったノエルを見ても、母は学校を変えようとはしなかった。自分も田舎育ちのミミズだったくせに、運よく都内の大学に入って父と結婚し、ミミズ専用のアパレルブランドを立ち上げたことで、彼女は自分の努力次第で周りを変えられると信じ込んでいた。旧華族が在籍していると知りながらノエルを葛々市《くずくず》の中学校に入れたのも彼女だった。

「目を見て話せば誰とだって分かり合える。諦めちゃダメ」

母は得意そうに、そんな言葉をくりかえしていた。

六月の朝、ノエルが二か月ぶりに登校すると、ノエルの教科書がうんこにまみれて机に積まれていた。

「おい、約束が違うじゃん」

教室に入るなり、デンが笑いながら近寄ってきた。モザイクが泣き出しそうな顔でこちらを見ている。同級生たちが固唾《かたず》を飲むのが分かった。

「ごめんなさい――」

「バケモノが喋《しゃべ》るんじゃねえよ」

デンはバスケットボールみたいにノエルの頭を摑んで、思い切り黒板に叩きつけた。

目を開けると、スポーツ刈りの少年がノエルの頰をぺちぺち叩いていた。

雑木林に夕陽が差している。周りを見ると、五人の同級生がノエルを取り囲んでいた。青姦《あおかん》モノのアダルトビデオみたいだった。

「お前、死ぬって約束したよな？」

デンの声が聞こえた直後、身体が宙に浮き上がった。少年たちがノエルを担ぎ上げたのだ。全員、デンの取り巻きなのだろう。Yの形をしたケヤキの枝に、太いロープが下がっているのが見えた。

「約束は守んなきゃダメだろ」

デンがノエルの首にロープを括《くく》りつける。喉が潰れて息ができなくなった。

「枝を触らせるな。粘液が出るからな」

デンが声を尖《とが》らせると、少年の一人がノエルの胸の辺りに伸びた枝を折った。別の少年がノエルの靴を脱がせ、土の上に並べる。

「よし、放せ」

デンの掛け声で少年たちの手が離れる。地面に落ちるかと思いきや、直立した姿勢のまま宙に浮いた。ロープが喉に食いこみ、頭蓋骨の中がズキズキと痛む。息を吸おうと喘《あえ》ぐたび、振り子みたいに身体が揺れた。

「お前なんか生きても無駄だ。感謝しろよ。じゃあな」

デンは辺りを見回し、証拠を残していないのを確かめて、取り巻きたちと雑木林を後にした。

「……あ……あう」

デンの背中が見えなくなるころには、身体から痛みが消えていた。失禁したせいでズボンの中が生温かい。風に流されるように、ゆっくりと意識が遠のいていく。

「やめなよ」

そのとき、聞き覚えのない声が聞こえた。

返事をしたくても口が開かない。唇をぷるぷるさせていると、ふいに足が地面に激突した。糸の切れた操り人形みたいにうつ伏せに倒れる。

「やめなよ、自殺なんか」

ゲホゲホと咳《せ》き込みながら、霞んだ目を上に向ける。鼠色《ねずみいろ》のパーカーを着たミミズの少女が、ケヤキに張りついてこちらを見下ろしていた。


ノエルは翌日から学校へ行くのをやめた。家を出ると自転車を漕《こ》いで雑木林へ向かい、崖の下の隠れ家で少女と時間をともにした。

少女は蔓《つる》に覆われた平屋をツルヤと呼んでいた。雑木林を散歩していたとき、偶然そのあばら家を見つけたのだという。

少女はリチウムという名前で、雑木林の反対側の小学校に在籍していた。学校へ行く気を失《な》くしたのは、ノエルと同じように同級生からのいじめに遭ったからだという。月に一度、クズクズ大学附属病院で肌を診てもらうのと、数日おきにとなりまちの銭湯へ行くのを除けば、団地とツルヤを往復するだけのひどく単調な日々を過ごしていた。

二人は自宅から持ち出したお菓子をつまんだり、退屈なラジオを聞いたりしながら、日が暮れるまで時間を潰した。ノエルは身勝手な母親や旧華族の同級生の愚痴を言い、リチウムは性犯罪者の父親やおせっかいな兄、宗教かぶれの女教師の話をした。

当時のノエルも、こんな二人の関係がいつまでも続くとは思っていなかった。どちらかの親が子供が登校していないことに気づいたら、それだけでおしまいだ。とはいえ自分たちには、ひと時だけでも息を抜ける場所が必要だった。

「ねえ、本当に自殺じゃなかったの？」

ある梅雨《つゆ》の日の午後、リチウムがハエを窓の外へ追いやりながら言った。ツルヤで過ごす時間は、いつもハエやアブやよく分からない虫との闘いだった。

「そうだよ」ノエルは雨に濡《ぬ》れたシャツを壁のフックにかけたところだった。「死にたいとは何度も思ったけど」

「ケヤキの木に吊《つ》るされてたのは、誰かにやられたってことだよね？」

「うん。同級生のやつに」

「そんなの犯罪じゃん。警察に言ったら？」

「無駄無駄。そいつ、楢山ミフネの息子なんだ。うちの校長は楢山ミフネの又従兄《またいとこ》弟《こ》だから、隠蔽《いんぺい》されるに決まってる」

「楢山ミフネの息子？　ひょっとして楢山デン？」

リチウムは目玉をひん剝《む》いた。

「知ってるの？」

「そりゃまあ、有名人だからね。へえ、あいつが」

「去年、保健室の先生がゲリゲロ薬を盛られて病院に運ばれたときも、あいつは一切おとがめなしだった」

ゲリゲロ薬というのは微量のホ素化合物を溶かした液体のことで、いたずらで人に飲ませると噴水のようにうんこが止まらなくなることからそう呼ばれていた。

「それ、最悪だね」

リチウムはしばらく雨を見つめていたが、やがてゆっくりと窓を閉めた。

「もしデンを殺せるなら殺したい？」

「もちろん。あんなやつ、死んだほうがいいに決まってる」

ノエルが思わず唾を飛ばすと、

「だよね」

リチウムは神妙な顔で俯《うつむ》いた。

薄暗い部屋の中を、ハエが耳障りな音を立てて飛んでいた。

リチウムが学校に復帰すると打ち明けたのは、それから一週間後のことだった。

「登校してないのがお兄ちゃんにばれてたみたいで」

雨に濡れたまま部屋に立ち尽くすノエルに、リチウムは頭を掻《か》いて笑ってみせた。

「いじめはなくなったってこと？」

「先生はそう言ってる。ありえないけど」

「やめときなよ。ツルヤのことはばれてないんでしょ？」

「そうだけど」リチウムは両手を広げて床に転がった。「あたし、やりたいことができたんだよね」

「やりたいこと？」

リチウムのことはよく理解していたつもりだったのに、彼女が何を言い出したのかまるで分からなかった。

「そ。学校はそのためのカモフラージュ。だから半分くらいだけ行くつもり」

「それは、そんなに大事なことなの？」

ノエルは必死に声を絞り出した。言葉にできない感情が胸に渦巻いていた。

リチウムは寝そべったまま首をもたげ、ぺこりと頷《うなず》いた。

「うん。今までありがとう。いつかまた会おうね」

その日を最後に、リチウムは二度とツルヤに姿を見せなかった。

夏が終わり、冬が訪れても、ノエルは学校に行かなかった。リチウムとの偶然の出会いを期待して、彼女の住む団地やとなりまちの銭湯へ足を運んだのを除けば、ほとんどの時間を自宅のベッドで過ごしていた。

母は学校へ行くようしつこく説得してきたが、ノエルは耳を貸さなかった。よく似た境遇の友人ができたことで、気が大きくなっていたのだろう。家を追い出されたら、仕事を見つけて働くつもりだった。

年の暮れ、ふと思い立ってツルヤへ足を運んだノエルは、軒先で男女の喘ぎ声を耳にした。窓を覗いてみると、ベッドの上で揺れる男の背中が見えた。テカテカに光った髪に見覚えがある。楢山デンだ。ナンパした女でも連れ込んでいたのだろう。背伸びをすると、ベッドの縁で金髪の女が白目を剝いているのが見えた。

うんざりした気分で自宅へ戻ったノエルは、リチウムと過ごした日々が二度と戻らないことを悟った。

さらに三か月が過ぎ、梢《こずえ》が芽吹き始めたころ、モザイクからの電話で楢山デンが退学したことを知った。

「家庭の事情とか言ってるけど、嘘だよ。みんな本当の理由を知ってる」

モザイクは電話ごしに鼻息を荒くした。

「一年くらい前、市内の公園にハメ撮り写真がばら撒かれる事件があったの、知ってるかな。一昨日、同じことが起きたんだ。しかも今回はただのハメ撮りじゃない。デンが墓場で女の子を犯してる写真が通学路にばら撒かれたんだよ」

耳の奥でデンの喘ぎ声がよみがえった。唐突な話に理解が追いつかない。

「本当にあのデンが写ってるのか？」

「ああ、すけべそうな面《つら》がしっかり写ってたよ。押し倒された女の子の口に、あいつの汚ねえちんこが突っ込まれてんだ。まだ十歳くらいなのに、アソコには板塔婆《いたとうば》がぶっこまれてた。おれ、ちょっと勃《た》っちまったよ」

「最低だな」

「本当は羨ましいくせに。でも実物は見てないぜ。デンのちんこは無修正なのに、女の子のアソコはカラーペンで塗り潰してあるんだ。あれは良くない」

モザイクは彼らしくないことを言った。

「オヤジの仕事が自慢だってよく言ってったじゃないか」

「そりゃモザイクは素晴らしいぜ。でもあんなのはモザイクとは違う。モザイクには向こう側を想像する楽しみがあるが、ペンで塗り潰しちまったら想像力の出番がない。あんな無粋な真似をするのはぺんぎんの回し者くらいじゃないか」

「ぺんぎん？」

「ぺんぎん堂のことだよ。商店街の文房具屋。知らねえの？」

「知らん」

「とにかく、あれはデンがガキを犯した決定的な証拠だ。通学路で大勢の生徒が写真を見ちまった以上、楢山一族の力をもってしても事件を揉《も》み消せないと判断したんだろうな」

モザイクが愉快そうに笑う。ノエルはその写真を思い浮かべ、胸糞《むなくそ》の悪い気分になった。

「でも不思議なところもあるんだ。いやよいやよも好きのうちってやつなのかな」

「いやよいやよ？」

「旧華族のデンはミミズを嫌ってたはずだろ？　でもデンがやってた女の子は、お前と同じミミズだったんだ」

携帯電話が音を立てて床に落ちた。

全身から血の気が引いていくのが分かる。

ノエルは生まれたときから葛々市に住んでいたが、リチウムのほかにミミズの少女を見たことはなかった。まさか、彼女が——？

「おい、どうした？」

足元からモザイクの声が聞こえる。ノエルは何も言わずに通話を切ると、祈るような気持ちで家を出た。自転車を漕いで、リチウムの暮らす団地へ向かう。心臓が猛烈に早鐘を打っていた。

薄汚い川にかかる橋を渡ると、空気がひんやりと冷たくなった。「葛々団地」と彫り込まれたオブジェの向こうにパトカーと救急車が見える。住居棟の前に住人たちが群がっていた。

「――自殺？」

野次馬の声が聞こえた。紺色の服を着た救急隊員たちが救急車へ引き返していく。ノエルは自転車を降り、人だかりに駆け寄った。

「自殺だって。二階に住んでるミミズの女の子」

「ハメ撮りの子でしょ？　身体はエロかったのにもったいない」

「手首切ったんだって。メンヘラかよ」

「胡散臭《うさんくさ》い劇団にも入ってたらしいよ」

「アバズレの母親も年貢の納めどきだな」

ノエルは悪い夢を見ているような気分だった。野次馬たちの言葉がよく理解できない。天の助けを求めるみたいに、呆然《ぼうぜん》と二階の窓を見上げた。

――いつかまた会おうね。

リチウムの言葉が耳に響く。

それが幻聴だと気づいたのは、野次馬がいなくなり、団地が夜の闇に覆われた後だった。

2

「――死ね！」

クモオの首に十徳ナイフを突き立てようとした瞬間、冷たいものが顔にかかった。プールに落ちたように視界が歪む。クモオがノエルの顔にウィスキーをかけたのだ。

「諦めろ。お前は死ぬんだ」

掌《てのひら》で顔を拭うと、ポータブルチェアの後ろでクモオが身を縮めているのが見えた。

「リチウムの仇討ちと言いましたね。いったいどういうことですか」

ノエルはナイフを構えたままクモオに歩み寄った。

「とぼけるな。あの子を忘れたのか」

「覚えていますよ。二十二年前に自殺したミミズの女の子でしょう？」

「お前は劇団から逃げたリチウムへの報復として、頭のおかしい楢山の御曹司にあいつを襲わせた。あいつを死に追いやったのはお前だ」

つぼつぼ温泉で出会った、胸毛男のニヤけ面を思い出す。あの男から水腫れの猿を紹介されたとき、すぐに浮かんだのがこの仮説だった。

電話帳で調べてみると、坪々村のとなりの栗々村に皮膚科の診療所は一つしかなかった。院長の男の経歴を調べると、数年前までクズクズ大学の附属病院で働いていたらしい。そこはリチウムが肌を診てもらっていたのと同じ病院だった。

彼がリチウムを唆《そその》かし、水腫れの猿に入団させたのではないか。そこから逃げ出したことへの報復として、彼女は強姦されたのではないか——。バラバラだった点が一つの線につながった瞬間だった。

「違う。あなたは誤解しています」

子供に言い聞かせるように、クモオはゆっくりと首を振った。

「わたしはこの劇団に命をかけています。決して道楽でやっているのではありません。でも万一、団員が稽古に音を上げて、交番に駆け込んだらどうなるでしょう。わたしは間違いなく塀の中へ入れられますし、劇団も解散せざるをえない。これでは仕事になりません」

「あんたの苦労話は聞いてない」

「どんな商売でも、リスクを負うには担保が必要です。わたしが団員を受け入れるとき、彼らの過去の過ちを調べ上げるのはそのためです。団員たちが裏切らないよう、彼らの秘密を担保にしているんです」

「最低なやつだ」

「そうでしょうか。団員が規律を守る限り、わたしが秘密をばらすことはありません。リチウムが劇団の門を叩いたときも、わたしは彼女の秘密を探しました。そして手に入れたのが榴山の御曹司とのハメ撮り写真だったんです」

一瞬、言葉の意味が分からなくなった。

「ですから、わたしが彼女を強姦させたというのは端的に言って誤りです」

「バカな」声が震えていた。「あの写真はお前が撮らせたんじゃないのか？」

「そんな面倒な真似はしません」

「じゃあ誰が撮ったんだ」

「分かりません。二十二年も前のことですから、どうやって写真を手に入れたのかは忘れてしまいました。確かなのは、リチウムが規律を守らず、二週間ばかりで姿を消したということです。きつい稽古をしたわけでもないのに逃げ出したんですよ。だからわたしは約束通り、三日後に彼女の秘密をばらした。それだけのことです」

ノエルはナイフを構えたまま呆然と立ち尽くしていた。クモオの言葉が身体を凍らせ、思考をぐちゃぐちゃに掻き乱していた。

「……それでも同じだ。お前が最低な人間であることに変わりはない」

「わたしは劇団を守るため、やるべきことをやったまでです」

「お前はリチウムの貧しさにつけ込んで人生を狂わせた挙句、自殺に追いやった。お前にリチウムの死の責任があるのは確かだ」

「貧しさにつけ込んだ?」クモオが大げさに目を丸くする。「まったく違いますよ。初めにゲンタくんの紹介で会ったときから、彼女は劇団のギャラにまるで興味がない様子でした。ああ、ようやく彼女の狙いが分かりましたよ」

クモオは憐れむような目をこちらに向けた。

「……リチウムの狙い?」

「あなたはミミズで、どうやら楢山デンを憎んでいるらしい。旧華族のミミズ差別は有名です。あなたは過去に、彼からひどい暴力を振るわれたんじゃないですか?」

クモオの言葉は完全に的を射ていた。

「図星ですね? やっぱりそうだ。リチウムが水腫れの猿に入ったのは、ノエ田くん、あなたのためだったんです」

ふいに広場が暗くなった。厚い雲が月を覆っている。背筋がひんやりと寒くなった。

「ゲンタくんから聞いていると思いますが、うちは人殺しでも見込みがあれば入団させています。リチウムはそんな団員たちとの接触を望んでいるように見えました。

殺してほしい人間がいたとすれば筋が通りますが、それが誰なのか分からなかったんです。でもあなたの話を聞いて答えが分かりました。リチウムは椢山デンを殺そうとしていたんですね」

「リチウムが、デンを……殺そうとした？」

「もともと彼女は自分を犯したデンを憎んでいました。さらに友人のあなたも暴力を振るわれたことを知り、彼女はデンの殺害を決意します。とはいえ痩せっぽちの小学生が年上の男を殺すのは現実的ではありません。そこで折りよく紹介された劇団の団員に頼んで、デンを殺させようと考えたんです」

気づけばノエルは地面に膝をついていた。右手に握ったナイフが、カチャカチャと耳障りな音を立てている。

梅雨の日の午後、ツルヤで聞いたハエの羽音がよみがえった。

——もしデンを殺せるなら殺したい？

姿を消す一週間前、リチウムはそんな言葉を口にした。

——もちろん。あんなやつ、死んだほうがいいに決まってる。

そんなノエルの返事を耳にして、彼女はデンへの殺意を固めたのだろう。

「とはいえ彼女の企《たくら》みは所詮、子供の絵空事でした。人殺しを入団させているといっても、団員に好き勝手に人を殺されたら劇団はもちません。わたしが彼らの秘密を握っているのにはこうした事情もあるわけです。誰も手を貸してくれないことに失望した彼女は、すぐに水腫れの猿を去った。これがことの真相です」

とどのつまり、リチウムが自殺に至るきっかけをつくったのはノエルだったということか。

「嘘だ。嘘だ」

ノエルはでたらめにナイフを振り回した。クモオがふたたびポータブルチェアの陰に身を縮める。背もたれの布を裂くと、クモオの呆れた顔があらわになった。Tシャツのサルがくしゃくしゃに潰れている。

「いい加減にしてください」

「黙れ！」

ナイフを振りかぶった瞬間、何者かがノエルの右腕を摑んだ。ナメクジのようにぬるりとした感触。いくら引いても手が動かない。

振り返ると、赤紫色の少女が億劫そうに立っていた。マルマルのビールに毒を盛っていた、あいつだ。

「あなたもご存じでしょう。ミミズの手はそう簡単には離れませんよ」クモオは微笑しながら立ち上がり、膝についた土をハンカチで払った。「リカ、こいつを倉庫の檻《おり》に入れておきなさい」

「はいよ」

少女は気だるそうに頷いて、ノエルの肘を後ろに捻《ひね》った。


目が覚めると暗闇の中だった。

二日酔いの朝みたいに頭が重い。腕を伸ばすと冷たい鉄棒に触れた。自分がコンテナの中、それも大きな鳥籠のような檻の中にいるのを思い出す。携帯電話も取られたままだった。耳を澄ましても、カサカサとネズミの走る音が聞こえるだけ。

身体を起こして檻にもたれると、クモオの言葉が何度もこだました。リチウムの仇を討つと息まいて踏々岳へ乗り込んだくせに、彼女の死のきっかけを作ったのは自分だったのだ。やはり百穴ヶ原かつぼつぼ温泉で死んでおけばよかった。

ノエルが肩を落としたそのとき、ふいに光が世界を照らした。

誰かがコンテナのシャッターを開けてこちらを覗いている。ノエルは目を細めて手庇《てびさし》をした。

「出ろ、ノエ田」

ダミ声が響いた。マルマルのビールに毒を入れていた男だ。なぜか輪郭が一回り細くなったように見える。

檻に近づいてくるにつれ、男の肌が爛《ただ》れているのが分かった。ニホンザルみたいな赤ら顔から眼球が浮き出ている。カーキ色のロングコートには黄色っぽいシミがついていた。つぼつぼ温泉で見かけた女と同じで、この男も肌が剝がれる病を患っているようだ。

男は南京錠に鍵を差し、反時計回りに回転させた。錠は外れない。舌打ちして反対側に捻ると、ようやくU形の金具が外れた。

「とっとと失《う》せろ」

「いいんですか?」

「ああ。水腫れの猿はもう終わった」

男がため息と声を同時に吐き出す。シャッターの外には団員たちの姿が見えた。

「何かあったんですか?」

「団長が死んだんだよ」男の声がわずかに震えた。「誰かに殺されたんだ」

コンテナを出ると、目の前のトレーラーに異変が生じていた。窓ガラスが割れ、破片が部屋の中に散乱している。その前でマルマルが腰を抜かしていた。さらに手前ではミミズの少女が赤ん坊を抱いて立っている。少女はノエルを振り返り、いたずらっぽい笑みを浮かべた。胸の赤ん坊もミミズだった。

血の臭いが鼻を突き、トレーラーへ近づくにつれそれが濃くなった。割れた窓から中を覗くと、床のオオジョロウグモが目に入る。ドクロのような模様が不気味だが、もちろん団員たちはクモに驚いているのではない。

部屋の奥に目を向けると、玄関のカーペットでクモオがうつ伏せに倒れていた。

「あれえ、どこ行くの？」

ノエルが広場を出ようとすると、ミミズの少女が眉を持ち上げて言った。マルマルもこちらを振り返る。

「あの、そろそろ帰ろうかと思いまして」

ノエルの声は首を絞められた女のようだった。

「あんたが団長を殺したの？」

「ぼ、ぼくはやってません」

「本当？　怪しいなあ」

「そいつは無理だよ」ダミ声の男が口を挟んだ。「ついさっきまで檻の中にいたんだから」

「ああ、そっか。じゃあやっぱりあんた？」

少女がマルマルに目を移す。マルマルはぶんぶん首を振った。

「すみません、ぼく、失礼します。お世話になりました」

ノエルは喘ぐように言って、山道へ走り出した。

「別にお世話はしてないけどね」

少女の気の抜けた声が後ろから聞こえた。

でこぼこした地面に何度も足を取られそうになりながら、山道を駆け抜ける。停めてあったジープに乗り込むと、鍵を差してエンジンをふかした。バックミラーを見ても、団員が追ってくる様子はなかった。

瞼を閉じる。玄関に倒れたクモオと、三者三様の反応を見せる団員たちの姿が浮かんだ。

なぜあんなことになったのか。誰かがノエルの企みを邪魔したのだろうか。誰が、何のために。

「どうなってんだよ」

ノエルはハンドルに拳を叩きつけると、思い切りアクセルを踏み込んだ。

3

ズズ団地には厚い雲が垂れ込めていた。

ジープを降りると、どこかの部屋から漂う卵の腐ったような臭いが鼻を撫でた。

アスファルトを突き破って生えたサクラの枝に、レジ袋が引っかかってぶるぶる震えている。ゴミ置き場では仔猫《こねこ》が狂ったように鳴いていた。

昨日の朝、部屋を出たときには、ノエルは二度とここには戻らないと思っていた。なぜたった一日で戻ってきてしまったのか、自分でもよく分からない。何もかも忘れて泥のように眠りたかった。

住居棟の階段を上ると、アルミドアを開けて部屋に飛び込んだ。少女の写真に足を滑らせ、チューハイの空き缶に頭をぶつける。睡眠導入剤を口へ放り込むと、這《は》うようにキッチンへ向かい、カルキ臭い水道水で喉へ流し込んだ。

畳の上で仰向《あおむ》けになると、天井のシミがぼやけて見えた。カーテンレールに引っ掻いたような傷が浮かんでいる。ノエルが初めて首を吊ったときにできた傷だった。

団長の男は死んだ。自分が生き延びる理由はもうなくなったのだ。

畳に転がったまま瞼を閉じる。

夜勤明けの朝みたいな、珍しくさっぱりとした気分だった。

「シロチン野郎、起きろ」

ドスの利いた声が落ちてきた。

目を開けると、スーツ姿の男がノエルを見下ろしていた。額に拳銃の銃口が押しつけられている。眠気が引っ込むのと同時に心臓が縮み上がった。

「な、なんで?」すっとんきょうな声が洩れた。「ここ、ぼくの家ですよね?」

「お前が二万五千円の家賃で借りている部屋だ」

「えっと、どなたですか?」

「お前、こいつが見えねえのか」男は銃口をノエルの右目に向けた。「質問すんのはおれだ」

「すみません」

「名前を言え」

「ノエルと申します」

「美々津《みみつ》サクラの家族を襲ったのはお前だな」

「みみつ……?」

「ミズミズ台で女とヤっただろ?」

銃口がノエルの鼻を叩く。線香花火みたいな臭いがした。

「あ、はい。やりました」

「動機は何だ。あの女医師に恨みがあったのか?」

「違います」ノエルはかぶりを振った。「道で女の子を見かけて、かわいかったので後をつけたんです。で、家に押し入ったら、中に家族がいて。あとはまあ、成り行きというか」

「とんだすけべ野郎だな」

「すみません」

男は鼻を鳴らすと、卓袱台《ちゃぶだい》にボールペンと日焼けしたノートを並べた。

「お前はこれから死ぬ。何か文句があるか?」

「いえ。ありません」

「潔いな。おれの言った通りに遺書を書け」

ノエルは身体を起こすと、指示されるまま四本の指でペンを握った。おれは自分の欲望のために中学生をレイプした最低なやつです。言われるままにペンを走らせる。

「これ、何の意味があるんですか?」

「その遺書を書いてお前が死ねば、美々津サクラってどうしようもないクソ女を刑務所にブチ込めるんだよ」

みみつさくら。聞き覚えのない名前だった。

「よく分からないですね」

「人生なんてそんなもんだ。死んだら豆々《ずず》市の公営墓地に入れてやる。感謝しろよ」

男はキッチンの戸棚から一升瓶を取り出し、コップに焼酎を注いだ。睡眠導入剤の瓶の蓋を開け、ノエルの口に錠剤を詰め込んでいく。

「最後に言いたいことはあるか？」

「あ、ひほふ教へてください」ノエルはなんとか声を出した。「踏々岳でぼくの復讐を邪魔したのもあなたですか？」

「復讐？」男は眉を寄せた。「誰に復讐するんだ」

「水腫れの猿のやつらです」

「お前、何言ってんだ」

「ご存じないですか。そういう劇団があるんですよ」

「そこで何か厄介事を起こしたのか？」

「えっと、説明すると長くなるんですけど」

「肛門《こうもん》にタマをぶち込まれたくなかったら一分で説明しろ」

男は顔色を変えずに親指で撃鉄を倒した。

「すいません。えっと、子供のころの友だちにミミズの女の子がいまして。リチウムっていう名前なんですけど――」

ノエルは都合の悪いところを省きながら、ことの経緯をかいつまんで説明した。男の顔からはみるみる血の気が引いていき、話が終わるころには熱病にかかったみたいに全身が汗だくになっていた。

「……嘘だろ」

「それが本当なんですよ。リチウムのことを思うと今でも苦しくなります」

「同感だ。団長のオヤジの内臓を生きたまま引っ掻き回してやれなかったのが残念でならない」

「本当ですね……え?」

ノエルは目をぱちくりさせた。男が拳銃を落とし、へなへなと畳にくずおれる。

「なんであなたが団長に怒ってるんですか?」

「なんでもヘチマもあるか」男は声を震わせた。「リチウムはおれの妹だ」

今度はノエルが腰を抜かす番だった。

「リチウムの――えええ? おせっかいなお兄さんですか?」

「バカ。でかい声を出すな」

男の足がノエルの腹を蹴り飛ばす。口から大量の錠剤が噴き出した。

男は胸に手を当てると、動揺を鎮めるように深呼吸をした。二分ほど考え込んだ後、ふいに口を開く。

「……決めた。お前の自殺は中止だ」

「へ？　なんでですか」

ノエルは唇を尖らせた。こちらにも都合がある。

「お前は踏々岳に戻って、団長のオヤジを殺した犯人を見つけろ」

「ぼくが？　どうして？」

「犯人は昨日、劇団の宿営地にいた連中の中にいる。そいつは言ってみりゃ、おれたちの同志だ。放っておくわけにいかねえだろ」

「無茶ですよ。警察でもないのに」

「安心しろ。おれたちには名探偵がついてる。お前は劇団の連中を観察して、それを記録するんだ」

「自殺の件はどうなるんです？　美々津ナントカさんは逮捕しなくていいんですか？」

「する。絶対にブタ箱へぶちこむ」

「でも自殺はしないんですよね？」

「よく聞け。あと数分で、この部屋にネコ娘みたいな刑事がやってくる。お前は舌を出して死んだふりをしろ。そうすればお前が生きたままでもサクラを逮捕できる」

「死んだふりって、そんな子供だましが通用するんですか？」

「する。ネコ娘は刑事のくせに死体が苦手だから、お前のことはまともに見られないし、肌にも触れられない。おれとネコ娘は一通り用を済ませたら、おとなりさんに話を聞くために部屋を出る。そうしたら灯油をぶちまけて火をつけろ」

「火？」思わず声が裏返った。「火災保険、入ってないんですけど」

「お前は死んだことになるんだから、保険もクソもねえよ。ベランダから一階に下りたら、とにかく騒いでパニックを起こせ。蜂の巣を突《つつ》いたみたいにあちこちの棟から住人が溢れてくるから、どさくさに紛れて若い男を集会所に連れ込むんだ。思い切り頭を殴って、両手の中指をちょん切れ。そいつの死体がお前の身代わりになる。部屋を出るとき忘れずに包丁を持っていけよ」

「本気で言ってるんですか？」

「当たり前だ。この団地へ来る道の途中にでかいサクラの木があるだろ。あれのせいで消防車は現場に近づけない。幹をちょん切ってるうちに団地の半分は焼け野原だ。どれが誰の死体だか分かりゃしねえよ」

男の声に重なって、ドアの向こうからコツコツと廊下を歩く足音が聞こえた。

「やばい。ネコ娘が来るぞ。早く死体になれ」

「無理です。頭を殴って人を殺すなんて」

「うるせえ。さっさと死ね！」

チャイムが鳴った。

こうなったらヤケクソだ。ノエルは畳に寝転がって舌を出した。お腹《なか》が上下しないように腹筋に力を込める。

男は親指を立てると、立ち上がってジャケットの皺《しわ》を伸ばした。

「ヒコボシさん、いますか?」

廊下から女の声が聞こえる。

「開いてる。入れ」

ドアが開き、橙色《だいだいいろ》の夕陽《ゆうひ》が天井のシミを照らした。

4

外から消防車の耳障りなサイレンが聞こえる。

右手に握った包丁から、ぼたぼたと血が滴り落ちていた。足元では使い古したタワシみたいな髪型の男が血を流して倒れている。顎髭に唾液とコロッケの食べカスが絡まっていた。唇は血を吸ったヒルみたいに膨れている。

ノエルは男の右手を広げると、中指の付け根に包丁を押しつけた。刃を左右に引いても、なかなか肉が千切れない。柄に体重を載せると、ダンと音がして中指が弾《はじ》け飛んだ。

「――くそっ」

ころころと床を転がった中指に手を伸ばすと、誰かがそれをパンプスで踏み潰した。

「やっぱりね。あんただと思った」

顔を上げると、黒い煙の中に見覚えのある女が立っていた。一年と三か月前、ノエルが押し入ったミズミズ台の家にいた三十後半の女だ。胸には四、五歳くらいの幼女を抱えている。なぜこんな場所にいるのだろう。二人はウジ虫でも見るようにノエルを睨みつけていた。

「いくらなんでも虫が良すぎるよ」

あどけない少女の声が聞こえた。

振り返ると、少女が冷め切った瞳でノエルを見下ろしていた。百穴ケ原《ひゃくあながはら》の樹海で、ノエルが犯した少女だ。彼女までなぜここにいるのか。少女は虚ろな表情のまま、足元のタワシ男の股間を踏みつけた。

「あんたの親があんたを産んだのが間違いだったね」

ざらついた声が落ちてくる。ふたたび振り返ると、今度は浴衣を着た女が口もとを歪めていた。つぼつぼ温泉の宿舎で犯した女だ。

ノエルはいつの間にか、四人の女に囲まれていた。痰《たん》が喉に詰まったみたいに息ができなくなる。

「ご、ごめんなさい――」

「もう手遅れだよ」

少女が死体の顔を蹴った。タワシ男の唇から歯が飛び出す。

どうして気づかなかったのだろう。その男の顔は、ノエルが本のカバーで何度も見たことのあるものだった。

「――お、大耳蝸牛先生？」

「お前が殺したんだからね」

少女はそう言って肩をすくめると、ドアを開け、炎の渦巻く団地へ姿を消した。

残りの女たちも後に続く。

憧れていた男の死体を見下ろし、ノエルは悲鳴を上げた――。


「うわあっ」

目を覚ますとジープの運転席だった。

車内にはアルコールの臭いが充満している。喉の奥が痛い。ノエルは慌ててドアを開け、ブナの根もとにゲロを吐いた。

ズズ団地に火をつけてから今日で五日になる。ノエルはあてどもなく、呵武隈山地をさまよい続けていた。

ラジオニュースによれば、ズズ団地で発生した火災は十二名の死者を出す大惨事となっていた。あの刑事の言った通り、道の真ん中に生えた木が消防車の到着を遅らせ、被害を大幅に拡大させたようだ。警察は失火と放火の両面から出火原因を調べているという。

アナウンサーが読み上げた犠牲者の中には、ノエルの名前もあった。中指のない死体が彼のものとみなされたのだろう。これもあの刑事の目論見どおりだ。

胃液を吐き切ると、ノエルはふらふらと運転席へ戻った。

あれほどの罪を犯した自分に生きている資格などない。いい加減、腹を括って死ぬべきだ。民家からロープを盗んで首を吊るか、崖から身を投げるのが手っ取り早いだろうか。

いや、と思い直す。

あの刑事はノエルに、団長を殺した犯人を見つけろと言った。あのとき、あの場所で何が起きたのか、自分にもよく分からない。こんなにも山をさまよい続けているのは、ことのなりゆきを見届けたい気持ちがあるからだろう。

迷っていても仕方がない。こうなったらヤケクソだ。

ノエルはエンジンをふかし、シフトレバーを引いてアクセルを踏み込んだ。

＊＊＊

劇団の宿営地には厚い靄《もや》が立ち込めていた。コンテナを積み上げた舞台がひどく霞んで見える。パニック映画の直後にゴシックホラー映画が始まったような気分だった。

死体の見つかったトレーラーを眺めていると、靄の向こうからマルマルがやってきた。右手には酒瓶を携えている。水玉模様の刺青が赤く火照っていた。

「やっぱりね。戻ってくると思った」

案の定、マルマルの息は酒臭かった。よもや戻ってくるまでの間に、団地をまるごと燃やしてきたとは夢にも思うまい。

「ビール飲む？　選考中止になっちゃったから、約束通り奢りでいいよ」

「遠慮しておきます」

ノエルは丁重に断った。

「いつまでここにいるつもりなの？」

「分かりません。あてがないので、しばらくはいるつもりですが」

「あはは、みんなと同じだね。トカゲの稔典《ねんてん》は遺産目当ての親族に何度も殺されかけてるし、ミミズのリカもヤクザに保険金をかけられてる。カンチは旧華族の私生児で、親から命を狙われてたんじゃなかったかな。あたしもカルト宗教からの借金を踏み倒してるから、いつ信者に襲われてもおかしくない」

稔典というのは檻からノエルを出しにきたダミ声男のことだろう。リカはミミズの少女に違いない。するとカンチは彼女が抱いていた赤ん坊か。

「……ひょっとしてその刺青も、宗教と関係があるんですか？」

「ああ。教祖のオヤジに彫られたんだよ。どこにも逃げられないようにってね」

顔や手足に並んだ水玉が、イモムシの斑点のように禍々《まがまが》しく見えた。

「劇団は続けるんですか？」

「そうしたいけど、さすがにこのままじゃ無理だろうね。誰が団長を殺したのかも分かんないし」

マルマルが割れた窓からトレーラーの中を覗く。テーブルの横にピンク色のシュラフが置いてあった。クモオの死体が入っているのだろう。

「死体が見つかったとき、マルマルさんもその場にいたんですか？」

「そうだよ。初めに稔典が団長を呼びにいったんだけど、ブザーで呼んでもうんともすんとも言わないの。ドアには錠が掛かってて、無理やり中に入ることもできない。それで心配になったあいつがあたしたちを呼んで、一緒にハンマーで窓を割ったら、玄関で団長が死んでたってわけ」

マルマルはハンマーの代わりに酒瓶を構え、窓を割るふりをする。窓の桟からは割れたガラスが牙のように生えていた。磨《す》りガラスの厚さは五ミリほど。網戸はない。

「ドアの鍵はどこかにあったんですか」

「クモオのジャケットのポケットに入ってたよ」

「合鍵はあるんですか」

「ない」

「それじゃ現場は密室だったことになりますけど」

「そうそう。不思議だよね」

マルマルは平然と言った。いつの間にかゴシックホラーよりもミステリーの色合いが強まっている。

ノエルは辺りを観察しながら、トレーラーハウスをぐるりと一周した。トレーラーは横が十メートル、縦が三メートル、高さが四メートルほど。プレハブ小屋を横に伸ばしてタイヤをくっつけたような塩梅《あんばい》だ。鉄の杭《くい》が六本、トレーラーを囲むように地面へ打ち込まれており、バネ状のワイヤーが杭とトレーラーをつないでいた。

地面が傾いているので、しっかり固定しておかないと動いてしまうのだろう。トレーラーの先頭に生えた三角形の出っ張りは、輸送車とトレーラーをつなぐフックに違いない。

「なぜ稔典さんは、クモオさんを呼びにいったんですか」

「練習道具が使えなくて困ってたみたい。あいつら事件の夜、トレーラーを交換してたらしくて。ここはもともと稔典の部屋だったんだよ」

言われてみれば、死体の見つかったトレーラーは、五日前にマルマルのトレーラーから出てきた稔典が向かったのと同じ場所だった。

「二人はどうして部屋を替えたんでしょうか」

「深夜に団長の部屋でハエトリグモが出たんだってさ。あのハゲ、クモが超苦手なんだよ。子供のころ、大事に育てたメガネザルがクモを喉に詰まらせて死んだのがトラウマなんだって」

クモオの死体を見つけたとき、部屋の床にオオジョロウグモがいたのを思い出す。クモ嫌いが暮らすにはこの宿営地の環境は過酷だったに違いない。

「そういえば、潔癖症めいたことも言ってましたね」

「サルは好きなのにおかしいよな。ヒューマニストのサイコキラーみたいだ。要するに変態なんだろうけど」

「クモオさんはそんなにサルが好きだったんですか？」

「好きなんてもんじゃない。ありゃサルにしか欲情しない変態だよ。九州へ巡業に行ったとき、旅館でニホンザルとヤってんのを見たことがある。筋金入りだろ」

マルマルが腰を揺らしながら品のない笑みを浮かべる。そのさまを思い浮かべて、ノエルはうんざりした気分になった。

「ほかの団員の皆さんは、クモオさんと稔典さんの部屋の交換を知ってたんでしょうか」

「まさか。そんなことで夜中に起こされたらたまんないよ」マルマルはふんと鼻を鳴らす。「ま、うちの連中は眠剤飲んでるやつばっかだから、そもそも起きねえだろうけど」

「死体が見つかった時刻は分かりますか」

「七時過ぎくらいかな。カンチにミルクをやんなきゃってリカが騒いでたから」

「カンチというのは、リカさんが抱いていた赤ん坊ですよね」

「そう。ミミズ姉弟の弟。もちろん血はつながってないよ。ゲンタがどっかで拾ってきた捨て子だね」

「クモオさんの死因は分かりますか」

「刑事じゃないから自信はないけど、頭にぶん殴られたような痣《あざ》があったから、あれで死んだんじゃないかな。見る？」

マルマルは千鳥足でトレーラーのドアを開けると、玄関からノエルに手招きした。殺人現場への抵抗はないらしい。ノエルは空き巣になった気分で階段を上った。

トレーラーハウスの中の構造は、五日前の夜にクモオと面接をした部屋と同じだった。壁はすべて赤く塗られており、玄関の正面がユニットバス、右手がワンルームのリビングになっている。テーブルやソファが並んだスペースの奥に、アイロン台みたいな簡素なシングルベッドが置いてあった。家具がすべて金具で床に固定されているのはトレーラーハウスならではだろう。

面接をした部屋とは打って変わって、室内は雑然としていた。衣装棚からコートが溢れ、床には洋書や薬瓶が散乱している。流し台の横のゴミ箱からはカップラーメンの容器がはみ出ていた。

「ずいぶん散らかってますね」

「稔典はトカゲ病だから。全身から膿《うみ》が出たら部屋を掃除する気なんて失せるんでしょ」

そんなものだろうか。

何気なく衣装棚を開けて、ノエルは腰を抜かしそうになった。コートやジャケットに交ざって、稔典の抜け殻がぶら下がっていたのだ。

「な、何ですか、これ」

「あはは、びっくりした？　それは脱皮ショーで使う偽物の皮。暗いステージでそのスーツを脱いで、脱皮したふりをすんの。膿の代わりに蜜を肌に塗っとくんだよ」

おそるおそる手に取ってみると、ウェットスーツのような薄いゴム製の生地に稔典の身体が丸ごと印刷されていた。セミの抜け殻みたいに、首の裏から尻にかけて切れ目が入っている。

「観客を騙《だま》すってことですか？」

「もちろん。公演のたびに脱皮してたらタマネギの芯みたいになっちゃうからね。本当に脱皮するのは数か月に一度だけ。もちろんステージじゃやらないけど」

「客にばれませんか？」

「それは言わないお約束。見世物小屋で河童《かっぱ》のミイラを見て、偽物だって騒いでもしょうがないのと同じ。それより大事なのはこっちでしょ」

マルマルはカーペットに屈《かが》みこんで、膨らんだシュラフのジッパーを下ろした。真夏のゴミ捨て場みたいな臭いが鼻を刺す。だいぶ腐敗が進んでいるらしく、ツルツルの坊主頭に紫色の血管がいくつも浮き出ていた。マルマルが両手で頭を持ち上げる。

「ほら、痛そうでしょ」

クモオの頭は平べったくへこんでいた。特大の青タンみたいに肌が変色している。

「凶器はありましたか」

「見ての通り、ないよ。死体以外は何も動かしたりしていない。犯人が持ってったんじゃないかな」

ノエルは部屋を見渡してみたが、確かに凶器になりそうなものは見当たらなかった。食器や洋書で殴ったにしては痣が大きすぎる。ゴミ箱を覗いてみても、中に入っているのはティッシュやプラスチック容器ばかりだった。

ノエルがヒコボシを納得させられそうな筋書きを考えていると、ふいにゴミ箱の裏から二匹のゴキブリが飛び出した。

「お？　目撃者ならぬ目撃ゴキだな」

マルマルが死体から顔を上げてぼやいた。酔いが回ってきたのか、瞼がとろんとしている。ゴキブリは部屋を横切って玄関へ消えた。

「目撃ゴキ、逃げちゃいましたね」

「交尾されるよりましかな。どう？　密室に出入りする方法、何か思いついた？」

「一つだけ、閃《ひらめ》いたトリックがあります」

「何？　教えてよ」

マルマルが楽しそうに頬を緩める。

「犯人はこのトレーラーハウスを凶器にすることで、部屋に入ることなくクモオさんを殺したんじゃないでしょうか」

「どういうこと？」

「このトレーラーは六本の杭とワイヤーで地面に固定されてますよね。このうち後部の二つだけを残してワイヤーを外し、先頭のフックにロープを括りつけます。このロープを屋根に載せ、後部から垂らして、別の自動車に引っかける。これで車を勢いよく発進させるとどうなりますか？」

「トレーラーが引っくり返っちゃうね。怪獣映画みたいに」

「そうです。移動用に軽量の素材でつくられたトレーラーなら、ぼくが乗ってきたようなジープでも十分動かせるでしょう。とはいえ後部のワイヤーは杭に固定されたままですから、トレーラーが横転することはありません。後ろの面を下にして、トレーラーが直立することになります。ベッドで眠っていたクモオさんは、いきなり十メートルの高さから壁に叩きつけられるというわけです」

「ひえー、そういうことか！」

マルマルは叫びながら死体のへこんだ頭を引っ叩《ぱた》いた。

「この方法なら部屋に一歩も入ることなくクモオさんを殺害できる。トレーラーハウスが凶器だと言ったのはこういうことです」

「すごい、名探偵みたい。それじゃ犯人は稔典で間違いないね」

マルマルがあまりに平然と言うので、ノエルはうっかり頷きそうになった。

「なぜ稔典さんなんですか?」

「だって道具係だもの。この手のヘンテコな仕掛けを考えるのはあいつに決まってんのさ」

「事件の夜、稔典さんは脱皮してましたよね。わざわざそんな日に人を殺すでしょうか」

「知らんよ。ちくしょう、抜け駆けしやがって!」

マルマルは酒瓶で一発素振りをすると、よろけながらトレーラーを飛び出した。

ノエルも慌てて後を追いかける。

稔典は舞台の袖で煙草をふかしていた。酔いどれのマルマルを見て苦笑いを浮かべる。

「あいかわらず酒癖が悪いな」

「うるさい! 裏切者は死ね!」

マルマルは舞台へ上る階段を駆け上がると、稔典めがけて酒瓶を振り降ろした。

ガラスの砕け散る音。稔典はとっさに身を反らしたが、姿勢を崩して舞台から落っこちた。それを見たマルマルが腹を抱えて笑う。

「死んだ？　死んだか？　あはははは」

「おいレイプ野郎、この酔っ払いに何を吹き込んだんだ」

稔典が怒鳴ったそのとき、ドアの開く音が聞こえた。

振り返ると、ミミズ少女のリカがトレーラーのドアを開けて立っていた。ひどく虚ろな目つきで広場を眺めている。数秒の沈黙の後、リカは頭から階段を転げ落ちた。

「おいおいおいおいおい」

稔典が慌ててリカに駆け寄る。ノエルも後を追った。

リカは砂利の上で仰向けに倒れていた。赤紫色の肌に黒い隈ができている。たった数日で十年くらい老け込んだように見えた。

「どうした。ヤクザのことでも思い出したか？」

稔典が肩を撫《な》でながら尋ねる。リカは頭を起こすと、

「カンチがどこにもいないの」

喘息《ぜんそく》患者みたいな声で言った。

踏々川の河原で乳児の死体が見つかったのは、それから二時間ほど後のことだった。

5

「――どうしたノエル。元気か？」

受話器からヒコボシの能天気な声が聞こえた。

「元気じゃないです。頭がおかしくなりそうです」

「そりゃそうか。死体が元気だったらおかしいもんな」

「死体？」

「忘れたのかよ。お前はズズ団地で服薬自殺したんだ。おれはユーレイと話している。霊感刑事だ」

「真面目に聞いてください。団員がまた殺されたんです」

ノエルは宿営地から二十キロほど離れた踏々村の集落を訪れていた。神社の篝火《かがりび》が焚《た》かれているのを除けば、辺りは夜の闇に沈んでいる。ノエルはジープを降りて畦道《あぜみち》を進み、公衆電話ボックスへ飛び込んだところだった。

「誰が死んだんだ？」

「カンチくんというミミズの赤ん坊です。ゴミと一緒に河原に捨てられていたせいで、全身を野鳥に啄《ついば》まれていました」

「そいつは可哀《かわい》そうだな」

ヒコボシは関心のなさそうな声を出した。

「ぼくはどうすればいいですか」

「言っただろ。お前は犯人を見つけるんだ」

「そんな簡単に言わないでください。ぼくは素人《しろうと》ですよ」

「だったら団員の様子を観察して、記録しろ。あとはおれが何とかしてやる」

「いつまで待てばいいんですか。もう二人殺されてるんですよ」

「うるせえな」ヒコボシは声を荒らげた。「おれは忙しいんだよ。ガキじゃねえんだから、自分のことは自分で何とかしろ」

「……すみません」

「お前はもう死んだんだ。人間、そう何度も死なねえから安心しろ。じゃあな」

ヒコボシは一方的に通話を切った。ツーツーと電子音が耳に残る。

ノエルは受話器を握ったまま、夜空に垂れ込めた雲を呆然と眺めていた。


それからの日々は奇妙なものだった。

マルマルに頼み込んだ結果、ノエルは南側のトレーラーハウスで寝起きすることを認められた。ノエルが初めに宿営地へやってきたとき、マルマルが食事を摂っていた場所だ。半年前までべとべと病の若い男が暮らしていたらしいのだが、この男が巡業先で姿を消してしまったため、それ以降、団員たちの食事や休憩に使われていたという。男は医者志望だったそうで、部屋には難しそうな医学雑誌が散らばっていた。

マルマル、稔典、リカの三人は奇妙な集団生活を続けていた。クモオが決めていた興行予定は稔典がすべてキャンセルしたらしい。三人は将来について話し合うこともなければ、舞台稽古をすることもなく、それぞれのトレーラーに籠って静かに暮らしていた。

ズズ団地から踏々岳に戻って、七日目の朝。

退屈しのぎに山林を歩いていると、広場から五分ほどのところで、土がこんもりと盛り上がっているのを見つけた。モグラ塚にしては形が整っている。リカが赤ん坊の死体を埋めたのだろう。

六日前、河原で目にした光景がよみがえった。

濃い緑に覆われた森の中で、その場所だけが異様な色彩をまとっていた。果物の皮や野菜の芯と一緒に捨てられた、赤黒い肉の塊。カラス、モズ、シジュウカラなどの野鳥が熱心に啄んでいるそれは、タヌキの死骸と言われても分からないくらいボロボロになっていた。

金切り声を上げて泣き叫ぶリカ。苦々しい顔で死体を見つめるマルマル。

「不思議だ。どうしてこんなところに」

稔典は呆然と河原を眺めて、そんな言葉を洩《も》らしていた。

四人は広場に戻ると、それぞれの一日の行動を確認した。

リカは七時に朝食を摂《と》った後、半日かけて麓《ふもと》の踏々村へ出かけていたという。週に一度、団員が食糧を買い出しに行く決まりになっており、この週の当番がリカだったのだ。十六時過ぎに宿営地へ戻ってくると、トレーラーのドアの錠がバールでこじ開けられていた。慌てて中へ入ると、カンチの姿が見当たらない。動揺のあまり階段を転げ落ちたところを、ノエルや稔典に見つかったというわけだ。

マルマルと稔典は朝食の後、宿営地をぶらつきながら酒を飲んでいたという。リカが犯人とは思えないから、この二人のどちらかがカンチを連れ出し、鳥たちのエサにしたのだろう。だがマルマルも稔典も、きっぱりと犯行を否定していた。

ノエルは小さな墓を見下ろし、両手を合わせた。口の中でナムアミダブツと唱える。

血のつながりはなかったものの、リカはカンチを実際の弟のように可愛がっていたという。ノエルにはリカの気持ちが分かるような気がした。ミミズにはミミズにしか分からない苦労がたくさんある。せめて自分と同じような人生を歩ませないために、彼には人並みの愛情を注いでやろうとしたのではないか。

——言っただろ。お前は犯人を見つけるんだ。

ヒコボシの言葉が、耳の奥にこだまして聞こえた。

その日の夜、ノエルは稔典のトレーラーを訪ねた。

先々週まで稔典が暮らしていたトレーラーには、今はクモオの死体が入ったシュラフが横たわっている。さすがに殺害現場で生活する度胸はなかったらしく、稔典はクモオのトレーラーに部屋を移していた。

ブザーを鳴らして待っていると、十秒ほどでドアが開いた。

「お前、まだいたのか」

稔典は階段の上からノエルを見下ろし、ぶっきら棒に言った。以前よりも眼窩《がんか》が窪んでいるような気がした。

「お話ししたいことがあります」

ノエルが硬い声を出すと、稔典は怪訝そうにノエルを睨んだ後、不愛想にドアを開けた。

クモオが暮らしていたころと変わらず、部屋にはほとんど物が見当たらなかった。

ドアを閉め、玄関マットでスニーカーの泥を落とす。たわんだ繊維の間にオオジョロウグモの死骸が落ちていた。背中にドクロみたいな模様が見える。クモオの死体が見つかったとき、トレーラーの床にいたのと同じクモだった。

「ウィスキーでも飲むか？　団長のが余るほどあるんだ」

戸棚を開けるとウィスキーボトルが並んでいた。金属製のホルダーでボトルが固定されているのは、トレーラーの揺れや傾きに備えてのことだろう。稔典は芝居がかった笑みを浮かべて、手前のボトルを取り出した。十日ほど前、稔典とリカがマルマルに毒を盛っていたのを思い出す。

「けっこうです」

「いらないのか？　残念だな」

稔典は戸棚を閉め、ソファに腰を下ろした。

「で、話ってのは？」

「犯人が団長を殺した方法が分かったんです」

ノエルはトレーラーハウスを起こしてベッドから人間を墜落死させるトリックをかいつまんで説明した。

「なるほど。それでマルマルのバカはおれが犯人だと騒いでたのか」

「彼女は勘であなたが怪しいと思っただけです。根拠はありませんでした」

「困ったものだな」

稔典が肩をすくめる。ノエルは額の脂汗を拭った。

「ですから、このトリックを実行したのが誰か、真剣に考えてみたんです。事件の夜、クモオさんと稔典さんは部屋を交換していたそうですね。そのことが大きなヒントになりました。――クモオさんが部屋替えを頼んできたのは何時ごろでしたか？」

「深夜の二時過ぎだ。それがどうした」

「クモオさんに頼まれたとき、稔典さんはすぐに了承したんでしょうか」

「まあ、団長の頼みだからな。おれもクモは苦手だがあいつほどじゃない」

「では稔典さん以外の皆さんは、二人の部屋の交換を知らなかったはずですね」

「そりゃそうだ。団長も深夜に全員を叩き起こすほど非常識じゃない」

「すると稔典さん以外の誰かが犯人だった場合、その人物はクモオさんが稔典さんのトレーラーにいることを知らなかったことになりますね」

稔典の視線が揺れた。

「犯人が本当に殺したかったのは、おれだったってことか」

「いえ、そうは思えません。トレーラーを傾けて人を墜落死させるトリックは、稔典さんを殺すにはあまりに不向きだからです」

「トリックが不向き?」稔典の眉間に皺が寄り、すぐに消えた。「おれがトカゲ病だからか」

「そうです。事件の夜、あなたの肌は大きく膨らんでいました。いつ脱皮が始まってもおかしくないのは誰の目にも明らかだったはずです。

　ぼくは部屋にあった医学雑誌で稔典さんの病気について調べました。脱皮後の外皮についた膿は、硬化して接着剤のようになるそうですね。稔典さんの脱皮後の身体にもこの膿はべったりとついていたでしょう。稔典さんが脱皮直後だった場合、トレーラーハウスを直立させても、稔典さんはベッドマットにくっついて動かないはずです。これでは墜落死させることができません」

「確かに。おれを殺したかったのなら、犯人はあと一日、脱皮が終わるのを待ったはずだな」

　ノエルは頷いた。

「ですから犯人は、人違いではなく、クモオさんを殺すためにこのトリックを使ったことになります。

　とはいえマルマルさんやリカさんは、クモオさんとあなたが部屋を交換したことを知りませんでした。トレーラーの窓は磨りガラスですから、犯人が偶然、二人の移動を目にしたとも思えません。ただでさえ虫の多い森の中なのに、網戸のない窓を開け放して寝ることもないでしょう。よってあのトレーラーにクモオさんがいることを知っていたのは、部屋を交換した張本人である稔典さんだけだったことになります」

「面白い推理だな」

　稔典が腕組みして不敵な笑みを浮かべる。動揺を気取られないよう、余裕のある態度を取り繕っているのだろう。

「クモオさんを殺すことができた人物はあなたのほかにいません」

「なぜそんな奇天烈な方法で団長を殺さなきゃならないんだ？　あんなオヤジ、バールでぶん殴っちまえばイチコロだろ」

「事件を転倒事故に見せかけるためでしょうね。本来の計画では、クモオさんが暮らしていたトレーラー、つまりこの部屋が犯行現場になるはずでした。ご覧の通り、ここは物の少ない殺風景な部屋です。トレーラーを直立させても部屋の様子はほとんど変わらないでしょう。玄関の辺りにクモオさんが倒れていたら、転んで頭を打ったようにしか見えなかったはずです。

　でも犯行当夜、あなたはクモオさんと部屋を交換することになってしまった。あなたの部屋は本や服が多く、トレーラーを直立させればぐちゃぐちゃになってしまいます。これでは転倒事故に見せかけることはできません。しかしあなたは、ある事情により犯行を延期することができなかった。そこでやむをえずトリックを実行した結果、クモオさんが殺されたことが明らかな現場ができあがってしまったというわけです」

「なぜ犯行を延期できなかったんだ？　次の日でも同じだろ」

「あなたは事件の日の夜に焦点を定めて犯行の準備を進めていた。だから殺害を先延ばしにできなかったんです」

「もったいぶるなよ。何が言いたいんだ？」

稔典がテーブルに身を乗りだす。ノエルはごくりと唾を飲んだ。

「トレーラーハウスを動かすトリックを実行するには、まずトレーラーの先頭についているフックにロープを引っかけ、その先を屋根から垂らして自動車につなげなければなりません。脱皮中のトカゲ病患者は、全身から接着剤のような膿をまき散らしています。現場の周りを動き回れば、どうしたって痕跡が残ってしまう。先ほどの話と矛盾するようですが、あなたが犯人である以上、この日、本当に脱皮をしていたとは思えません。あなたは自分が脱皮したように見せかけることで、間接的なアリバイを作ろうとしていたんです」

「寝言は寝て言え。団長の死体が見つかった朝、お前もおれの身体を見ただろ」

「はい。あれは間違いなく脱皮後の身体でした。とはいえ脱皮が事件の夜に行われたとは限らない。あなたは事件の前日までに脱皮を済ませていながら、ショーに使う偽物の皮を着て、まだ脱皮していないように見せかけていたんです」

「偽物の皮？　よく知ってるな」

稔典の顔に動揺の色が浮かんだ。ノエルは思わず拳を握り締める。

「殺害現場を調べていたとき、衣装棚にかかっているのを見つけました。トカゲ病の患者は脱皮の日が近づくと、皮が膨れ、表情や動作もぎこちなくなります。この状態を見慣れていた団員たちは、あなたが何食わぬ顔でスーツを着ていても、脱皮が近づいているとしか思わなかった。事件の翌朝にスーツを脱げば、この日の夜に脱皮を終えたように見えるというわけです。

とはいえ実際の脱皮の日から時間が空き過ぎると、新しい皮ができて風貌が変わってしまう。だからあなたは犯行を延期することができなかったんです」

「都合の良い屁理屈だな」

「カンチくんを殺したのもあなたです。あなたは河原で死体を見つけたとき、『どうしてこんなところに』とつぶやいていましたね。あなたはカンチくんが鳥に啄まれていたことよりも、カンチくんのいた場所に驚いていたんです。

もともとあなたは、河原ではなく、もっと見つかりにくい山奥に赤ん坊を放置したんでしょう。でもエサを見つけた野生動物がそれを河原に運んでしまった。だからあなたは思わず『どうしてこんなところに』と洩らしてしまったんです」

「勘弁してくれよ。こじつけもいいところだ」

稔典はそう言いながら立ち上がると、戸棚からウィスキーボトルを取り出した。いやな予感がする。ノエルはとっさに腰を上げ、クレセント錠を外して窓を開けた。

「何だよ。逃げんのか?」

稔典はボトルを握り締め、ゆっくりと間合いを詰めてくる。根が生えたように脚が動かなかった。

「その瓶を置いてください」

「嫌だね。酒でも飲まなきゃやってられねえよ」

「い、今まで黙っていましたが、ぼくは警察ともつながっています」

「あんまりバカにするなよ」

稔典がボトルを右手に持ち替えたそのとき、外から少女の悲鳴が聞こえた。

「どうした?」

稔典が広場に向けて叫ぶ。返事はない。稔典はボトルをテーブルに置き、億劫そうに玄関から外へ出た。ノエルも背中を追いかける。

広場に出ると、舞台の前でリカが尻餅をついていた。視線の先を見ると、コンテナのシャッターが半開きになっている。中で何かを見つけたのだろう。

「またかよ」

稔典が唸るような声を出して、リカのもとへ駆け寄った。ノエルも背後に近づき、シャッターの向こうを覗き込む。

コンテナは倉庫として使われており、テントにポータブルチェア、のぼり旗、照明器具、ワイヤーロープ、ベニヤ板、段ボールなどがぎゅうぎゅうに詰め込まれていた。ノエルが監禁されていた、鳥籠みたいな檻も見える。

シャッターから一メートルほどのところに、水玉模様の刺青をした女がうつ伏せに倒れていた。

稔典はコンテナへ入ると、ゲロのついた女の腕を摑んだ。

「脈がない。マルマルが死んだ」

素っ気なく言って、わざとらしく両手を合わせる。

ノエルは慄然《りつぜん》としながら、同時に妙な感覚に囚われていた。目の前の死体とそっくりな女に、どこか別の場所でも会ったことがあるような気がしたのだ。

土木工事の現場で出会った作業員たちの顔を思い浮かべる。手足にタトゥーを入れた者はたくさんいたが、顔にまで大量の刺青を入れた女には心当たりがなかった。

何かの錯覚だろうか。

「外傷はない。毒殺だな」

稔典の言葉がノエルを現実に引き戻した。

他人事のように言っているが、マルマルに毒を盛ったのは稔典とリカの二人だろう。マルマルはノエルの忠告を忘れて毒の入ったビールを飲み、倉庫へ物を取りにきたところで中毒症状を起こして倒れたのだ。リカはマルマルがこうなることを知っていたはずだが、予期せぬタイミングで死体を見つけ、思わず悲鳴を上げてしまったのだろう。

ノエルはとっさにコンテナへ駆け込み、両手でのぼり旗を摑んだ。稔典は首の裏を掻きながらそれを眺めている。

「この人、何やってんの？」

リカが困惑した顔で尋ね、

「こいつはな、おれが犯人だと思い込んでるんだ」

稔典が退屈そうに答えた。

「ぼくは知っています。あなたたちがマルマルさんに毒を盛ったことを」

ノエルはそう言ってのぼり旗を突き出した。

「毒って、ゲリゲロ薬のことか」

「ゲリゲロ薬？」

予想していない言葉だった。

「昔、学校で流行っただろ。飲むとうんこが止まらなくなる、あれだよ。飲みかけのビール瓶にゲリゲロ薬を入れたのは認める。マルマルがろくに稽古をしないで酒ばっかり飲んでるから、お灸を据えてやろうとしたんだ」

「違う。あなたたちは致死性の毒を盛ってマルマルさんを殺したんだ」

「聞いたか？　さっきからずっとこの調子なんだよ。参っちまうだろ」

稔典がため息を吐きながらノエルに近づいてきた。まずい。ノエルがのぼり旗をめちゃくちゃに振り回すと、稔典は腰を低くしてそれを避け、ノエルの腹を蹴った。肉を抉るような痛みとともに視界が横転した。

「やっちゃえ、そんなチビ」

少女の嬉しそうな声が聞こえる。

ノエルは這々《ほうほう》の体《てい》でコンテナを出ると、広場を突っ切り、トレーラーハウスに駆け込んだ。肩で息をしながら錠を閉め、リビングに蹲《うずくま》る。

顔を上げると、磨りガラスの向こうに男女の影が見えた。窓を割って殺しにくるかもしれない。ノエルはキッチンの棚から包丁を取り出し、右手で強く握り締めた。トレーラーを転がされた場合に備え、左手でベッドの手すりを摑んでおく。

十分ほど経《た》つと、窓の向こうから人の気配がなくなった。すぐにノエルを殺すつもりはないらしい。とはいえトレーラーを出る度胸もなく、ノエルは部屋の中で息を潜めるしかなかった。

6

踏々岳を豪雨が襲った。

ノエルは天井を叩く雨音を聞きながら、中学生の一時期、自宅に籠っていたときのことを思い出していた。食糧はすでに底をついているが、母が知ったような顔でアドバイスをしてこないだけあのころよりは快適かもしれない。いずれ部屋を出なければならないことは分かっていたが、全身が倦怠感《けんたいかん》に覆われ、ドアを開ける気力が湧かなかった。

クモオ、マルマル、稔典、リカ――団員たちの言葉を何度も反芻した。異常なことが起きているのは明らかだが、それにどう立ち向かえばよいのか分からない。ヒコボシの言いつけを守り、ノートに記録を残すだけで精一杯だった。

トレーラーに籠って六日目の夜。ノエルはリチウムと暮らしている夢を見た。透き通った青空のもと、心地よい風が木々の枝を揺らしている。リチウムはツルヤのベッドに寝そべって退屈なラジオに耳を傾けていた。ノエルはときおり同級生に憎まれ口を叩きながら、恍惚《こうこつ》とした気分でリチウムの横顔を眺めていた。

「――――」

目が覚めると、罪悪感がチクリと胸を刺した。このまま餓死したら、得体の知れない劇団に入ってまで檜山デンを殺そうとしたリチウムに顔向けできない。

ノエルはベッドを出ると、床の包丁を拾い、玄関へ向かった。足元がぐらぐら揺れているように感じる。錠を外し、転がるように階段を下りた。

広場には乳白色の霧が立ち込めていた。周りのトレーラーが廃墟《はいきょ》のように見える。人の気配はない。

舞台に目を向けると、男がうつ伏せに倒れているのが見えた。

おそるおそるコンテナへ近づく。男の頭はぱっくりと裂けていた。カーキ色のロングコートが身体に張りついている。稔典だろう。

右袖の階段を上り、舞台の中央へ向かう。死体は頭頂部を殴られたらしく、皮が裂けて頭蓋骨が覗いていた。近くに凶器は見当たらない。かなりの出血があったはずだが、雨に洗い流されたのか血痕も残っていない。肌は赤く腫れていて、脱皮後の状態が数日前よりも悪くなっているように見えた。

ふいに刺激臭が鼻を突く。クモオがウィスキーグラスを拭いたとき、ハンカチに染み込ませていたアルコール消毒液と同じ臭いだ。でもあの男はもう死んでいる。

辺りを見回しても、臭いのもとは分からなかった。

ノエルの身に覚えがない以上、稔典を殺したのは残る一人、リカということになる。するとカンチを殺したのもあの少女だったのか。だがカンチが姿を消した際のリカのうろたえた様子は、とても演技には見えなかった。稔典がカンチを殺し、それに気づいたリカが稔典に復讐した――そんなところだろうか。

舞台の上から広場を見渡し、ふと違和感を覚えた。トレーラーの配置が以前と変わっているような気がする。

霧に沈んだトレーラーに目を凝らし、息を呑んだ。向かって右手、リカの暮らしていたトレーラーが、わずかに西へ傾いていた。

ノエルは階段を下りると、包丁を握り締めたまま、リカのトレーラーへ向かった。磨りガラスの向こうに人影は見えない。階段を上り、おそるおそるノブを捻る。ドアが手前に開いた。

「うわ」

目の前でミミズの少女が死んでいた。

高いところから墜落したらしく、顔がぐちゃぐちゃに潰れている。ヨガの鳩《はと》のポーズみたいに、左脚が背中側にねじれていた。

死体の周りにはガラスの破片が散らばっていた。いくつかは死体に突き刺さっている。左手には罅《ひび》の入った全身鏡が横向きに倒れていた。誰かがトレーラーを直立させ、落下した身体が鏡に激突したのだろう。

リビングには人形、ボール、ガラガラ、絵本などが散乱していた。ベッドに柵がついているのは、赤ん坊のカンチが落ちないようにリカが取り付けたからだろう。ベッドの上の天井にはアンパンマンの人形がぶら下がっている。つい十日ほど前まで、ここではリカとカンチが親子のように暮らしていたのだ。

足元の死体に目を戻して、ふと違和感を覚えた。

「……ガラスだ」

思わず声が洩れる。

犯人がトレーラーを直立させたとき、死体はもちろん、リビングにあった玩具も部屋の隅に集まっていたはずだ。その後、犯人がトレーラーをもとの向きに戻した際、玩具はふたたびリビングに散らばったのだろう。

だが鏡の破片だけは、なぜか死体の周りに集まったままになっていた。これはおかしい。トレーラーが直立したとき、この鏡はまだ割れていなかったのではないか。犯人がトレーラーをもとに戻した後、何らかの理由で鏡を割ったのだ。

「――――」

どれだけ頭を絞っても、ノエルに推理できるのはここまでだった。玄関に鏡があったところで犯人に不都合があったとは思えないし、鏡を使ったトリックも思い浮かばない。

ノエルはトレーラーを出ると、まだ夢を見ているような気分で広場を見渡した。

舞台とトレーラーに一つずつ死体が転がっている。リカが稔典を殺して自殺したのか、稔典がリカを殺して自殺したのか。経緯はどうあれ、可能性は二つに一つだ。

だがトレーラーを直立させて人を墜落死させるトリックは、誰かが自動車を運転し、トレーラーを引っ張らなければ実行できない。かといって稔典の死体の近くに凶器が見当たらなかった以上、あの男も自殺ではなく、誰かの手で殺されたことになる。

ノエルは握り締めた包丁に目を落とした。可能性はもう一つある。自分が無意識のうちにトレーラーを出て二人を殺していたとすれば、すべての辻褄《つじつま》が合うのではないか。

自分が自分でなくなったような恐怖を感じ、ノエルは思わず包丁を放り捨てた。

＊　＊　＊

ワラビの葉が風に揺れている。

踏々村の民家の軒先に日焼けした老人を見つけたとき、ノエルはようやく別の世界から舞い戻ったような安堵感を覚えた。ジープの窓を開けると、老人たちの朗らかな話し声が聞こえた。

ノエルは身を縮ませて公衆電話ボックスへ入ると、入金口に硬貨を押し込み、覚えていた番号に電話をかけた。祈るような気分で受話器を耳に押しつける。発信音が十数秒続いた後、

「どうした死体。元気そうだな」

ヒコボシの陽気な声が聞こえた。強風が吹いているらしく、ザラザラした雑音が鳴り続けている。

「大変なことになりました。水腫れの猿の団員が全員殺されてしまったんです」

「そうか。よくやったな」

「……は?」

「お前はリチウムの仇討ちのために踏々岳へ乗り込んだんだろ。あいつを食い物にしたやつらが全滅したんだ。大手柄じゃねえか」

「待ってください。ぼくは犯人じゃありません」

ノエルは受話器を握り締めて叫んだ。

「落ち着けよ。劇団を憎む無法者の男が宿営地に現れた翌日、団長のクモオが殺さ

れた。無法者はいったん宿営地を離れたが、数日後にふたたび戻ってきた。その日から立て続けに殺人が起こり、団員は全滅。どう考えても犯人はこの無法者、つまりお前だ」

「そ、そんな――」

反論しようと口を開いたが、続く言葉が出てこなかった。電話ボックスの床にへなへなとくずおれる。

「まあいい。事件の記録はちゃんとつけたか？」

「はい。走り書きですけど」

「十分だ。今からお前をパーティに招待してやろう」

「ぱ、パーティ？」

誰かが電話ボックスのドアを開けた。

絶句したまま後ろを振り返る。

「とっておきのサプライズプレゼントがあるんだ」

ヒコボシが不敵な笑みを浮かべて、口から煙を吐き出したところだった。

7

なだらかな山並みがゆっくりと後ろへ流れていく。

東北自動車道を疾走する、時速百三十キロのセダンの後部座席。ヒコボシはノートを捲りながら、ニヤニヤと品のない笑みを浮かべていた。唇の端に口角炎《こうかくえん》みたいな瘡蓋《かさぶた》ができているが、機嫌は上々らしい。

「ヒコボシさん、このドライブって残業ですか」

運転席の若い男がフロントミラーごしにヒコボシを見て尋ねる。男はTシャツにスウェットという勤務中の警察官らしからぬ格好をしていた。

「これはバカンスだ。先輩のプライベートに付き合うのも良い勉強になる」

「署長に報告書を出しておきますね」

「アホ。痴漢でも捕まえたらお前の手柄にしてやるから。それでチャラにしろ」

「分かりました」

男は抑揚のない声で応えると、無表情のままアクセルを踏み込んだ。観光バスや大型トラックが次々と後ろへ流れていく。

ヒコボシはノエルの手記を読み終えると、満足げにノートを閉じた。

「よく書けてる。大耳蝸牛に惚れてただけのことはあるな」

「はあ。ありがとうございます」

「でもお前のヘボ推理は余計だ。クモオを殺したのは稔典じゃない」

ヒコボシがこともなげに言うので、ノエルは文句を言いたくなった。

「なんでそんなことが言えるんですか」

「犯人を知ってるからだよ。お前の推理は見当違いもいいとこだ」

「じゃあ、ぼくの推理のどこが間違ってるんですか？」

ノエルが食い下がると、ヒコボシは呆れた顔でノートを叩いた。

「よく読んでみろ。自分で書いた文章に稔典が犯人じゃない証拠が残ってる」

「何のことですか」

「クモだよ。クモオの死体が見つかった朝、お前は現場のトレーラーでオオジョロウグモを見てる。でもその十日後、推理を披露するべく稔典のトレーラーを訪ねたときには、玄関マットにオオジョロウグモの死骸が落ちていた。どちらもドクロの模様があったから、このクモは同じ個体だ。どうしてこいつはとなりのトレーラーへ移動したんだろうか？」

「そんなの気まぐれですよ。クモに聞いてください」

「違うね。ハエトリグモに大騒ぎしていたクモオが、動き回るオオジョロウグモを無視できるはずがない。クモオが稔典と部屋を交換した時点で、このオオジョロウグモは死んでいたはずだ。よって気まぐれに部屋を移動することはない」

「たまたまベッドの下に隠れていて、クモオさんが気づかなかったのかもしれませんよ」

「この部屋には二匹のゴキブリがいた。オオジョロウグモがご存命なら、こいつらを放っておくはずがない。ゴキブリどもがピンピンしてたことが、あの時点でオオジョロウグモが死んでいた何よりの証拠だ」

「なるほど」ノエルは唸り声を上げた。「確かに不思議ですね。稔典さんが現場のトレーラーからクモの死骸を持ち帰ったんでしょうか」

「まさか。稔典だってクモは嫌いだったんだろ。脳味噌を入れ替えない限りそんな真似はしないはずだぜ」

「じゃあどうしてクモは移動したんです？」

「稔典が自らクモを持ち帰ることはありえないが、気づかないうちにクモを運んでしまうことはありえる。脱皮直後のトカゲ病患者の身体にはひどくべたついた膿がついているからだ。稔典が現場を調べようとトレーラーに入ったとき、ロングコートの裾にでもクモの死骸がくっついちまったんだろう。その後、となりのトレーラーへ戻ったところで、膿の粘着がなくなって死骸が落ちたんだ。

するとクモオの死体が見つかった七時過ぎの時点では、稔典の膿にはまだ粘着があったことになる。膿の組織は脱皮から四、五時間で壊死するから、稔典が脱皮したのがクモオと部屋を交換した深夜二時よりも後だったのは間違いない。だがお前も言った通り、いつ膿が垂れるか分からないような状態でクモオを殺せば、現場に痕跡が残ってしまうはずだ。膿の粘着によってクモが移動している以上、偽物の皮を使って脱皮したように見せかけていた、ということもない。よってこいつはクモオを殺した犯人ではありえない」

ヒコボシはそこで言葉を切ると、レジ袋から缶チューハイを取り出し、景気よく喉へ流し込んだ。

「それじゃあ誰がクモオさんを殺したんですか？」

「慌てんなよ。お前も稔典に言ってたように、犯人はクモオと稔典のどちらを殺そうとしていたのか、これが問題だ。犯人がクモオを狙ったとすれば、犯人は部屋の入れ換えを知っていた稔典に限られる。だがこの可能性はすでに否定した通りだ。よって犯人は稔典を殺そうとしていたことになる。

とはいえトレーラーを直立させて人を墜落死させるトリックは、脱皮直後のトカゲとは相性が悪すぎる。なぜ犯人はこんな悪手を選んだのか。それは稔典がトカゲであることを知らなかったからだ」

「そんなやついるんですか？」

「いるだろ。事件の前日にのこのこと踏々岳へやってきて、稔典をよく見る前に檻に閉じ込められちまったやつが」

ヒコボシが茶化すような笑みを浮かべる。ノエルはむきになって口を尖らせた。

「納得できませんね。どうしてそいつは、ろくに知りもしない稔典を殺そうとしたんです」

「おいおい白を切るのかよ。犯人が稔典を殺そうとしたのは、稔典が水腫れの猿の団員だったからだ。稔典が犯人に狙われたのは確かだが、稔典だけが狙われたわけじゃない。犯人は水腫れの猿の団員を皆殺しにしようとしたんだよ。こいつはすべてのトレーラーを直立させて、団員を一人残らず墜落死させようとした。だがいくつかの事情が重なった結果、クモオ以外の団員を殺すことができなかったんだ。

まずは稔典。こいつはさっきから説明してる通りだ。脱皮直後の稔典の身体には大量の膿がついていて、トレーラーを直立させてもベッドにくっついたまま動かなかった。部屋が傾いても目覚めなかったのは睡眠薬が効きまくってたからだろう。

次にリカとカンチのミミズ姉弟。こいつらが眠っているベッドには柵が取り付けてあった。赤ん坊のカンチが床へ落ちないようにリカが拵《こしら》えたものだ。これではトレーラーを直立させたところで、二人がベッドから落っこちることはない。カンチは目を覚ましたかもしれねえが、リカが起きなかったのはやっぱり薬の効果だろう。最後がマルマルだ。こいつはほかの団員とは事情が違う。トカゲでもないしベッドに柵もないはずだから、トレーラーを立てれば墜落死は避けられない。犯人は団員を皆殺しにしようとしていたにもかかわらず、こいつのトレーラーには手を出さなかったんだ。クモオとの面接の前に話しかけてくれたのが嬉しかったんじゃねえかな。童貞の中学生が消しゴムを取ってくれたブスの女を好きになるようなもんだ。犯人はマルマルにゲリゲロ薬を盛った二人が出て行くところを見ていたから、そこが彼女のトレーラーであることも知っていた。

もう反論はないだろ。稔典がトカゲであることを知らなかった犯人とは、お前だ。クモオはあれこれ言い訳していたようだが、あいつが写真をばら撒いてリチウムを死なせたことに変わりはない。お前は仇討ちのために水腫れの猿を皆殺しにしようとした。クモオを殺した犯人は、お前だ」

ヒコボシは一気呵成《いっきかせい》に言うと、缶に残っていたチューハイを旨そうに飲み干した。運転席の男もほくそ笑んでいる。どうやら二人ともノエルのやったことを見抜いていたらしい。ノエルは尻の辺りがむず痒《がゆ》くなった。

「確かにぼくがやりました。でも、ぼくがやったのはそれだけです」

「知ってるよ。お前は赤ん坊を鳥のエサにしたり、人間の脳天を直にカチ割ったりできるようなタマじゃない」

　掌で唇を拭きながら、ヒコボシは平然と言う。

「クモオさん以外の団員を殺したのは誰なんですか？」

「それはパーティまでお楽しみだ」

「いったい何のパーティですか？」

「お見合いパーティかな。おれの最高の相棒をお前に紹介してやる」

「……は？」

「今はここまでだ。今度はおれの質問に答えろ」

「はあ。何ですか」

「お前、事件の夜、檻に閉じ込められてたんだろ。どうして外へ出られたんだ」

　心臓の鼓動が大きくなった。

「それは、ちょっと」

「何だ。言えよ」

　ヒコボシは缶の底でノエルの胸を突いた。

「マルマルさんが錠を外してくれたんです。ぼくと別れた後、部屋に戻ってビールを飲もうとしたら、かすかに異臭がしたらしくて。野良犬に舐めさせたら、泡を吹いて引っくり返ったそうです」

「そいつは冷や汗が出ただろうな」

「はい。それでぼくの言っていたことが正しかったと気づいて、こっそり借りを返しにきてくれたんです」

「なるほど。そりゃお前の殺意も吹っ飛ぶわけだ」

ヒコボシがシートにもたれて苦笑する。

照れ隠しに窓の外へ目を向けると、いつの間にか日が沈み、空に星が瞬いていた。

豆々市のはずれの人気《ひとけ》のない住宅街を十分ほど進んだところで、運転席の男は自動車を停めた。

そこにはくすんだクリーム色のアパートが立っていた。道路から見る限り、明かりの灯った部屋はない。看板には「メゾンドズズ」とあった。

「やるよ。ガソリン代とタクシー料金だ」

ヒコボシが財布から紙幣を取り出す。

「いいですよ。面白い自白が見られましたので。ぼくは満足です」

運転席の男が手を振った。

「そうか。オタクに評価してもらえて光栄だ」

ヒコボシは皮肉っぽい笑みを浮かべて財布をしまった。

ノエルは自動車を降りると、ヒコボシに連れられてアパートの玄関へ向かった。

コンクリートの壁は罅が目立ち、植え込みは雑草に覆われている。

「何ですか、ここ」

「おれの秘密基地だよ」

ヒコボシは素っ気なく言って、観音開きの扉を押し開けた。ロビーに足音が響き渡る。廊下を奥へ進むと、一つだけ明かりの灯った部屋があった。

「何をするんですか?」

「ホームパーティだよ。おれの最高の相棒を紹介しよう」

ヒコボシは錠を外すと、ノブを捻ってドアを開けた。

「最高の相棒——?」

部屋を覗いた瞬間、ノエルは小便を洩らしそうになった。

初めに目に入ったのは、臙脂色《えんじいろ》のフードをかぶったミミズの少女だった。胸にはミミズの赤ん坊を抱いている。赤ん坊は小さな腕を伸ばして少女の顔を撫でていた。

テーブルの向こうでは新品のロングコートを羽織った男が煙草をふかしていた。

顔のあちこちに治りかけの火傷みたいな痕がある。となりでビールをあおる女の顔には、水玉模様の刺青が入っていた。

「ゆ、ユーレイ?」

調子はずれな声が洩れる。

リカ、カンチ、稔典、マルマルの四人が同時にこちらを向いた。ヒコボシに霊感があるといういつかのジョークは本当だったのか。

数秒の沈黙の後、爆竹が弾けたみたいに笑い声が溢れかえった。

「そんなわけないだろ」

ヒコボシはノエルの腕を引いて部屋に入った。

「いいか。お前は猿田クモオを殺した。こいつはリチウムの写真をばら撒いて死に追いやった張本人だ。こいつをブチ殺したことには心からの賛辞を贈る。五億点だ。だがほかの団員たちまで殺す必要があるか？　こいつらはクモオに弱みを握られ、人生を奪われてきた。リチウムの死に責任がないどころか、リチウムと同じ目に遭ってきた被害者なんだ。だからおれは、こいつらを助けることにした」

「助けるって。そんなの、どうやって」

「知恵を使ってだよ。たとえ水腫れの猿が解散しても、こいつらはシャバに戻れるわけじゃない。マルマルはクソ宗教から金を借りて逃げたせいで、信者に居場所がばれたら確実に殺される。リカも保険金目当てのヤクザに両親を燃やされていて、組のやつらに居場所がばれたら命はない。旧華族の私生児のカンチは、存在が見つかっただけで週刊誌の餌食だ。稔典はチリで鉱山開発をしていたオヤジから莫大な遺産を相続したせいで、三年間で十二回殺されそうになったらしい。

クモオをブチ殺しても、こいつらを地獄に送ったんじゃ意味がない。だからおれは、こいつらを一度死なせることにしたのさ」

「一度死なせる?」

「鈍いやつだな。そっくりな死体と入れ替えて、死んだように見せかけたんだよ。その一。カンチに見せかけたのは、ミズミズ台で起きた殺人事件で犠牲になった、ミミズの乳児の死体だ。母親が捕まっちまって、おれが火葬場まで死体を運ぶことになったもんだから、ありがたくすねておいたんだ。ミズミミズに全身の肌を齧られていたおかげで、顔を見ても別人とは分からない。残りの肉をカラスやモズに食わせてやることで、あの森の中で死んだように見せかけたってわけだ」

「そんなはずありませんよ。あの死体を遺棄したのは稔典さんですよね。でないと『どうしてこんなところに』と言った理由が説明できません」

「あれはカンチのことじゃない。シジュウカラのことを言ったんだ」

笑みを堪《こら》えるように唇を歪めながら、稔典が答える。

「カラスやモズは哺乳類を食うこともあるが、シジュウカラは食わない。あいつらの好物は虫だからな。どうしてシジュウカラが赤ん坊の死体に寄ってきたのか分からなくて、あんなふうにつぶやいたんだ。

でも赤ん坊が死んだ理由を聞いて腑に落ちたよ。シジュウカラは赤ん坊の肉をつまんでたんじゃない。赤ん坊に食いついたミズミミズの死体をつまんでたんだ」

ノエルは「はあ」と頷くしかなかった。トカゲのくせに趣味がバードウォッチングとは妙な男だ。

「その二。マルマルに見せかけたのは、殉職したおれの同僚刑事の死体だ。こいつもいろいろと事情があって、同僚のおれがこっそり火葬場へ運ぶことになっていた。その死体を拝借して、コンテナの中に転がしておいたんだ」

「あんなに刺青まみれの刑事がいるんですか?」

「いねえよ。もちろん死後に彫ったんだ。おれの親戚に刺青の練習をしたがってるバカがいてね。そいつに頼んで水玉模様の刺青を入れてもらったんだ。死体に墨を入れんのは初めてだって喜んでたぜ。

もっとも顔そのものは変えられないから、お前がよく観察すれば別人と分かった可能性もある。だが多少の顔立ちの違いは水玉模様が覆い隠しちまうから、ばれる心配はまずないと踏んだんだ」

ノエルはふと、コンテナの中の死体を見たとき、どこか別の場所で会ったことがあるような感覚に囚われたのを思い出した。

「その同僚ってまさか、ネコ娘の刑事?」

「そうだ。お前がズズ団地の部屋で死んだふりをしていたとき、おれの推理に相槌《あいづち》を打っていた女だよ。あいつもまさか、墨まみれにされて山奥に持って行かれるとは思わなかっただろうな。

その三。リカに見せかけたのは、つぼつぼ温泉で死んだミミズの女子高生の死体だ。数日前に旅館が全焼する事件があって、おれはたまたまその現場に居合わせたんだ。二階から落っこちた死体を宿営地へ運んで、リカのトレーラーの玄関に転がしておいた。さらにトレーラーを少しずらしておけば、クモオが死んだのと同じトリックで墜落死したように見えると思ってね。壁に打ちつけたように見せかけて顔を潰したのは、別人であることを隠すため。鏡を割って死体の周囲にばら撒いたのは、女子高生が窓を突き破ったときに破片が刺さってできた傷をごまかすためだ」

ガラスの破片に囲まれた少女の死体が脳裏によみがえる。やはりあの鏡は偽装のために割られたものだったのだ。

「その四。稔典に見せかけたのも、つぼつぼ温泉で死んだトカゲ病の男の死体だ。灰皿で頭頂部をカチ割られていたから、そのまま踏々岳へ運んで舞台に転がしておいた。マルマルと同じで顔をよく見れば別人と分かっただろうが、脱皮後で赤い内皮が剝き出しになってたから、顔の違いに気づかれる可能性は低いと判断した。こいつは手がかからなくて楽だったな。

死体を見つけたとき、お前が嗅いだ刺激臭の正体は、消毒液のマロキンだ。クモオが使っていた消毒液は関係ない。この男は剝がれた皮膚から黴菌《ばいきん》が入らないように、いつも身体にマロキンを塗りたくっていた。ドブ川で釣った魚が臭くて食えないように、長年染みついた臭いってのは取れねえもんなんだな」

ヒコボシが愉快そうに肩を持ち上げると、団員たちもゲラゲラと笑い声を上げた。ノエルは仲間外れにされた小学生みたいな気分だった。

「……そんな手で騙せるのはぼくだけですよね。警察がドラマみたいに指紋や歯型を照合すれば、すぐに本当の身元が分かってしまうんじゃないですか」

「そりゃそうだ。だが何の問題がある？　死体のうち二つは、書類上はとっくに火葬されたことになってる。別の場所で死体が見つかったら怪奇現象だ。特徴が類似する死体が見つかったとしても、警察は別人として処理するしかない。残りの二つの死体はどっちも行方不明者のもんだから、団長がそいつらを勧誘して劇団に入れていたことになる。いずれにしたって、こいつらに捜査の手が及ぶことはない」

「ならどうして、ぼくにだけ事情を教えてくれなかったんですか」

ノエルが唇を尖らせると、ヒコボシはますます頰を緩ませた。

「犯人役が必要だったからだよ。おれの目的はこいつらを自由の身にしてやることだ。そのためにはクモオを殺すだけじゃなく、世間にこいつらが死んだと思わせなきゃならない。警察に偽物の死体を発見させて、団員の死体だと信じ込ませる必要があるんだ。

とはいえ警察もバカじゃない。他殺体があれば犯人を見つけようとする。死体を五つ転がしておくだけじゃシナリオが成り立たない。団員たちを皆殺しにした六人目の形跡を現場に残しておく必要があったんだ。

このノエ田という男は、水腫れの猿を心の底から憎んでいた。宿営地に乗り込んで団長を殺したのが何よりの証拠だ。犯人役としてこれ以上の適任者がいるとは思えない」

「それにしたって、ぼくにだけ隠すことはないですよ」

「そうはいかない。入れ替え用の死体を調達するのも大変なんだ。いつまでかかるかは運次第。そもそも踏々岳の宿営地は、決して閉ざされた場所じゃないんだ。踏々村のやつらがウサギ狩りの最中に宿営地を見つけちまう可能性もある。死体が揃う前に警察を呼ばれて、うっかり日本懲罰機構の刑務所に送られたらシャレにならない。そうなったら誰かを犯人に仕立ててトンズラするしかないだろ。だから お前には、死体が揃うまで踏々岳に残ってもらったんだ」

「ぼくはスケープゴートだったってことですか」

「いや。ちょん切るために用意したトカゲの尻尾だな」

ヒコボシはそう言ってノエルの肩を叩いた。褒められたのかバカにされたのか分からない。

「おれが自由になれたのはお前のおかげだぜ」

稔典が野太い声とともに煙を吐き出すと、

「正直、もっと早くばれるかと思ったけどね」

リカが子供らしい無邪気な笑みを浮かべ、

「ゲリゲロ薬のことも教えてくれてありがとう」

マルマルが肘で稔典の腹を突いた。

「でもな、おれは一つ言いたいことがあるんだ」

ヒコボシが唐突に眉を寄せ、ノエルに詰め寄る。

「どうしてクモオをあんなに簡単に殺した？　もっと煮るなり焼くなり抉るなり、やり方ってもんを考えろよ」

「クレームは後で」マルマルがヒコボシを押しのけ、ビール瓶を差し出した。「とりあえず乾杯。約束通り奢りでいいよ」

後始末

ヒョウタンの形をした池に綿雲《わたぐも》が映っている。ときおり肌を撫でる風が心地よい。

日曜日の昼下がり、ノエルはヒコボシと葛々《くずくず》市の霊園を訪れていた。

「お友達が会いに来たぞ」

ヒコボシはぼそりと言って、「リチウム之墓」と彫られた御影石に柄杓《ひしゃく》で水をかけた。ニケアなるホームセンターで買ったばかりの菊が風にそよいでいる。

「仇《かたき》を討ってくれて、リチウムも喜んでるはずですよね」

ノエルがつぶやくと、ヒコボシはひどく底意地の悪そうな笑みを浮かべた。

「リチウムがあの世でどう思っていようが、おれはあいつの死に少しでも責任のあるやつは全員地獄に叩き落とすつもりだったぜ。生きてんのはリチウムじゃなくておれだからな」

ヒコボシはそう言って、桶に残った水を芝生《しばふ》に捨てた。この常識外れな刑事も、自分と同じようにリチウムの死を背負って生きてきたのだろう。

「ヒコボシさん、何か隠してませんか？」

　桶の水を切る手が止まった。

「どういう意味だよ」

「だってヒコボシさん、団員のみんなを助けたじゃないですか。リチウムと境遇が似ていたとはいえ、あなたみたいな道徳の欠片もない人間が赤の他人を助けるなんておかしいですよ。彼らを助けたのには、何か別の理由があるんじゃないですか？」

　ノエルは勢いまかせに尋ねた。ヒコボシはタヌキに化かされたような顔をした後、ふいに自嘲めいた笑みを浮かべた。

「罪滅ぼしだよ。リチウムを本当に殺したのはおれなんだ」

「リチウムを……え？」

　ノエルは耳を疑った。

「真っ赤になった浴槽とケムシみたいな陰毛がいつまでたっても頭から消えねえんだ」

「何言ってるんですか？」

「あいつが浴槽で手首を切ったとき、おれは気づかずに風呂の湯張りをしちまったんだよ。おれが余計な真似をしなけりゃ、あいつは死なずにすんだはずなんだ」

「湯張り？」調子はずれな声が出た。「ヒコボシさん、リチウムを茹《ゆ》で死にさせたんですか?」

「お前は本当にバカだな。どうりでろくに自殺もできねえわけだよ」

「はあ。すいません」

「とにかく、リチウムに最後のとどめを刺したのはおれだ。だから復讐だけじゃなく、罪滅ぼしが必要だったんだ」

ヒコボシは桶を持ったまま小さく肩を落とした。

二人は焼香を済ませると、手を合わせて黙禱《もくとう》した。葬儀場からぽくぽくと木魚を叩く音が響いていた。

「お前と会うのもこれが最後だ。せいぜい長生きしろよ」

ヒコボシが神妙な顔で言ったそのとき、霊園に場違いな電子音が響いた。

「最悪だ」

ジャケットから携帯電話を出してつぶやく。嬉しくない相手から着信があったらしい。一分ほど話をして、苛立《いらだ》たしげに通話を切った。

「誘拐野郎のアジトが見つかった。身柄を押さえるのに人手が要るらしい」

「ひょっとして、絶頂ムーミーマンですか?」

ヒコボシが死体を手に入れた三つの事件については、先日のパーティで詳しく説明を受けていた。ヒコボシは頷きかけたところで首を横に振って、

「教えるわけねえだろ。おれは豆々署《ずず》へ行く。悪いが一人でタクシーを捕まえて帰ってくれ」

ぶつぶつ言いながら駐車場へ姿を消した。

ノエルは腰を屈め、リチウムの墓にもう一度手を合わせた。木魚の音に続いて、坊主の読経が聞こえてくる。

瞼を閉じても、リチウムの顔はもう浮かんでこなかった。

＊＊＊

目を開けると、クスノキの向こうに喪服の少女が見えた。

少女は紙袋からおまんじゅうを取り出し、墓石の前の拝石《はいせき》に並べていた。赤く腫らした目尻に涙の跡が残っている。高校生くらいだが均整の取れた顔立ちで、うなじから艶っぽい色気が漂っていた。

ふと自分の股間に触れる。ちんちんが勃起していた。気づけば三週間近く射精していない。行き場のない精子でキンタマがパンパンに膨らんでいた。

「痛っ！」

背後から甲高い声が聞こえ、ノエルは腰を抜かしそうになった。

振り返ると、小学生くらいの少女が転んで尻餅をついていた。目元が先ほどの少女と似ている。姉妹で墓参りに来たのだろう。少女は身長の半分くらいある花束を抱えていて、それが白磁器みたいにつややかな肌を引き立てていた。

気づけば心臓が猛烈に胸を打っていた。墓地を見回してみても、ほかに人影は見当たらない。踏々岳であれだけ恐ろしい目に遭ったのだから、少女を一人襲ったくらいで罰は当たらないのではないか。

とはいえほかの墓参客がいつ来ないとも限らない。欲張って二人を犯そうとして、その間に警察を呼ばれたら本末転倒だ。二兎《にと》を追う者は一兎をも得ず。襲えるのはどちらか一人だけだ。

大人になりかけた姉か、何も知らない妹か。

「――――」

ノエルは舌打ちを呑み込んだ。もし妹を犯そうとすれば、姉は葬儀場やニケアへ助けを呼びにいくだろう。冷静に考えると選択肢は一つしかない。

「お姉ちゃんだな」

ノエルはズボンの上からちんちんの先っぽを撫《な》でると、足音を殺して大きいほうの少女の背後へ歩み寄った。少女はため息を吐《つ》きながら、おまんじゅうが入っていた紙袋をたたんでいる。

「きゃっ」

　振り向いた少女が悲鳴を上げる。ノエルは少女を押し倒すと、思い切り顔を殴った。鼻から湧き水のように血が噴き出す。少女は両目をひん剥いて唇をぴくぴく震わせた。

「やめてください」

「黙れ。すぐ終わるから大人しくしてろ」

　ノエルは手早くベルトを外し、パンツからちんちんを出した。少女のスカートをたくし上げ、ピンク色のパンツを引き摺《ず》りおろす。あどけない風貌からは思いもよらない、毛ガニみたいな陰毛があらわになった。汗と尿を混ぜたような臭いが鼻を突く。

　その瞬間、ノエルは妙な感覚を覚えた。

　墓場、押し倒された少女、男のちんちん――。これとよく似た光景をどこかで見たことがあるような気がしたのだ。

　デジャブの正体にはすぐに思い至った。クモオがばら撒いた、リチウムと楢山デンのハメ撮り写真だ。ノエルは大人になってから、あの写真を何度か週刊誌で目にしていた。

　葛々市内に墓地は一つしかない。二十二年前にデンがリチウムを犯したのもこの場所だろう。あの忌々しい写真に切り取られた瞬間が、目の前の光景に重なって見えたのだ。

自分はデンと同じ穴のムジナだったのか？　もちろんそんなはずはない。デンはリチウムを犯して心に深い傷を負わせたのだ。自分は踏々岳で恐ろしい目に遭った帳尻合わせに、ちょっとしたご褒美をもらおうとしているに過ぎない。

「――――」

あらためて少女の股間を見下ろし、小さく首を振った。

問題はそんなことではない。妙な感覚の正体はデジャブだけではなかった。

あのハメ撮り写真には一つ、説明のつかない点が残っている。リチウムの下腹部だけがカラーペンで塗り潰されていたことだ。

かつてモザイクは、こんな無粋な真似をするのはぺんぎんの回し者くらいだと鼻息を荒らげていた。古い友人にならって、カラーペンで写真を塗り潰した人物をぺんぎんと呼んでみる。このぺんぎんの正体は誰か。考えられるのは、リチウムを犯した張本人であるデンか、写真をばら撒いたクモオのどちらかだろう。

とはいえデンがぺんぎんとは考えづらい。彼ならリチウムの股間よりもまず自分のちんちんを隠すはずだが、写真の中のちんちんは剝き出しのままだった。この男に自分のちんちんを周囲に見せたがる嗜好があったのなら話は変わってくるが、彼にその手の趣味はない。ミミズの乳児が殺された事件の捜査でヒコボシが美々津サクラに話を聞いた際、かつてデンと交際関係にあった彼女がそう答えていたという。

かといってクモオはハメ撮り写真をばら撒いてリチウムにお灸を据えようとしたのだから、股間を塗り潰すのは逆効果だ。恥をかかせようとしている相手のために、わざわざ陰部を隠してやる理由などない。

ではぺんぎんはなぜ写真に手を加えたのか。考えられる可能性が一つある。ぺんぎんの狙いは性器を隠すことではなく、リチウムの股間にあった別の何かを隠すことだったのではないか。

思春期を迎えた少女のアソコは、一年足らずで大きく変化する。陰毛が生えるからだ。

ヒコボシによれば、リチウムが手首を切って自殺したとき、彼女の股間にはケムシみたいな陰毛が生えていたという。だがハメ撮り写真に写ったリチウムの股間は、まだ毛が生えておらずツルツルだったのではないか。パイパン好きのデンが無理やり毛を剃った可能性もあるが、いずれにせよ事情は変わらない。

この場合、ノエルが初めに考えた筋書き――リチウムの逃亡を知ったクモオが、デンにリチウムを襲わせたという可能性はなくなる。リチウムが水腫れの猿の稽古に参加したのは二週間ほどで、ハメ撮り写真がばら撒かれたのは逃亡の三日後、リチウムが自殺したのはさらにその二日後だ。ツルツルに剃った陰毛が元に戻るには一か月はかかる。自殺した時点で毛がびっしり生えていた以上、入団より前に写真が撮られていないと時間の辻褄が合わないのだ。

もちろんリチウムの死体を目にした人物はわずかだろう。だが彼女の股間を見たことのある者はほかにもいた。リチウムは生前、身体についた垢を落とすために、となりまちの銭湯へ通っていたからだ。ミミズの姿はいやでも記憶に残る。リチウムの裸を見た常連客がハメ撮り写真を見たら、しばらく前に撮ったものだと分かってしまう。これはぺんぎんにとって都合が悪かった。ぺんぎんはリチウムの股間を塗り潰すことで、写真がしばらく前のものだということを隠そうとした——言い換えれば、つい最近撮られたものだと勘違いさせようとしたのだ。

ではぺんぎんの正体は誰で、何のためにそんな工作をしたのか。ここで新たなぺんぎんの条件を加えることができる。写真にツルツルの股間が写っていては支障があると考えた以上、ぺんぎんはその時点でリチウムの股間がツルツルでないことを知っていた人物ということになる。

これには明らかに当てはまらないのがクモオだ。団長のクモオはサルにしか欲情しない変態だから、団員に手を出すことはなかったはずだ。トレーラーハウスには個別にユニットバスがついているから、稽古中にリチウムの裸を見ることもない。

よってこの男はぺんぎんではない。

ならばぺんぎんはデンだったのか。ハメ撮り写真が残っている以上、デンがリチウムと肉体関係を持ったことがあるのは確かだ。だがデンは筋金入りのパイパン好きで、交際相手には必ずパイパンを強要していた。自殺したリチウムに陰毛がびっしり生えていた以上、この時点での二人は性行為を行うような関係ではなかったことになる。すなわちデンも、リチウムの股間に毛が生えていたことは知らなかったはずだ。よってこいつもぺんぎんではない。

ふたたび同じ疑問にぶちあたった。写真に手を加えたぺんぎんは誰か？　条件は二つ。写真を手にする機会があり、リチウムの股間を見ることができた人物だ。

ノエルはごくりと唾を飲んだ。条件を満たす人物が一人だけいる。

「――リチウムだ」

デンとのハメ撮り写真にカラーペンで落書きをし、それをクモオに差し出したのは、リチウム自身だった。これならすべて辻褄が合う。

クモオは団員たちの裏切りを防ぐため、彼らの秘密を握っていた。なぜリチウムはクモオの目的を知りながら、自らのハメ撮り写真を彼に渡したのか。葛々市では過去にもハメ撮り写真がばら撒かれる事件が起きていたから、リチウムにもことの顛末は予想できたはずだ。それでも写真を差し出したのは、自分が団長を裏切ることはありえないと考えていたか、写真をばら撒かれることを何とも思っていなかったかのどちらかだろう。とはいえろくに稽古もせずに劇団から逃走したことから、前者の可能性は否定できる。リチウムはハメ撮り写真をばら撒かれることを受け入れていた。いや、写真をばら撒かせるために、水腫れの猿を利用したのだ。

写真に収められていたのは、二人が合意の上で行った性行為の様子だったのだろう。リチウムはデンに惚れていたのだ。当初はデンもリチウムの好意を受け入れていた。やつはミミズの男を虐待する一方で、ミミズの女を愛する倒錯した嗜好《しこう》を持っていたのだ。

　ここにデンがツルヤに連れ込んでいた金髪の女を加えれば、うんざりするほど陳腐な三角関係が浮かび上がる。十中八九、あの女は美々津サクラだろう。そういえば彼女にも、白斑整形をしたミミズだという噂《うわさ》があるらしい。

　世間知らずでうぶなリチウムとは違い、デンは女たらしの色男だった。デンはすぐにサクラと関係を持つようになり、リチウムへの好意は冷めていってしまう。サクラに恋人を奪われたと感じたリチウムは、彼女にしっぺ返しを食らわせようと考えた。デンと自分のハメ撮り写真をばら撒くことで、二人の関係がまだ続いていると思わせ、サクラとの関係を破局に追い込もうとしたのだ。

だが写真をばら撒いているのをサクラやデン、あるいは彼の取り巻きたちに見つかったら目も当てられない。リチウムは自作自演を隠し、自分を被害者に見せかけるために、水腫れの猿を利用したのだろう。

もっともリチウムとデンが性行為に及んだのが過去のことだとばれてしまったら、サクラとの関係を壊すことはできなくなる。リチウムの狙いは、二人の関係が現在も続いていると誤解させることだった。だからリチウムは、念には念を入れて、自分の股間をカラーペンで塗り潰さなければならなかったのだ。

リチウムの企みは成功した。写真を見たサクラの怒りはリチウムへ向かい、彼女を取り押さえて口にミミズを詰め込むに至ったのである。

「リチウム、お前――」

耳の奥に、ツルヤで聞いたハエの羽音がこだました。

デンがサクラらしき金髪の女を連れ込んでいた以上、あの男もツルヤを知っていたのは間違いない。あそこはもともと、デンとリチウムの逢引きの場所だったのではないか。

ツルヤで過ごした日々の記憶がよみがえってくる。あのときすでに、リチウムはデンから相手にされなくなっていたのだろう。リチウムがノエルをツルヤに連れていったのは、自分に別の男がいることを見せつけ、デンを嫉妬させるためだった。

だがノエルを殺そうとしたのがデンだと知ったリチウムは、ノエルを助けたことがデンの不興を買いかねないと気づき、慌ててノエルの前から姿を消したのだ。

浴槽で手首を切ったのも、デンの気を引くためのパフォーマンスだったに違いない。だがうっかりカッターを深く刺し過ぎて、彼女は気を失ってしまった。さらに汗っかきな兄が浴槽に湯張りをしたばかりに、血液が凝固せずに失血死してしまったのだ。

輝いていた日々の記憶が、醜く歪み、崩れ落ちていく。結局のところ、リチウムの気持ちが自分に向いたことは一度もなかった。リチウムが追い求めていたのはデンだけ。自分はリチウムの掌で踊らされていたのだ。

ノエルは呆然と、喉の奥から込み上げてくるものを堪えるしかなかった。


「お姉ちゃん、どうしたの？」

背後から幼い声が聞こえ、ノエルは我に返った。

目の前の芝生に少女が倒れている。自分は彼女を犯そうとしていたのだ。ズボンから飛び出たちんちんがナメクジみたいに萎《しぼ》んでいた。

「お姉ちゃん、まだ帰らないの？」

妹の声が聞こえる。ノエルは気合を入れ直そうと、姉の陰毛にちんちんを擦りつけた。

「お姉ちゃんは今、取り込み中だ。あっちへ行ってろ」

ドスを利かせた声で妹に応える。花束が落ちる音が聞こえた。

「おじさん、ミミズ屋さん？」

冷や水を浴びたように背筋が寒くなった。

どこかで聞いたことのある台詞《せりふ》だった。頭を振り絞っても、どこで聞いたのか思い出せない。脳が思い出すのを拒んでいるようだった。

「……うるせえな。あっちへ行ってろ」

そう言って振り向いた瞬間、心臓が喉から飛び出しそうになった。少女のかたわらに三十過ぎの見知らぬ女が立っていたのだ。女の顔には世界地図みたいな形の濃いシミが浮かんでいた。

「あはは。びっくりしてやんの」

女が笑うと、北アメリカ大陸と南アメリカ大陸が潰れて一つになった。

ノエルは慌てて立ち上がろうとしたが、両足が地面から動かなかった。仰向けに倒れた少女がノエルの足首を摑んでいる。掌から粘液が滲み出ていた。

「どういうこと？」

ふいに前髪が後ろへ引っ張られる。思わず歯を噛み締めた直後、少女の顔がペンキをぶちまけたみたいに赤くなった。

「この人、全然覚えてないみたいだよ」

血まみれの少女はノエルの額の辺りを見つめている。おそるおそる目を上に向けると、ノエルの眉毛の上にサバイバルナイフが押し込まれていた。シミ女が頭の皮を剝がそうとしている。ナイフが左右に引かれるたびブチブチと肉の裂ける音が鳴り、目に、鼻に、口に、大量の血が流れ込んだ。

「すごい顔。せっかくの白斑整形も台無しだね」

少女は上半身を起こすと、皮の剝がれたところをサンドバッグみたいに殴った。頭蓋骨の内側を激痛が駆け抜ける。頭が溶けたみたいに首から上の感覚がなくなった。

「こんなもんでしょ」

女の楽しそうな声。墓石にかぶさった巨大な毛虫みたいなものが、自分の頭皮だと気づくのに十秒くらいかかった。

「……どうして」

にわかに肩と足首を摑まれ、身体が宙に浮かび上がった。二人の足音とともに、空がぐらぐらと揺れる。ノエルの身体を運んで、墓穴にでも放り込むつもりらしい。女たちから逃れようと必死に両手をばたつかせた。

「動いてるよ。気持ち悪いね」

「見て見て、水が赤くなってる」

「すごい。ミミズ屋さんだ」

女たちの歓声が聞こえる。何がなんだか分からない。

「せーの！」

掛け声に続いて、ノエルの身体は空中に投げ出された。世界がぐるりと反転する。目の前に広がった水面に、すさまじい数の環形動物が群れているのが見えた。ミミズミミズだ。

「死ね、レイプ野郎！　クソ人生お疲れさま！」

女の声が遠くから聞こえる。

ドボンと水に落ちる音。身体が水に沈むのと同時に、気の遠くなるような痛みが頭を襲った。唇を開くと、口から喉へミズミミズの大群が潜り込んでくる。熱湯を流し込まれたような痛みが体内を駆け巡った。

どうしてこんな目に遭わなければならないのか。

ノエルは最期の気力を振り絞って、弱々しく舌を打った。

解説

乾くるみ
（小説家）

この解説では、白井作品全般に通じる特徴をまず挙げた上で、その特徴が本書『お前の彼女は二階で茹で死に』ではどんなふうに顕《あらわ》れているかを考察する、という形で、論を進めていきたいと思っている。

さて、白井智之はデビューから七年間で九冊の本を著している。まずはそのリストを掲げておこう。

1『人間の顔は食べづらい』角川書店二〇一四・一〇→角川文庫二〇一七・八
2『東京結合人間』角川書店二〇一五・九→角川文庫二〇一八・七
3『おやすみ人面瘡』角川書店二〇一六・一〇→角川文庫二〇一九・九
4『少女を殺す１００の方法』光文社二〇一八・一一→光文社文庫二〇二〇・一二
5『お前の彼女は二階で茹で死に』実業之日本社二〇一八・一二→本書
6『そして誰も死ななかった』角川書店二〇一九・九→角川文庫二〇二二・一
7『名探偵のはらわた』新潮社二〇二〇・八

8『ミステリー・オーバードーズ』光文社二〇二一・五
9『死体の汁を啜れ』実業之日本社二〇二一・八

こうして並べてみると、改めて凄いなと思う。いやー凄い。

各タイトルの字面からは、怪奇映画やスラッシャー映画（しかもB級のそれ）を連想される方もいるかもしれないが、中身はあなたが想像している以上にグロテスクでありヘンテコである。どれを読んでも「何だコレ？」と言いたくなるような、異常な設定だとか展開だとかがあなたを待ち受けている。なのでそういうのが苦手な人が間違って読んでしまわないように（読者みずから選別するために）、刺激の強いタイトルを付けているのだと思っていただいても、それほど的外れではないだろう（この九冊の中では6や8がわりと無難そうに思えるが、たとえば8の場合、目次を開いてみれば二編目の短編のタイトル「げろがげり、げりがげろ」が目に飛び込んでくるので、油断がならないことはおわかりいただけるだろう）。『お前の彼女は二階で茹で死に』という過激なタイトルにめげずに本書を手に取り、この解説文にいま目を通しているあなたは、すでに白井作品に適した読者として選別されているのだ。

それは幸福なことである。なぜなら白井作品は総じて「優れた本格ミステリ」であるのだから。読まないと損するレベルで優れている。あなたにグロ耐性があるから、その「優れた本格ミステリ」が味わえるのだ。グロ耐性がなければこの優れた作品群を読むことも叶わない。何ともったいないことだろう。各編ともタイトルどおりにグロくてヘンテコで、だがそれでいて白井作品はいずれも、しっかりと理屈の通った優良な本格ミステリに仕上がっているという点は、いくら強調してもしすぎということにはならないだろう。

なので再度書く。超短編などを除けば、白井作品はすべて「謎－解決」の太い軸が物語の中心に置かれている。ジャンル読者からの評価も軒並み高く、年末の各種ベストテンの常連になりつつある白井智之は、本格ミステリ界の若手のホープなのだ。

白井が武器にしている特徴のひとつに「特殊設定」がある。われわれの住むこの現実世界とは異なったルールに支配された異世界や、あるいは現実をベースにしていても実際には存在しない奇病が蔓延《はびこ》っている状況を舞台にした作品が多い。本書でも冒頭から「ミミズ」と呼ばれる作中世界ではメジャーな奇病がまず描かれ、そこに「べとべと病」や「トカゲ病」といったマイナーな奇病が絡んでくる形で、特殊な設定が用意されている。そしてそれらがすべて、本格ミステリとしてのトリックやロジックに組み込まれているのだ。

白井が「優れた本格ミステリ」を書く上で武器にしているもうひとつの特徴が「多重解決」である。本格ミステリでは「犯人は誰か」といった謎に対する「唯一の解答」が、直観等ではなく誰もが納得できる論理によって導き出される点が、他のジャンルにはない特性として挙げられる。多重解決というのは、読者にいったん「これが唯一の解答だ」と納得させてから、それを作者みずからが論理的に否定した上で、別の解答を見せて「いや、これこそが唯一の解答だ」と改めて思わせるという難度の高い「技」につけられた名称で、通常の「唯一の解答」を論理的に導くことでさえ書くのが大変なのに、それを否定してその上をゆく別解を示す（さらにそれを二度三度と繰り返す）ことがどれほど難しいかは、論を俟《ま》たないであろう。

白井はそれを得意としている。長編で二度三度は当たり前、枚数の少ない短編でも最低一度は、別解を見せた上で真相を告げるという手続きを踏んでいる印象がある。これは今までの本格ミステリの水準からすれば、驚異的なレベルの高さである。

本書ではその「多重解決」にさらに縛りを設けている。それを説明する前に、まずは本書の構成をざっくり説明してみよう。全体を貫く筋があり、長編としての骨格を持った作品なのだが、最後の短い「後始末」を別にすると、本書は四つのパートにわかれていて、そのうち第一部から第三部に関しては、それぞれ独立した短編小説としても読むことができる。事実、最初の「ミミズ人間はタンクで共食い」は短編として雑誌に発表されたものである（長編化に際して一部加筆修正がなされている）。

第一部の冒頭、ミミズのノエルの視点で書かれた部分に「分岐」がある。その「分岐」が第一部において多重解決の切り替えスイッチの役割を果たすのである。〇〇〇する相手として誰を選んだかが真相の分かれ目になるのだ。こんなとんでもない着想を実体化した小説は他にない。誰も思い付かないし、たとえ思い付いたとしても実現するまでの難度が高すぎて、何をどう書いたら目標を達成できるかがわからない。それを白井智之は易々とやってのけている。

そして第二部である。読者はその冒頭を読んで、嫌な予感を抱くかもしれない。まさかそんな……。でもそのとおりなのだ。そして第三部でも……。それがいかに難度の高い挑戦であるかは、実作を試みたことがない読者でも想像は可能だろう。同業者の立場からすると、これは本当に凄いことだと言わざるを得ない。いくら「多重解決」を得意としていて自信があるからといって、まさかこんな目標を立てて実現してしまうとは。

白井作品の三つめの特徴としては、本稿の序盤からも繰り返し書いてきた「グロテスク」性が挙げられよう。奇病難病に由来するグロのみならず、汚物のグロあり、あるいは監禁や暴行といった精神的にきつい描写もありで、事前にある程度覚悟をしていても、読んでいてげんなりすることがままある。だが少なからぬ場合、白井作品においてそれらは重要な意味を持つ伏線だったりするのだ。本書を既読の読者は第二部における、汚物まみれの現場の状況が、犯人限定のロジックに見事に組込まれていた点を思い起こしてほしい。

あるいは白井作品におけるグロ性は、新本格第一世代からすれば親子ほど年の離れた若い作者が見出した、彼なりの戦略だったかもしれない。本格ミステリにおいて先例のあるなしは重要である。いくら優れたアイデアであっても、先例があっては充分な評価は得られない。今や還暦を迎えようという新本格第一世代は長く生きているぶん、大量のジャンル内作品を読んでいて、先例のあるなしは熟知しているのに対し、読書経験がその何分の一かしかない若手作家は、自作を発表するたびに、先例の見落としを危惧しなければならない。ところが奇病やゲロをトリックや手掛かりに使った先例は、調べずともほぼ無いことがわかっている。白井はそこに目を付けたのではないか。

ここで私自身の話をさせていただこう。私は綾辻行人の某長編を読んだときに、いやいや、犯人が使ったアイテムよりも目的に適った別のものがあるじゃん、というところからちょっとしたアイデアを思い付いたことがある。たぶん先例はないはずだ。だが私はそれを自作に活かすことができずにいた。そして白井の某短編に先を越されたのである。おそらく白井も私と同じ綾辻作品から、そのアイデアを思い付いたのではないか。

いや、そもそも私のデビュー長編『Jの神話』はグロ要素を含んだヘンテコな作品であり、他にも『嫉妬事件』など下ネタを含む作品を書いていて、そういった意味でも白井智之に対しては勝手な共感を抱いていた。しかし私はそういう路線以外の作品も書いている。『Jの神話』でデビューしたとき、これで下品なものから上品なものまで自由にものが書けるぞ、というアドバンテージを感じていたことを覚えている。上品側の代表例として北村薫を想定し、北村氏はたぶん自分で作り上げたイメージに縛られて、思い付いたネタを放棄することもあるだろうな、不自由だろうな、などと思ったりしていた（しかし北村の『盤上の敵』を読んだときに、自分の優位性など実はどこにも無かったんだと思わされたのはまた別な話だ）。

閑話休題。最後に白井作品の第四の特徴として「ユーモア」を挙げたい。白井作品に出てくる固有名詞はだいたいにおいて変である。本書でも第一部から抜き出しただけで、大耳蝸牛、ヒコボシ、オリヒメ、オシボリくん、リチウム、ミズミズ台、ズズ団地など、「固有名詞なんてテキトーに付けても大丈夫、ミステリの本質とは関係ないし」と割り切って付けられたと思しきものが頻出する。それが結果的に「グロ」を中和する「ユーモア」を生み出しているように思う。

というわけで白井智之は「特殊設定」「多重解決」「グロ」「ユーモア」を特徴とした作風で活動を続けている、というのが私見である（こういうレッテル貼りは、ジョン・ディクスン・カーに貼られた「密室」「オカルト」「ユーモア」という例のやつと同様、作風の分析を画一化してしまう弊害があるので、いずれは松田道弘的な誰かによって異論が唱えられるのが望ましい。いや、私自身は、白井の未来における実作によって打破されるのを望む気持ちがあるのだが）。

そう。自分の経験からすると、白井はもっと自由に何でも書けるはずだし、そういう道を選ぶこともできたはずである。しかし彼は今のところ、作風の幅を狭く取って活動を続けている。本格ミステリ作家の多くは、まるで猫のように、狭くて不自由な場所に閉じ込められることを良しとする習性を持っているように思う。その路線を続けるのは、執筆の難度という意味でも読者を選ぶという意味でも、荊《いばら》の道に違いないのだが、白井智之という才能が今のところは「その道」で輝きを放っているのも事実である。今後の活躍を見守りたい。

二〇一八年一二月　実業之日本社刊
文庫化に際し改稿しました。

本作品はフィクションです。
実在の個人、団体、事件等とは一切関係ありません。（編集部）

実業之日本社文庫　最新刊

阿川大樹
終電の神様　殺し屋の夜
反対方向の終電に飛び乗ったエンジニア、終電で赤子を捨てに行く女性——運命も罪も、終電が変えていく。累計五十万部突破のシリーズ待望の第四作。

あ134

安達 瑶
悪徳令嬢
理事長の不正が噂される私立大学を舞台に、巻き髪が美しい謎の令嬢と冴えない非常勤講師の凸凹コンビが真相に迫る、ブラックユーモア・ミステリー！

あ88

近衛龍春
武士道　鍋島直茂
死ぬことと見つけたり——「葉隠」武士道はこの漢から始まった！　秀吉、家康ら天下人に認められ、戦国乱世の九州を泰平に導いた佐賀藩藩祖、激闘の生涯！
こ62

櫻井千姫
ひとりぼっちの殺人鬼
「人を殺してみたかった」と親友を殺害した少女。彼女が隠し持つ本当の動機とはいったい…。心の闇に棲む孤独な殺意を追う、戦慄のヒューマンミステリー。

さ102

白井智之
お前の彼女は二階で茹で死に
自殺した妹リチウムの仇を討つために、刑事になったヒコボシ。事件の謎を解くのは女子高生探偵マホマホ。スラッシャー小説×本格ミステリ‼（解説・乾くるみ）
し91

実業之日本社文庫　最新刊

辻 真先
殺人の多い料理店
宮沢賢治の童話朗読会で「贋作」事件が発生。二か月後、参加者のひとりが変死した。可能克郎が調査を進めると……傑作長編、初文庫化！（解説・村上貴史）
つ5 2

貫井徳郎
追憶のかけら　現代語版
大学講師・松嶋は自殺した作家の未発表手記を入手。自殺の真相を究明しようとするが……。辿り着いた真実とは？ 圧巻のミステリ巨編！（解説・野地嘉文）
ぬ1 3

葉月奏太
酒とバイクと愛しき女
友人の墓参りをかねて、20年ぶりにツーリングへ出かける。爽やかな北海道で亡き友の恋人や、素敵な女性たちに出会い……。ロードトリップ官能の傑作！
は6 13

保坂祐希
人斬り美沙の人事査定帳
大手家電メーカーの人事部長は、『人斬り美沙』の異名をとる冷酷非情な絶対女王。彼女が社内の闇と不正を暴き、醜き悪を成敗する痛快エンタメお仕事小説！
ほ3 1

南 英男
毒蜜　残忍犯　決定版
マフィアか、ヤクザか…残虐すぎる犯行の黒幕は!?　旧友の新聞記者が首を切断され無残な死を遂げた。裏社会の無敵の始末屋・多門剛が真相に迫るが――。
み7 25

実業之日本社文庫　好評既刊

実業之日本社文庫　好評既刊

今野 敏
終極 潜入捜査〈新装版〉
不法投棄を繰り返す産廃業者は、テロ・ネットワークの中心だった。元マル暴刑事が、拳ひとつで環境犯罪に立ち向かう熱きシリーズ最終弾！（対談・関口苑生）
こ2 19

佐藤青南
白バイガール
泣き虫でも負けない！　新米女性白バイ隊員が暴走事故の謎を追う、笑いと涙の警察青春ミステリー！　迫力満点の追走劇とライバルとの友情の行方は――？
さ4 1

佐藤青南
白バイガール　幽霊ライダーを追え！
神出鬼没のライダーと、みなとみらいで起きた殺人事件。謎多きふたつの事件の接点は白バイ隊員――？　読めば胸が熱くなる、大好評青春お仕事ミステリー！
さ4 2

佐藤青南
白バイガール　駅伝クライシス
白バイガールが先導する箱根駅伝の裏で、選手の妹が誘拐された!?　白熱の追走劇と胸熱の人間ドラマで一気読み間違いなしの大好評青春お仕事ミステリー。
さ4 3

佐藤青南
白バイガール　最高速アタックの罠
SNSで拡散された過激な速度違反動画を捜査するなか、謎のひき逃げ事件が発生。生意気な新人白バイ隊員・鈴木は容疑者家族に妙に肩入れするが――。
さ4 4

実業之日本社文庫　好評既刊

佐藤青南
白バイガール　爆走！五輪大作戦
東京オリンピック開幕中に事件発生！　謎の暴走事故の捜査のカギはスタジアムに!?　スピード感100パーセントのぶっ飛び青春ミステリー！
さ45

佐藤青南
白バイガール　フルスロットル
女性白バイ隊員の精鋭が、連続して謎の単独事故を起こした。一方、横浜市内でも銃撃事件が――疾走感満点の人気青春ミステリーシリーズ、涙の完結編！
さ46

知念実希人
仮面病棟
拳銃で撃たれた女を連れて、ピエロ男が病院に籠城。怒濤のドンデン返しの連続。一気読み必至の医療サスペンス、文庫書き下ろし！（解説・法月綸太郎）
ち11

知念実希人
時限病棟
目覚めると、ベッドで点滴を受けていた。なぜこんな場所にいるのか？　ピエロからのミッション、ふたつの死の謎…。『仮面病棟』を凌ぐ衝撃、書き下ろし！
ち12

知念実希人
リアルフェイス
天才美容外科医・柊貴之。金さえ積めばどんな要望にも応える彼の元に、奇妙な依頼が舞い込む。さらに整形美女連続殺人事件の謎が…。予測不能サスペンス。
ち13

実業之日本社文庫　好評既刊

知念実希人
レゾンデートル
末期癌を宣告された医師・岬雄貴は、不良から暴行を受け、復讐を果たすが、現場には一枚のトランプが……。最注目作家、幻のデビュー作。骨太サスペンス!!
ち1 4

知念実希人
誘拐遊戯
女子高生が誘拐された。犯人を名乗るのは「ゲームマスター」。交渉役の元刑事が東京中を駆け回るが……。衝撃の結末が待つ犯罪ミステリー×サスペンス!
ち1 5

知念実希人
崩れる脳を抱きしめて
研修医のもとに、彼女の死の知らせが届く……。愛した彼女は本当に死んだのか? 驚愕し、感動する、恋愛ミステリー。著者初の本屋大賞ノミネート作品!
ち1 6

西村京太郎
十津川警部　出雲伝説と木次線
スサノオの神社を潰せ。さもなくば人質は全員死ぬ! 奥出雲の神話の里を走るトロッコ列車がトレインジャックされた。犯人が出した要求は!?(解説/山前　譲)
に1 25

西村京太郎
十津川警部捜査行　東海特急殺しのダイヤ
犯行時刻、容疑者は飯田線に乗っていた!? 十津川警部が崩す鉄壁のアリバイ! 名古屋、静岡、伊勢路など東海地方が舞台のミステリー集。(解説・山前　譲)
に1 26

文日実
庫本業 し91
社之

お前《まえ》の彼女《かのじょ》は二階《にかい》で茹《ゆ》で死《じ》に

2022年8月15日　初版第1刷発行

著　者　白井智之《しらいともゆき》

発行者　岩野裕一
発行所　株式会社実業之日本社
〒107-0062　東京都港区南青山5-4-30
emergence aoyama complex 3F
電話［編集］03(6809)0473［販売］03(6809)0495
ホームページ　https://www.j-n.co.jp/
DTP　ラッシュ
印刷所　大日本印刷株式会社
製本所　大日本印刷株式会社

フォーマットデザイン　鈴木正道(Suzuki Design)

ISBN978-4-408-55748-9（第二文芸）